百米之上

我顺着爬梯往下，像一只趴在烟囱顶端的壁虎，从俯瞰众生的高处，慢慢返回属于自己的屋檐。

袁正华◎著

山西出版传媒集团

山西人民出版社

图书在版编目（CIP）数据

百米之上 / 袁正华著. -- 太原: 山西人民出版社,
2025.4. -- ISBN 978-7-203-13853-2
Ⅰ. I247.7
中国国家版本馆CIP数据核字第2025JM4017号

百米之上

著　　者：袁正华
责任编辑：傅晓红
复　　审：崔人杰
终　　审：梁晋华
装帧设计：成都现当代文化传播有限公司

出 版 者：山西出版传媒集团·山西人民出版社
地　　址：太原市建设南路21号
邮　　编：030012
发行营销：0351 - 4922220　4955996　4956039　4922127（传真）
天猫官网：https://sxrmcbs.tmall.com 电话：0351 - 4922159
E - mail：sxskcb@163.com 发行部
　　　　　sxskcb@126.com 总编室
网　　址：www.sxskcb.com

经 销 者：山西出版传媒集团·山西人民出版社
承 印 厂：雅艺云印（成都）科技有限公司

开　　本：889mm×1194mm　　1/32
印　　张：8.25
字　　数：185千字
版　　次：2025年4月第1版
印　　次：2025年4月第1次印刷
书　　号：ISBN 978-7-203-13853-2
定　　价：68.00元

如有印装质量问题请与本社联系调换

一路走来 (代序)

一

柳青在《创业史》里说："人生的道路虽然漫长，但要紧处常常只有几步，特别是当人年轻的时候。"我年轻时走过的路不算漫长，却好多次在关键时刻走岔了，一路跌跌撞撞，好像怎么也找不到正确的方向。

高考前一个月母亲溘然离世，我又体检出肺结核。其时弟弟中考被泰州师范学校录取，在农村中学做民办教师的父亲收入微薄，根本无力同时供养两个孩子读书。我在体检后第二天收拾好自己的行李，趁着同学们上课的时候独自离开学校，回到了串场河边的家中。那时我很坚决，觉得自己是家中长子，应该背负起家庭的责任，有种我不下地狱谁下地狱的悲壮。

整个暑假，我一边治疗一边寻找工作机会。起初去了无锡，投奔在那里打工的三舅。结果发现三舅的工作是伏天里往山上背水泥，我包里塞着异烟肼和优福宁（治疗结核的药物），自知羸弱的身体撑不起出发前的雄心壮志，灰溜溜地回来了。后来又到镇上几个社办厂去碰运气，结果无一例外被拒之门外，人家

1

只收城镇待业青年和土地工。

开学前，父亲给我在隔壁村中学里谋了一份代课教师的职业，工资每学期两百元。我一边代课，一边种着母亲留下的四亩多责任田，每天日出而作，日落不辍。如果不是后来发生的事，我想我会和曾经一起代课的几位同事一样参加自学考试，经过十几二十多年的苦熬，最终变成一位教书育人的教师。

太阳晒黑了我的肤色，也在我心里撒下了一把扎根乡村的种子。我想用自己的汗水帮一帮窘迫的父亲，更想靠自己的知识改变世世代代加给我们的命运。我从挂在山墙上的广播里听到了很多养殖致富的先进事迹，萌生了在家里办养鸡场的想法。到新华书店买回家几本关于蛋鸡养殖方面的书籍资料，每天晚上在家里埋头学习。我想着要在大有作为的广阔农村大干一番。

第二年春天，我从镇上炕坊捉回家 500 只小鸡仔，在废弃猪圈改造的保温室里育雏。除了在学校上课，所有的时间和精力都用在了育雏室里。四十天以后，小鸡仔长到了半斤以上，成活率高达九成多。育雏取得成功，前来看新鲜的邻居们纷纷竖起大拇指，我也暗自得意。在此之前，老家的人们养鸡不懂育雏，成活率只有三成不到，两个月也长不到半斤，半年之后才能破头生蛋。四个月后，母鸡如期产蛋了，产蛋率最高时却只有六成左右。

第一次养鸡虽然没能挣到钱，却让我积累了不少经验，也让我认识到了改良品种提高产蛋率的重要性。第二年我骑着自行车到一百公里外的南通驮回家 1000 只蛋鸡仔，这是当时最新进的蛋鸡品种，一出壳就能根据绒毛分辨出公母，不像草鸡那样要白白喂养半数的公鸡。半年以后罗斯鸡开始产蛋，不久就达到了九成产蛋率。可市场对于"洋鸡蛋"这个新鲜事物却一时难以接受，不是价格问题，纯粹就因为洋鸡蛋比吃了几百上千年的草鸡蛋大了许多，没人敢做第一个吃"洋鸡蛋"的人。不仅自己不敢吃，还撺掇吓唬想要买的人："洋种鸡吃的是蛇虫百脚。"眼看着家里的鸡蛋越来越多，我找不到销售渠道，只得低价卖给蛋贩子。本以为即使挣不了大钱，最低限度也可以保住投资，却不想一场波及整个华东地区的大洪水把我最后的一丝希望冲成了一滩泡沫。

养了两年鸡，不仅没赚到一分钱，还背上了一屁股两肋骨的外债。想要靠一年四百块钱的代课工资还债，无异于痴人说梦。我的创业之路好像选错了方向，不仅没能通向发家致富，还让我跌进了债务的陷阱。我扎根农村的想法动摇了，又一次想到了打工。思来想去，决定去投奔一个在新疆的初中同学。同学初中毕业后跟着亲戚去了喀什，年前回来过一次，听他说那边挣钱比较容易。

我打起背包，揣着一张全国地图登上了西行列车。随着车轮撞击铁轨的"哐当"声，我眼前的世界变得越来越荒凉，最初的新奇与兴奋随着四五天漫长的旅程渐渐变成了无边的困倦，我终于在沙丁鱼罐头一般拥挤的车厢里陷入了沉睡。等我一觉醒来，火车已经过了鄯善，可我惊恐地发现自己被盗了，现金和车票一样也不剩。

列车长听了我的解释，摊摊手表示无能为力，但也没有逼着我去补票。我不敢到终点库尔勒，提前在一个叫焉耆的小县城下了车。西北的天空好高啊，渺如尘埃的我行走在两旁白杨参天的县道上，身边不时"嘚嘚"地经过一架架马车。戴着瓜皮帽的老乡挥舞着马鞭，在我面前卷起一阵阵尘土。好不容易到了县城，我捏着兜里仅剩下的几块零钱，像一个孤魂野鬼在举目无亲的街头游荡。眼前是面容服饰迥异的老乡，耳边是听不懂的维语哈语和蒙语，就在我以为自己要客死他乡的时候，忽然在一个巴扎（集市）外的土墙上看到了一则招工启事。

仿佛溺水的人抓住了稻草，我顾不上了解工作内容，也管不了工资多少，直接找到地方报了名。我终于在万里之遥的新疆找到了一份可以填饱肚子的工作，有了一张晚上可以睡觉的架子床。安顿好了之后，立刻给家里写了一封信，告诉他们我已经安全抵达，并且有吃有喝有工作，一切都很好。

几个月后，我在戈壁滩上摔了一跤，右腿踝骨骨裂，几个月的工资一下子打了水漂。

脚伤好了，我的工作也被人顶替了，我又一次在县城里漫无目的地寻找工作。

这一天我来到城郊一处建筑工地。工地刚刚开建，用竹笆围成的大院里有十几间简易宿舍和一些施工机械。门卫是个精神的高个老头，腰板挺得笔直，说话中气十足。他用那和他年纪不相称的犀利眼神打量了我一会儿说："你走吧。文质彬彬的不适合在这里。"语气坚定，不容置辩。我赶紧向他保证自己不怕苦，什么活都可以干，请他把我留下来。老人正要说话，一辆装着一摞铁架子床的卡车开了进来，从副驾驶位置跳下来一个三十多岁的青年人。青年人一下车就冲着里面喊："出来几个人，把叉子（车子）上皋戾（东西）瞎哈来（卸下来）。"

离开家乡小半年，我第一次在万水千山之外的异乡听到了亲切熟悉的乡音，眼泪忍不住夺眶而出……

二

一九九二年我在南疆的回族自治县焉耆遇见了两个人，就像是空中漂移的乒乓球碰上了球拍，人生的轨迹从此改变了方向。

在工地门口指挥工人卸车的郭哥是工地施工员，他是如皋人，老家和我一样在204国道边上，也说着一口和我差不多的泰如方言。他正跟着一个南通工程队在焉耆施工，见我走投无路，爽快地答应让我在工地上工作。

我鬼使神差地拐上了一条此前从未见过的路，成了一名在工地上拉车搬砖的小工，每天"吃三睡五干十六"，工资是一个日工十元五角。戈壁上的风沙和高强度的劳动没有摧垮我的身体，反而让我变得壮实起来，很快就适应了工地上的生活。

焉耆是生产建设兵团驻地，我们工地恰好是兵团的项目。兵团不仅有军事化管理制度，而且有丰富的文化生活。工地每周都出一期黑板报，有安全生产、施工规范，也有职工之声一类的文章，清一色是兵团职工作品。我试着在工友们睡觉后给黑板报写稿，居然一连被选用了七八篇，单调的打工生活里出现了一抹亮色。

门卫老孙头就是这个时候找上我的。每一期板报出来，老孙头都要站在板报前仔仔细细看一遍。那天晚饭后，他走进宿舍把我叫出去。在简易的门房里，老孙头给我倒了一杯水，看着局促不安的我说："小伙子，你不应该留在这里。"我有些惊慌失措，生怕他把我好不容易找到的工作给弄丢了，赶紧站起身说："我不怕吃苦。"老孙头笑了，摸了一把光秃秃的脑袋："你不要

5

担心，我是说你不应该只想着做个小工，你可以有更好的前途。"

后来我才知道，老孙头是黄埔军校毕业的，晚年因为众所周知的原因在兵团里看大门。老人语重心长地劝我去学一门技术，不能和那些大字不识几个的农民工一样，一辈子在工地上卖力气。

老人的话像迷雾里的一束光，照亮了我一直没能看清的前路。那时候工地上的小工一年可以挣三千元，师傅和技术人员可以挣五千元，而教了二十多年书的父亲只能挣不足两千元。我感觉建筑工地是个不错的选项，最起码我可以很快还清养鸡拉下的一大笔饥荒。

于是，我开始学习建筑技术。除了小工和瓦、木、钢、涂、电各个工种的师傅，工地管理人员还有施工、质量、安全、标准、材料、机械、劳务和资料"八大员"。我经过慎重对比选择，觉得预算员比较适合自己。从书店买回来一套施工预决算方面的资料，白天上班，晚上学习。因为从来没有接触过工民建课程，我只能从最简单的识图开始学起，遇到不懂的就去请教郭哥。郭哥很乐意教我，鼓励我好好学，说将来有机会可以和我合作承包工程。

到年底的时候，我不仅能够轻松看懂施工图纸，还考下了一本预算员证书，最重要的是我挣到了一千多块钱工资。

告别了老孙头和郭哥，告别了长河落日圆的小城焉耆，我在腊月底回到了阔别一年的故乡。春节期间，我乘车到如皋去看望郭哥。郭哥说他节后不去新疆了，准备到无锡去包工程，问我愿不愿意一起？

我当然求之不得！到了无锡工地，郭哥说他亲自担任施工队长，让我做施工员。我一天施工员也没有干过，犹豫着不敢答应。郭哥让我不要怕，说他先带着我一边学，一边干，等上路了，再全都扔给我。

我这个才在工地上干了半年小工的"施工员"被赶鸭子上了架。我半点也不敢松懈，一边跟着郭哥学习现场施工管理，一边恶补《施工员专业基础知识》和《施工员专业管理实务》。到工地结束的时候，居然又考下了一本工业与民用建筑施工员证书。

两年时间我终于还清了几千元外债，并且和相恋四年的妻子结了婚。随着孩子的出生，继母不愿帮我带孩子，我无法再去工地了，只好留在老家种地。在此期间，我尝试过各种赚钱的途径——到砖瓦厂拉过砖坯，到劳保厂浸过手套，在家里生产过粉笔，卖过蔬菜，贩过活鱼，开过商店，做过卤菜，开过摩的，养过獭兔……我在半夜里撑过麦把船，也在暴雨里爆过胎，我一天里挣过父亲两个月的工资，也在途中被迎面而来的摩托车撞伤过腿。

我像一个睁着眼睛的盲人左冲右突，试图找到一条属于我的路，只是周围黑灯瞎火浓雾弥漫，我一次次被沟壑绊倒，一次次被荆棘划伤。我几乎干过农村里所有的活计，也试过无数能挣钱的门路，可几年下来依然没能存下什么钱。这时候农村人已经开始大量流向城市，到孩子六岁能上小学时，我决定还是要回到工地上去，也许那才是唯一适合我的路。

等我真的回到工地却傻眼了。建筑技术的飞速发展和建筑材料的更新迭代让我这个曾经的施工员目瞪口呆。不要说做工程管理了，我连一些新出来的建筑材料和工具都不认识。冷静下来之后，我决定一切从头开始。

我曾经的一个学生在工地上干了五六年，成了水电工师傅，我跟着他学习水电安装，他叫我老师，我叫他师傅。图纸对我来说没有问题，最重要的是实操。我从敲墙砸洞开始学习，很快就入手了。工地电工需要操作证，工资收入和工种安排都和操作证等级密切相关。我随着工地四处漂泊，每到一处便报名当地的劳务培训班。几年下来，我集齐了电工初级、中级、高级操作证，能够轻松操作几乎所有的建筑机械。

有了证书，我便计划着单独承包安装工程。一开始几个工地做得还不错，后来碰到一个两万多平方米的安装项目，做了两年，老板破产了，项目烂了尾，欠了我几十万工程款。我无力再承包工程了，一边帮人家做项目管理，一边打官司讨要工程款。

我几乎干遍了工地上所有工种，不仅亲身见证了建筑行业的每一次发展革新，参与了几十个城市的由老旧到美新的蜕变，也把女儿顺利地供到了大学毕业。建筑成了我人生中走得最长的一段路，一走就是二十多年。我走过了祖国的千山万水，从雄心万丈走到了万事看淡，唯一遗憾的是缺席了女儿的成长，没能在妻子最好的年华陪在她身边。十多年来，我在工棚里写下了几十万字对于故乡和亲人的思念。

随着父母年岁渐长，思念像一棵野草在我心里疯长，我越来越想回到故乡，回到妻女父母身边。老家的朋友说培训行业不错，可以考虑进入。我已经厌倦了建筑这条可以闭着眼睛往前走的路，那个三十年前的教师梦又开始在心里蠢蠢欲动。

经过几晚上翻来覆去地权衡，我在五十岁生日后离开工地，回到久别的故土成了一名培训班作文辅导老师。

我从高速公路拐下匝道，并不知道驶出收费站后将要面对的是一条什么样的路。

三

进入培训行业不久，国家开始实施双减政策，所有培训班一下子草木皆兵，很多人开始退出。我已经断了所有退路，将后半生的幸福全都押给了培训班，只能咬着牙坚持。很快，一场席卷全球的新冠疫情彻底将我刚刚起步的事业打进了谷底。

也许老天不喜欢爱折腾的人，命运就一直和我开玩笑。只要我稍有不轨偏离航线，必然会让我轻则头破血流，重则伤筋动骨。可我偏偏记吃不记打，稍微走上一段平坦的路就想着到崎岖的山路上去看看别样的风景。三年疫情过后，培训班逐步回归正轨，我再也折腾不动了，就想着这样一条道走到黑吧。

这些年我其实一直走在两条路上。一条养家糊口的路，还有一条我心飞翔的路。

也许是养家糊口的路走得太远太累太艰难，我便想着找一条可以让我那颗躁动不安的心可以飞翔、可以休憩的路。

我在工地的工棚里寻找，我在工友们睡着之后寻找，幸运的是我终于找到了。

我走得越远，故乡的田野就在我的心里越近，故乡的小河就在我心里越清，故乡的人就在我心里越亲。思念成茧，于是便有了散文集《串场河边》，于是便有了小说集《彩云妹子》。

我看得越多，故乡和外面世界的差距就越大，对故乡的期盼就越高，对故乡未来的蓝图就越具象。我一次次在心里描画家乡的明天，期待她不仅是游子的乡愁，还能成为乡民骄傲的理想邦，于是便有了长篇小说《串场河传》。

我在外面越久，对于农民工的认识就越多，关于他们涌入城市却无法融入的思考就越多。我亲身经历了农民工对城市发展的巨大贡献，无数次为他们的勤劳和淳朴善良所感动。我也切身感受到了他们身上存在的种种劣根性，无数次为他们的所作所为感到羞耻和汗颜。我见过他们勇敢地跳进下水道却不敢在公交车上占座位，我也见过他们随地大小便却大方地给乞丐掏钱；我见过他们忍受着远离妻子的熬煎，我也见过他们走进洗头房的慌乱；我见过他们在银行医院小心翼翼地点头哈腰，也见过他们在公共场合肆无忌惮地划拳行令。农民工融入城市还有相当长的一段路需要走，财富只能撑起他们的腰杆，素质才能换来认可的目光。除了农民工还有农民和农村。我本身就是个农民，一直生活在他们当中，熟悉和了解他们的生活和思想。我看到他们在社会变革过程中的坚守与改变、迷茫和渴望。我思故我在，所以有了这本《百米之上》。

谁说人生的路只有一条？不管什么样的路，只有走过，才有资格评说。我一路走来，很累，但很充实。

袁正华

2024 年 11 月 7 日于乐吾故里

目　录

百米之上

我从塔吊底部围护的空隙钻进去，四周都是坚硬的槽钢，涂着黄色油漆。一米七十五见方的标准件，一个三米高，用粗大的螺栓绞合着，像一只方方正正的烟囱，一直向上。

标准件内侧，有一个内径七十厘米的圆柱体爬梯。我顺着三十厘米一档的爬梯向上攀爬，手脚并用。

爬过十节标准件，有一个休息平台，像一块黄色的围脖，在标准件四周方方正正地绕了一圈。平台上有一米多高的钢筋护栏，我后背已经出汗，刚好可以站在平台上喘口气。

太阳还没有升起，东边天空一片青灰，天空下的楼群影影绰绰。工地大铁门敞开着，穿着各式工作服的建筑工人鱼贯而入。有的斜挎着工具包，有的把安全帽像篮球一样夹在腋下，有的拎着装早点的方便袋。

各个工种的仓库都开了门，领了工具和任务的工人一簇一簇地走向自己的工作面。

远处的城市还在贪睡，工地早已在晨曦中醒来。

再往上攀爬，每隔六七个标准件，就有一个休息平台。我一口气爬到第三个。站在七十米高的休息平台，风一吹，塔吊有点摇晃。不一会儿背后的汗水就没有了，工作服粘在身上，很不舒服。

工地围墙外的马路上来了一辆城管巡查车，卖葱油饼的老夫妻、卖粥的中年妇女、卖豆浆油条的小夫妻，一个个着急忙慌地收拾摊位旁的塑料凳。这些起五更睡半夜的摊贩，用一架三轮车支撑着背后的家，时刻提防着因为违章占道经营而失去手中赖以生存的道具。

城管车上下来四个穿短袖制服的年轻人，径直走到中年妇女的粥摊前，自己动手，每人盛了一碗粥。

又爬了大约二十米，今天风不大，塔吊摇晃的幅度不算大。地面上感觉不到的几厘米摆动，站在烟囱一般的塔吊上就明显了，远处几栋高耸的大楼就像一群手拉手的老年合唱队员，努力地向左边押下脖子，再努力地向右边押下脖子。

对面在建工地的三十层里，一个四十多岁的汉子，仰头把手里的豆浆袋举起来，想吸干净最后一滴豆浆，脚下却不小心踩上了一块二次结构拆下来的模板。汉子"哎哟"一声，扔了豆浆袋子，顺势蹲下身子，脱了鞋。一朵红色的梅花在袜子上迅速地氤氲开来。

汉子剥下袜子，坐在地上，两只手紧紧捏着钉子扎破的脚掌，用力往外挤血。挤了一会儿，又用力捏住伤口止血。

我继续往上攀爬的时候，马路边的四个年轻人已经吃完了早饭，其中一个人掏出手机对着挂在粥摊上的二维码扫了一下，低着头在手机上点了几下。对面楼上的汉子已经穿上了鞋袜，一瘸一拐地去上班了。只要还能动，我知道他是绝不会去医院注射破伤风抗毒素的。对于建筑工人来说，休息一天的损失，远远大于可能被感染的未知。建筑工人被钉子扎脚是家常便饭，哪有那么娇气？在他们的潜意识里，只要挤掉一些"坏血"，就万事大吉了。

塔吊驾驶室在百米高空。我坐在不足三平方米的驾驶室里，打开对讲机、合上电闸，开始一天的工作。

太阳涨红着脸，调皮地从远处的楼群后探出头。街道上的阴影便退潮一般，迅速地往东撤退。不一会儿，整个城市便沐浴在初升的阳光下，一片绯红。

对讲机嗤嗤拉拉地响起来。我操纵塔吊，根据地面信号工的指挥，大臂向左，大臂向右，小车向前，小车向后，一档起钩，二挡加速，降、继续降……

只要塔吊大臂转起来，我的世界就只剩下前后左右，没有了东南西北。一个班要在百米高空转上数百圈，谁还分得清东南西北？

虽然，塔吊上的世界是摇晃和旋转的，但我很清楚自己的位置。

工地东边是一条南北向的公路，工地大门南侧有一座公路桥。桥下早上有卖早点的三轮车，晚上有卖工作服和日用品的小地摊。工地南边是一条东西向的内城河，河水清亮，像一条绿色的项链。岸边草皮茂密、绿柳依依。工地西边是一座高高的商务楼，比我的塔吊还要高，我从未见过商务楼那一面的样子。工地北边是个新建的小区，那些景观树上还裹着草绳，看样子刚刚入住不久。小区大门口就是装潢气派的售楼处。

塔吊转了一个圈，卖早点的几个人正在捡拾起地上散落的一次性餐盒和竹筷、方便袋，装进自带的蛇皮袋里。绿色的塑料凳已经摞在一起，装上了三轮车。好不容易找到一个可以长期蹲守的据点，摊贩们深知工完场清的道理。毕竟，城管睁一只眼、闭一只眼默许他们经营，已经是最大的通融了。如果留下一地鸡毛，明天就再也别想在这儿出现了。

内城河的卵石河堤上，穿背心短裤的人三三两两地在跑步。几个早起锻炼的老人穿着鲜艳华美的练功服，在柳树下打拳、舞剑。

太阳照在商务楼天蓝色幕墙玻璃上，反射出神秘瑰丽的光芒。

一辆破破烂烂的三轮车停在工地围墙外，一个佝着背的花白脑袋翻了翻路边的垃圾桶，又扒着铁皮围栏的缝隙向工地里张望。戴藏青色帽子的工地保安从远处伸手指着花白脑袋，一路小跑着奔了过去。

身穿黄背心的环卫工把蓝色垃圾箱里的垃圾倒进了环卫车里拉走了，几个老头老太太在小区的健身器材上扭腰、甩胳膊。

一个穿着时尚的女人，把手里的垃圾袋往单元门口的垃圾桶里扔。因为离得远，垃圾袋在桶口晃悠了两下，掉落在地上。白色的垃圾袋像一粒粘在西装领口的米粒，大大咧咧地躺在垃圾桶旁。不远处一辆红色小车的尾灯闪了两下，女人径直走过去，拉开车门坐进去。很快，车子驶出小区，消失在高楼林立的城市深处。

太阳升高了，驾驶室转向东方的时候，驾驶室玻璃上白茫茫一片。狭小的空间里温度骤然升高，我拉下遮阳帘，关严透气窗，打开空调。气温很快降了下来，没有了流通的空气，感觉呼吸没有先前那么畅快了。

公路上的电瓶车多了起来。上班的人群像洄游的大黄鱼，从四面八方聚集到小区南门外的红绿灯下，再蜂拥着游向四面八方。

一辆电瓶车不知道怎么倒了下来，骑车的人跌坐在地上。身后的电瓶车远远地绕开了，没有一丝停滞，如同行驶的船只绕开一座可怕的礁石。公路上的车流画出了一个小小的圆弧，仿佛希腊字母里的欧米伽。一辆小车从后面驶过来，打着双闪，停到路边。驾驶员下车，把地上的人搀扶到路边。

一个头戴蓝色安全帽的监理在前面一栋房子的楼顶上指手画脚，一群头戴黄色安全帽的工人围着他。混凝土振动棒像得了哮喘一般喘不上气，低吼了一阵，彻底没了声响。看来监理发现了什么问题，责令停工整改了。

商务楼上推开了几扇窗，像一只只惺忪的眼睛。

售楼处的大门打开了。两个身穿制服的小伙子标杆一样立在门口。

捡垃圾的三轮车从工地东门往南，过桥时，佝着背的花白脑袋下车用一根绳子拴着车架，一步一步往长长的引桥上拉。戴藏青色帽子的保安小跑过去，双手撑在车后把三轮车推上了桥。

花白脑袋站在桥上歇气，手扶栏杆，看着桥下悠闲打拳的老人，河风吹乱了他的头发，也吹起了三轮车上的几只塑料袋。

一个母亲牵着背书包的孩子走出单元门，母亲到车棚去推电瓶车，孩子走到垃圾桶前面，捡起地上的垃圾袋，举着扔进了垃圾桶。母亲推着电瓶车过来，帮孩子擦了擦手，把纸巾送到垃圾桶里，回身把孩子抱到电瓶车后座上。

前面楼顶上的振动棒"嗡嗡"地响起来，头戴黄色安全帽的工人又开始浇筑混凝土了，看来不是什么大问题，已经整改好了。

商务楼背面的眼睛睁开了不少，大多又闭上了，也许是怕工地上的尘土呛了眼睛。

远处的马路上像有雾气蒸腾。马路上的行人很少，偶尔会开过一辆车。楼顶上的工人好像不在乎火辣辣的太阳，依然在埋头干活。后背上白色的盐霜花，在太阳底下一圈一圈地盛开着。

河边的柳树底下，微风习习，垂柳轻摇。有人戴着墨镜、太阳帽，在河边柳树下钓鱼。

商务楼背面的窗户全都关上了，阳光在天蓝色的幕墙上反射出刺眼的光芒。

小区里的阳台上，花花绿绿的各式衣服和盆栽花草，都被太阳晒干了水分。

不时有送快递的小面包车和三轮车停在工地门口，快递小哥站在路边的树荫下打电话，然后捧着大大小小的盒子，送到门卫室里面。

我坐在驾驶室里不敢开窗，忍受着空调的噪声，跟着地面塔吊指挥的指令，大臂向左，小车向前，一档起钩，二档下降……

一个戴安全帽的工人在下面已经对着我挥了六次手，他身边有一堆码好的木模板。每一次铁钩从头顶经过，他就会仰起脸，对着铁钩挥舞双手，每一次都会眼睁睁地看着铁钩从头顶上缓缓掠过。

那个手拿对讲机的女人站在一处背阴的地方，一个戴黄色安全帽的男人送过去两瓶水。女人对着对讲机给我指令："大臂向左，到钢筋场吊两吊钢筋。"

塔吊的大铁钩再一次从模板边男人的头顶一掠而过。男人再一次对着大铁钩挥舞双手。我很想停下来帮他把模板吊走。可是，我手里的操纵杆掌握在那个地面上喝水女人的嘴里。我必须按照对讲机里的安排向左、向右。否则，不用回到地面，就会收到一张不听指挥的罚款单。甚至会因为私自操作而丢了工作。

唉，一个只能指挥一架塔吊的信号工都学会了吃拿卡要，把手里仅有的一点权力发挥到了极致。权力一旦作恶，规则就会沦为助纣为虐的工具。对于底下模板边上那个兄弟，我也爱莫能助。

一辆小车停在售楼处门外，穿制服的小伙子躬身上前拉开了车门。车上人刚一下车，售楼处里小跑出两个白衫黑裙的售楼小姐，弯腰伸手，领着下车的人走进售楼处。门口的保安站得笔直，举手敬礼。

太阳软成了一块金黄色的鸡蛋饼，眼瞅着就要跌落到商务楼的后面去了。对讲机还在聒噪个不停，工地上依旧热火朝天。马路上的各种车辆多了起来，小区门外的红绿灯路口又变成了一个刚刚散场的电影院，一波一波的人流来了又走，走了又来。

大桥底下一溜排开了几个小地摊，摆放着各式各样的工作服和凉席、塑料盆、腰带、黄球鞋一类的生活用品。这些摆不上台面的廉价货是工地上农民工的首选，也养活着一群同样起早贪黑的小摊贩。

小河边的卵石河堤上，三三两两的情侣手牵着手散步。夕阳透过柳树，在他们身上洒了一层温暖浪漫的斑驳。

商务楼背面的窗户都关上了，棋盘一样规整的窗户里亮起了凌乱的灯光，一场场楚河汉界的厮杀，继续在下班后挑灯夜战。

小区里到处是拎着各式各样方便袋的人，行色匆匆地走进亮着橘黄色灯火的单元门里。

居民楼里次第亮起了灯光。一扇窗户后面，两个人好像在吵架，一个指着另一个的鼻子，一个挥舞着双手又蹦又跳，仿佛一场无声的皮影戏。

每一个亮灯的厨房里，都有一两个忙碌的剪影。整个小区的窗户就是一块巨大的显示屏，每一格灯光背后，都在上演着不一样的人生。

天色渐暗，工地陆续收工。马路上亮起了路灯，远处的城市开始霓虹闪烁。

我把塔吊大钩收到顶，关了对讲机，关了空调，锁好大臂，拉闸断电。

走出驾驶室，外面空气依然燥热，但呼吸却顺畅真实。

一些下班的工人围着大门外的地摊，选购自己需要的生活用品，胸前挂着帆布包的摊主忙前忙后。

门卫室里大大小小的各式盒子不断被人拿出去。有的拆了，被送到路边的垃圾桶里。有的拆了，被随手扔在地上，不断地被踩扁、踢飞。夜里，扫马路的环卫工又有活干了。

马路上拖沓着一群土灰色的人影，灰暗而又疲惫，像一支沙漠上的驼队。

我顺着爬梯往下，像一只趴在烟囱顶端的壁虎，从俯瞰众生的高处，慢慢返回属于自己的屋檐。

散落着包装盒和方便袋的人行道在我眼前越来越近，华灯璀璨的商务楼在我身后越来越高。

还需要多久，我才可以看见高楼的那一面？

2020/05/10

寸 柄

1

光明庄的刘大爷骑着三轮车，起早到乐吾菜场去下青货。

青货很新鲜，是昨天下午才从地里下回来的。刘大爷喜欢说"下"，从地里"下"回家，再送到五里之外的镇上，"下"给那些早起买菜的街上人。仿佛自己做着多大的生意，是个多大的老板一样。

其实，刘大爷的青货就是老伴在自留地里盘的青菜、萝卜、大蒜和菠菜。和土地打了一辈子交道，刘大爷和老伴早就谙熟了什么季节开什么花，什么季节种什么菜。五六分的自留地，像个姹紫嫣红的聚宝盆，一年四季总能有绿油油的青货让他"下"。

昨天晚上，刘大爷和老伴把临晚"下"回家的青菜枯叶择了，磕干净菜梗里的沙土，然后整整齐齐地码放到一张倒扣的小板凳肚子里。板凳的四条腿向上斜伸着，紧紧搂抱着怀里的小青菜。等青菜挤满了板凳肚子，刘大爷抽出两根稻草在手心里一绞，把草绳拦腰捆在小青菜上。半小时以后，三十多捆绿衣绿裙的小青菜就齐头整脸地站在了三轮车的车斗里。

天不亮，刘大爷端出一盆清水，双手浸湿了，在小青菜的菜叶上甩上少许水珠。然后，骑上三轮车，带着那些眨着亮晶晶眼睛的小青菜上路了。

刘大爷岁数大了，手抖得拿不了杆秤。干脆把青货捆成小捆，卖的时候，论捆不论斤。街上人精细，吃不了多少。刘大爷捆好的青货，刚好够一家人做一顿饭。

刘大爷把三轮车停在菜场铁门外的河堤下，太阳把河水映成了橘红色，菜场里有了早起买菜的人，三三两两的，行色匆匆的。刘大爷笼着手，站在三轮车边上，眼睛盯着每一个进出的人。

一个穿着制服的胖子走了过来，刘大爷赶紧露出一个谦卑的笑容，对着胖子微微欠了欠上半身。胖子抬脚踢了一脚三轮车的车轮。刘大爷赶紧把车往路边挪了挪，从兜里摸出半包"黄果树"，抽出一支递到胖子面前。胖子看了看香烟，没有接，却表扬了刘大爷一句："小青菜不丑。"说完，就摇晃着走进了菜场。

刘大爷挑出一捆品相好的小青菜，用方便袋装好了，挂在三轮车的车把上。买菜的人渐渐多了起来，刘大爷的青货很快就"下"完了。他站在菜场门口朝里面张望，满眼都是人，乱糟糟的，他找不到那个穿制服的胖子。

对面面馆里飘出了鱼汤面的鲜香，往日这个时候，他已经回到家里，美美地吃上老伴儿做好的早饭了。可他今天不敢离开菜场大门，他担心胖子回来找不到他。他清楚地记得几个月前，胖子把他的一车水瓜掀翻在地。那些手指甲一掐就能出水的瓜呀，从车斗里"咕噜噜"地冲出来，滚得到处都是。那些原本漂亮、光滑、让人一见就想咬一口的水瓜，大多摔得开膛破肚，粉

红的瓜瓢流了一地，剩下的，都变成了一个个破皮烂肉的乞
丐，再也没有人愿意把它送到嘴边。

　　胖子嘴里骂骂咧咧地说刘大爷占道经营。刘大爷心里比谁都
清楚，不过是半小时前，胖子买了一只瓜，刘大爷收了他三
块钱。

　　八点多的太阳照在身旁的水面上，明晃晃的，菜场里的人明
显稀疏下来。穿制服的胖子从里面摇摇晃晃地出来了，手里拎着
两只黑色方便袋，沉甸甸的。走到门口，胖子看了一眼停在门外
的三轮车，刘大爷赶紧把手里的方便袋递上去，同时递上满脸的
笑纹："自家地里长的。"

　　胖子接过方便袋瞄了瞄，赏给刘大爷一个点头，摇摇晃晃地
走了。

　　刘大爷的肚子突然"咕咕"地叫了两声。

2

　　勇哥是五十里外开发区物流仓库的门房，穿着藏青色的保安
制服，在庄台上走路时目不斜视。那些在地里刨食的老伙计遇上
了，喊一声"勇哥"，他就停下脚步，和他们说几件近期的国家
大事，一副派出所所长的派头。

　　勇哥五十多岁，早过了喊哥的年纪。可他说队里的兄弟都喊
他勇哥。这就告诉那些连名带姓喊他的老伙计，自己现在是个头
儿，有一帮手下，不能喊他名字，要喊勇哥。鸡头也是头。物流
仓库总共就四个门房，除了他，都是六十多岁的老头儿。

　　四个门房，每班两个人，上十二小时，歇十二小时，半个月

换一次班，工资两千一个月。另外三个老头都是开发区附近的，四个人商量好了，每个班上二十四小时，上一天班，歇一天。不过就是摁摁遥控器，开开电动门罢了，都是些不费二两力气的活。

庄台上的老伙计瞧不上勇哥的工资，来回跑一百里路，挣不到七十块钱，还不如在家侍候二亩地呢。现在跑到镇上做一天小工，也有两百块钱了。

勇哥可不这么想。他掰着指头给老伙计们算账——

上一天班，歇一天班，就是上了半个月的班。半个月拿两千，一个月就是四千。两个人上一个班，一个人上班，一个人睡觉，上半个月的班，就是上四分之一个月的班。上四分之一个月的班拿两千，就是一个月拿八千。你上哪儿去一个月挣八千？还是水手不湿的轻巧活？还发工作服，都是正规的制服。主要是有外快！外快你懂不懂？进进出出的大货车，哪个见了我，不是点头哈腰的？就是书记、镇长来了，我不给开门，他也得乖乖地在门外站着。

勇哥上班的确能捞到外快。

勇哥的外快都来自夜里的货车司机。成百上千公里的长途跑下来，早就累成狗了。好不容易开到了仓库，总算可以停了车，好好吃口热饭、洗把热水澡了。可那明晃晃的伸缩门拦着，总不能硬往里面闯吧。司机在驾驶室里摁喇叭，恨不得把门房的玻璃震裂了，可四周都是空荡荡的，没有一个人出来。那司机只好下车跑到门房前去敲窗户，才发现勇哥正跷着二郎腿，斜躺在值班床上看电视。司机让勇哥开门，勇哥懒洋洋地站起身："你说开门就开门？那要我们保安干什么？"

12

司机赶紧递上一支烟，对着勇哥点头哈腰："师傅，开开门，深更半夜的，累死了。"

勇哥接过烟，就着门房的日光灯看看香烟的牌子，随手扔在窗户下的办公桌上，打着官腔说："派车单拿过来。"

司机赶紧回到车上拿来派车单，隔着窗户递给勇哥。勇哥拿着派车单，看一眼门外捂得严严实实的大货车，面无表情地说："把车子停到路边，把油布全部打开，我要检查。"

这么大的货车，苫一次篷布，没有个把小时根本就弄不完。在路边上解开篷布，回头还得苫好才能开。要不然，那满地的篷布谁能拖得了？司机急得都快哭了："师傅，你帮帮忙，我开到货场上检查是一样的？"

"一样？怎么一样？"勇哥一副公事公办的样子，"你把危险品拉到货场上怎么办？"

"师傅你说笑了，怎么会有危险品。"

"你说没有就没有？我要对货场负责嘛!"

就在这时，又一辆大货车停到了门口，雪亮的车灯照着伸缩门，货车没有熄火，从车上跳下一个小伙子，远远地从窗外往办公桌上扔了一盒烟："勇哥，开下门。"

勇哥从裤兜里摸出一个紫红色的遥控器摁了一下，对小伙子说："早点休息啊。"

不锈钢的伸缩门"吱吱呀呀"地蹦跳着开了一大半，小伙子上车，把货车开了进去。伸缩门又"吱吱呀呀"地跑了回来。

先前的司机已经从车上拿着两盒烟站在了门房的窗户外边。这回，他知道了勇哥的名字："勇哥，帮个忙，帮个忙。"

勇哥把桌上的三盒烟收到了抽屉里，把手里的派车单还给了司机："今天太迟了，你先停到货场上去吧。"

司机连连点头："谢谢勇哥！谢谢勇哥！"

物流园的伸缩门又开始"吱吱呀呀"地往前跑了，一蹦一蹦的。

门房里，勇哥手里捏着紫红色的遥控器，仿佛握着一柄尚方宝剑。

3

疫情暴发的时候，老王头正一个人孤零零地在家过年。当然，没有疫情，他也是一个人过年，自从二十年前他那个患肺气肿的老娘去世后，他就一直一个人过年。

是的，他是个老光棍，一辈子没有结过婚。几十年了，他一直生活在人们的视线之外，可有可无。虽然年轻时他也去扒过几次杨寡妇的门。他扒在杨寡妇家的围墙上学猫叫，每次都被杨寡妇的儿子苦根用砖头给砸了回去。以至于一直到现在，他都怀疑当年苦根看见他的脸了，要不然苦根看见他，怎么从来都没有好脸色？

村里要封路，偏偏进出的路口就有三条，村两委一班人不够用。村里在大广播里招募到路口执勤的志愿者，老王头放下酒盅去报了名。村主任给他发了一条两寸宽的红袖箍，老王头穿上黄色的军大衣，套上红袖箍，成了一名卡口治安员。一辈子都被人管，自己连一条牛羊都没管过。有了这条红袖箍，老王头觉得自己手上有了一辈子都没有过的权力。

卡口的夜晚真是冷，老王头却很兴奋。他把脑袋缩在脖领子里面，站在马路边上跺着脚御寒。每当远处有车灯过来，老王头就来了精神，早早地站到路中间，学着交警的样子给来车打手势。等车子停到了路边，老王头就走到车窗前板着脸："许出不许进！"

不管对方怎么给他递烟说好话，老王头都是一副不为所动的表情："许出不许进！"看着对方着急上火，却又无可奈何的样子，老王头心里就有说不出的舒坦："这红袖箍真他妈的是个好东西！你开着豪车怎么样？你车上坐着漂亮的女人怎么样？我不让你进，你就不能进！"

上级领导视察卡口，对老王头共克时艰的品德和铁面无私的作风给予了充分肯定。老王头小心翼翼地向领导反映："有些愣头青不听劝阻，硬要往里闯。"领导给他吃了颗定心丸："抗疫是现在的头等大事。谁敢违反，你直接联系公安机关给予坚决打击！"

下午时分，苦根的儿子春苗开车到了卡口，下车给老王头发了一支中华烟："大爷，老丈人早上摔了一跤，我带老婆孩子去看一下，看一眼就回来。"

老王头看了看春苗的车子，春苗的老婆也在车里对着他笑。老王头笑眯眯地对春苗说："春苗呀，现在许出不许进呀。"

春苗说："大爷，你是知道的，老丈人家就在河对岸，就三四里路。那里也没有感染的人。我们去看看就回来，保证不串门、不到公共场所去。这年头正月的，老人摔了跤，我们不去看看不放心。"

"现在是特殊时期。"

"我知道，我知道。"春苗又给老王头发了一支中华，"我保证不串门，带着老婆孩子呢，你让我串门我也不敢。不信你看看我的里程表，现在是 54321 公里，回来你看开了多远。"

春苗上车对着里程表拍了张照片，把车开走了，老王头给他放了行。许出不许进嘛。人家是出，没有理由拦着。

晚饭后不久，春苗的车子回来了，同样远远地被老王头拦到了路边。春苗摇下车窗玻璃："大爷，是我。"

老王头说："春苗啊，你开回去吧。许出不许进。"

"大爷，我发誓，除了老丈人、丈母娘，我一个外人都没见过。吃过晚饭就回来了，路上连只狗都没有碰到。"

"不是你见不见的问题，是你从外地回来，就不能进。"

"什么外地？不就隔条串场河？我车子都没进去，停在路边走进去的，吃过晚饭就回来了，那边也封路了。你看看我的里程表，现在是 54324。"春苗翻出手机上的照片，"来回才开了三公里。"

"那你就住在老丈人家嘛。来来回回的干什么？"老王头不看春苗的手机。

"老人家里没有地方住呀，再说我们也没有带生活用品和衣服呀。就是三四里路，前后还没有三小时，能有什么问题？"

"有问题就来不及了。回去吧。"老王头的口气不容商量。

一起执勤的还有村里的一个副主任，本来坐在路边临时安置的集装箱里避风，听到争吵走了出来，看见是下午出去的春苗，对老王头说："老王，春苗下午才出去的，让他进来吧。"

老王头不干了："主任，现在是什么时候？许出不许进是上级的指示，你敢把外地的车子和人放进来？出了问题你负责。"

这话就上升高度了，副主任哪里敢保证。不出事还好，这要出了事，他十个副主任也不够撸的。

春苗急了："我才出去三小时，又没有经过什么风险区，怎么就不能进了？"

春苗说着，上车打着了火就要往里开。老王头抢步站到了车子前面，伸手指着车子里的春苗，一副视死如归的表情："你敢硬闯，我就打电话让派出所来抓人！让你全家到拘留所里过年！"

雪白的车灯照着他的黄大衣，大衣袖上的红袖箍像一个张牙舞爪的门神，横眉立目地瞪着春苗。

2021/10/08

霜　降

　　几个人爬上屋顶，从屋脊开始，把紫红的琉璃瓦一片一片掀下来，不到一个小时，昨天还高大气派的房子就像是被剥光了衣裳的庄稼汉，露出了搓板一样嶙峋的肋条骨。

　　桂花蹲在院子里，两手铰着腰间的围裙，眼看着自己住了大半辈子的房子被拆得一片狼藉，泪水顺着脸颊无声地流了下来，很快，就在脚边落满灰尘的水泥地上滴出了两个圆圆的眼窝。

　　透过院子里飞扬的尘土，桂花看见了丈夫明诚。

　　明诚拉着桂花，在院子东南角栽下一棵桂花树和一棵柿子树。明诚说："等柿子树开始挂果的时候，我们的孩子就该上学了。到时候，我给你们做柿饼，做桂花酱。"桂花轻抚微微隆起的肚子，吃吃地娇笑。

　　桂花开了，满院暗香浮动。中秋节的晚上，院子里的供桌上摆满了花生和菱角，还有几只油光光的月饼，桂花树和柿子树的身影在院场上盛开了一幅静谧的水墨画，微风吹动，圆圆的柿子在枝叶间忽隐忽现，仿佛一只只调皮的眼睛。明诚看了一眼供桌上祭月的茶水碗，假装惊奇地惊呼："桂花快来看，月宫仙子来我家了，祭月的茶水喝掉了半碗，月饼也吃了半块。"刚上小学的女儿婵娟躲在桂花身后偷偷地笑。婵娟问明诚："爸爸，我家什么时候盖新房呀？"明诚摸着婵娟的羊角辫："等你考上初中了，爸爸就给你盖新房。"

新房盖起来了，青砖青瓦七架梁，婵娟考上了初中，皱纹也悄悄爬上了明诚的眼角。

明诚和桂花是光明庄一对普通夫妻，守着几亩责任田男耕女织。明诚置办了拖拉机、水泵、脱粒机，不仅自己家用，也帮本庄村民耕种收割。桂花侍弄庄稼，伺候丈夫和女儿，一家人亲亲热热地过着自家的小日子。

婵娟读大学的时候，家里翻建了新房，贴瓷砖，盖琉璃瓦，不仅建了卫生间，装了浴缸和马桶，连储粮的仓房都换上了铝合金门窗，再也不用担心老鼠把收好的粮食糟蹋了。

婵娟要远嫁到千里之外的浙江去。出嫁那天，明诚哭得像个孩子，隔着车窗拉住婵娟的手："等柿子熟了，记得回来吃。我再干几年，给你建一栋别墅，你生几个孩子回家都住得下。"

明诚的别墅最终没能建起来，他病倒了，食管癌晚期。

婵娟一次次来回奔波，还是没能留住明诚的生命，偌大的院子里，只留下两棵树陪伴着桂花。中秋时节，桂花收好满树的金黄和清香，腌制成橙黄透明的桂花酱；霜降时节，桂花摘下满树的红灯笼，腌制成挂霜的柿饼。那些来自光明庄的味道，连同地里新出的萝卜、山芋、蒜苗、菠菜、菜籽油、大米一次次通过顺丰快递送到婵娟手上。婵娟生了两个女儿，她一次次带着老公和孩子回到光明庄，看望孤独的母亲，还有那个沉睡在串场河边坟地里的父亲。

岁月染白了桂花的黑发，婵娟想要把她带到浙江去。桂花不肯:"桂花树在这里,柿子树在这里,你爸也在这里。"

责任田被流转了,桂花在附近一家小厂找了一份工作,平时侍弄几分自留地,晚上和两个外孙女视频:"有没有想外婆呀?"两张粉嘟嘟的小嘴抢着说:"想了!"桂花就心满意足地笑:"等柿子熟了,外婆给你们做柿饼吃。"

年轻人大多在城里买了房,光明庄上的人越来越少了,只剩下一些形单影只的空巢老人和一栋栋破败的老房子。政府规划新农村建设,准备将那些闲置的空关房拆除复垦。桂花不想离开老家,可她怕将来整个村庄就剩下她一个人。婵娟想让她去浙江,她说:"桂花树在这里,柿子树在这里,你爸也在这里。我走了,就剩你爸一个人,他会害怕的。"

桂花和村里签了拆迁合同,可拆迁款根本不够在镇上买两间二手房,没办法,只好先在镇上租了两间民房栖身。

拆迁队很快就来了,只半天工夫,桂花和明诚半辈子的心血就变成了一堆瓦砾。桂花摸摸门窗,摸摸条台,摸摸碗橱,摸摸玻璃中堂,摸到哪一样,她都会想起当年和明诚一起置办时的幸福。她一样也不想落下,可出租房太小了,她什么也不能带走。

桂花站在废墟前流了半天泪,一步三回头地离开了。

桂花依旧天天到小厂去上班,偶尔骑上半小时电瓶车到老家自留地里摘些大蒜和芫荽。没有了农具,没有了家,她不知道明年这些自留地该怎么种。

霜降的晚上,桂花和外孙女视频:"柿子熟了,明天外婆回去摘柿子,给你们做柿饼吃。"

桂花回到曾经的院子,她突然发现那两棵树被连根刨了,乱七八糟地倒在一片废墟里。满树的叶子早已枯萎,风一吹,光秃秃的树枝发出痛苦的呻吟。那些红彤彤的柿子七零八落地落了满地，有的被鸟儿啄去了一半，有的摔得稀烂，有的已经干瘪成了一张张皱巴巴的丑脸。

　　桂花蹲在瓦砾上放声痛哭，头顶落满了寒霜。

2022/11/14

眼　疾

　　罡景想在退休前出本书。在文化部门工作了半辈子，平时喜欢写一些随笔，他把自己这些年写的东西整理了一下，居然有厚厚一摞。他联系了一家出版中介，准备给自己的文学人生写上一个华丽的大结局。

　　书稿发出去两周，中介联系罡景说没有出版社愿意出版。罡景很生气，自己的作品都是揭露人性阴暗的，虽然比不上鲁迅那样深刻，怎么的也比那些无病呻吟的风花雪月要强上百倍。一定是中介想要提高出版费用使出的欲擒故纵之计。这些靠文吃文的斯文败类！说什么也不能和他们同流合污。

　　罡景决定不理中介，这些家伙只要被看破了伎俩，很快就会屁颠儿屁颠儿地找上门的。可又过了半个月，中介那边依然锅不动瓢不响，没有半点儿让步的意思。罡景坐不住了，说什么自己也是个文化人，这辈子不给子孙留下点儿文化遗产岂不遗憾？钱算什么东西？算了，商人重利轻义，自己没必要和那帮掉进钱眼里的人计较。想通之后，罡景晚上主动联系中介说费用好商量。没想到，中介并没有借坡下驴，还是客客气气地对他说："罡景老师，您的作品我们联系了多家出版社，实在没有一家愿意出版。您还是另请高明吧。"

罡景气得把手机扔到桌上，长叹一声说："世风日下！世风日下！"

罡景一夜未眠，早上开着电瓶车去上班，远远地看见三桥路银行门口挤满了人。银行对面是菜市场，每天早上都有不少乡下的菜农在路两旁卖菜，三轮车、电瓶车、菜筐、菜篮把原本宽阔的马路塞得满满当当。罡景骑着车小心翼翼地在人缝里左冲右突，一个声音突然喊住了他："老景！"

罡景一扭头，看见办公室同事小李正站在一辆卖玉米的三轮车前面。

"这新鲜玉米不错，你要不要来两根，比超市便宜！"小李一边说，一边往那个穿拖鞋的农民秤盘里放了四根玉米。

农民把秤杆抬得高高的："四块半，再给你一根算五块钱，反正自家地里长的。"一边说，一边麻利地拿起一根玉米放到秤盘里。

罡景一眼看见那根玉米背面满是褐色霉斑，几条肉嘟嘟的紫红色小虫子在籽粒缝隙里蠕动，赶紧大喊一声："等一下！"小李和农民都吓了一跳，两人不约而同地看向他，眼神里满是疑惑。罡景一只脚撑地，伸手从秤盘里抓起那根玉米："看你长得老老实实的，怎么做这种缺德事？"

农民说："你怎么说话？我一根玉米块把钱，送给他算五毛钱怎么缺德了。"

"你把生虫子的玉米当成好玉米还不缺德？"罡景轻蔑地看着农民，把手里的玉米举到那人面前。

农民接过罡景手里的玉米，举到罡景面前："哪有虫子？哪有虫子？"

罡景接过玉米翻来覆去地看了又看，乳白色的玉米粒像孩子的乳牙一样整齐排列着，的确没有一颗霉籽，也看不见一条虫子。罡景揉了揉眼睛，又把秤盘里的玉米依次查看了一遍，还是没有发现一粒霉籽、一条虫子："奇怪了，我明明看见虫子在爬的。"

农民不屑地剜了他一眼："有病。"

罡景闹了个没趣，顾不上和小李打招呼，右手一拧油门，电瓶车猛地蹿了出去，结结实实地撞在一位蹲着挑菜的老阿姨腿上。

老阿姨"唉呀"一声瘫在地上。罡景看见老阿姨迅速从衣袖里伸出手在小腿上划了一下，腿上立刻出现了一道十厘米长的血口子，殷红的鲜血顺着小腿往下流淌。老阿姨缩回手，一道寒光在罡景眼前一闪而过。罡景知道，老阿姨的衣袖里藏着锋利的刀片。罡景坐在车上没动，自己出门前没有烧香，遇到碰瓷的了，等着被那个老太婆敲竹杠吧。

老阿姨身边很快就围满了人，大伙儿七嘴八舌指责罡景撞了人还像没事人一样。罡景不屑地说："我不是有钱人，找我碰瓷没什么油水。"

有人上前扶起了老阿姨。

老阿姨捞起裤管看了看，小腿上有一块青斑。老阿姨又在地上走了几步，骨头也没有受伤，她抬起头看向罡景。

罡景说："说吧，要多少钱？"

老阿姨脸涨得通红："谁说要你赔钱啦？"

"你腿上自己划的伤口呢？"罡景揉了揉眼睛，不相信地看着老阿姨。

人群里发出一阵叽叽喳喳："叫他送你到医院去拍个片子。"
"就是，撞了人还说这话，就得叫他赔。"

老阿姨单腿点地活动活动了那条被撞的腿，回头对罡景说："你走吧。这世上不都是像你这样的人。"

罡景赶紧拨正车头狼狈地离开了，身后一片嘘声。

到了单位，罡景泡好一杯茶，坐到办公桌前看报纸。同事小王说："这两天安徽的'盒饭姐'火了。"

罡景眼睛从报纸上离开："什么'盒饭姐'？"

"安徽有个大姐卖盒饭，十块钱一份，三十五个菜随便吃。"

"三十五个菜十块钱？"罡景"切"了一声分析道，"两种可能，一是她的菜都是臭鱼烂虾，菜场卖不掉的烂脚货。二是她借网络炒作。现在猫儿狗儿都能在网上炒作，不就是博眼球吗？"

"这回你错了！盒饭姐卖了几年的十元盒饭了，这几天被网红爆出来后，人家不堪其扰宣布歇业了。"

"没有趁机开个直播带货啥的？"

"什么直播带货，人家夫妻俩歇业回家陪孩子了。"

"还有这事？"罡景百思不得其解。

晚上下班后，罡景顺道去找四聋子理发。理发店里坐着几个老头，四聋子看见罡景，赶紧招呼他坐下："稍等一会儿就好。"一个农民一样的老头看着罡景说："我们平头百姓在这儿剪头发，你一看就不是农村人，怎么也到这儿来？"

"我一直在四聋子这儿理发，那些美容美发啥的从来不去。"罡景振振有词地说，"你看看那些发廊里的女的，一个个打扮得妖里妖气的，穿得露胳膊露腿的，都不是什么好东西，全都是'鸡'。"

"话不能这么说。"

"怎么不能这么说？好人家的女儿谁穿成那样？不是'鸡'是什么？"

正说着，罡景的手机响了，他起身对四聋子说："明天再来，文友约我喝酒。"

罡景骑着电瓶车赶到"小娘子家常菜"，几个文友已经到齐了。原来是文友老王在晚报副刊上发表了一篇豆腐块，约了几个文友庆贺。罡景说："老王，你老实说，给副刊编辑送了什么礼？"罡景也给晚报副刊投了几次稿子，每次都是泥牛入海。他知道是因为自己没给编辑送礼的缘故。他罡景是什么人？顶天立地一男儿，岂能为五斗米而折腰。

"送什么礼？我是邮箱投稿的，都不认识人家编辑老师。"老王有些生气。

"不要说区区一个晚报，那些大刊的版面都是明码标价的。"罡景洞若观火地说，"三年小主编，两套学区房。现在的副刊杂志早就成了某些人的敛财工具了。"

"你这个老景啊，心里太阴暗了。"文友老郑说。

"不说了，不说了。喝酒吃菜。"老王打圆场，"小娘子的家常菜味道不错的。"

小娘子的菜品真是没话说，几个人酒足饭饱，老王喊来老板娘买单。老板娘笑眯眯地说："二百六。"

"才二百六！价廉物美，真不错！"老郑由衷夸赞。

"都是些陈货。"罡景幽幽地说了一句，"油盐酱醋地炒出来，你们还在夸。"

"老板你可不能瞎说。我们虽然是小店，但凭良心做生意，从来不用陈货烂菜，你可以到我们后厨去看看。"老板娘俏脸通红。

"看看就看看。"罡景说着就往后厨走，其他几个人也跟着。

来到后厨，罡景一眼就看见地上污水横流，橱柜里苍蝇乱飞，到处都是发黄发黑的烂菜叶。罡景说："看看吧，鱼都死了，肉也臭了，我说的没错吧。"

"你哪只眼睛看见鱼死了？哪里有烂菜？"厨师手里拎着铁勺瞪着罡景。

"是啊，这些菜都绿油油的，一根黄叶也没有。"后面几个人也在不住点头。

罡景使劲地揉揉眼睛，后厨干干净净，蔬菜和肉食分门别类井井有条，水族箱里鱼儿摇头摆尾游得正欢，展示柜里的肉食色泽鲜艳，"呼呼"地冒着凉气："真他妈见鬼了，我明明看见……"

"你看见个屁！我看你是瞎了！"厨师没好气地怼了他一句。

罡景觉得自己的眼睛可能出了问题，决定第二天到眼科去看看。

眼科那个穿白大褂的医生仔细听罡景说完病情，在电脑上迅速打出一摞检查单。

罡景一看，有验血、验尿、B超，居然还有心电图和心脏造影。罡景火了："大夫，我就看个眼睛，你怎么给我查这么多？你是不是以为我不懂？"

"你先不要急。你这个病呀，看起来是眼睛出了问题，根据我的经验，问题不在眼睛上，而是和你的心有关。"

"和心有关？"罡景有些紧张，毕竟岁数大了，心脑血管出点问题也正常，可嘴上还是不依不饶，"你们当医生的为了拿回扣，故意夸大病情吓唬我，然后拼命开检查、开药物，你这是过度医疗，你别当我不懂。"

"你不要道听途说！"医生正色道，"你如果不信我，可以到其他医院去。但你不能亵渎我们的职业！"

罡景将信将疑地做了检查，捧着一叠检查单又回到眼科。眼科医生仔细看了看检查单，指着其中一张说："你看，果然和我判断的一样，你心里长了东西，要做手术切除。"

罡景听说要在心上动手术，立刻就看到医生一脸奸笑地一手举着刀，一手在背后和护士分他的钱。他气急败坏地大骂："你这个庸医，为了拿回扣，竟然要拿我的生命去冒险。"

"你不要激动。只要在门诊做个小手术，把那些东西扒掉就好了。"医生轻描淡写地说，"小手术，手术费只有十块钱，就像开个麦粒肿一样简单，做完就可以回家了。你想想，十块钱的手术费我能拿什么回扣？"

罡景听说是个小手术，只要十块钱手术费，这才稍微安定下来。医生又安慰了他一番，领着他去了手术室。

还真是个小手术，医生给罡景做了个局部麻醉就开始了。

随着一阵"喊哩喀喳"的声响，医生从罡景心里扒出来不少东西，放在白色托盘里，端到罡景面前。罡景一看，托盘上有一大坨乌黑的脏东西，像是发霉变质的酒糟，又像是腐败发酵的厨余垃圾，淌着黑水，散发着阵阵恶臭……

2023/09/04

张一刀

东广家里祖传杀猪。东广初中毕业想到苏南去打工，父亲天天做他的工作，说什么荒年成饿不死手艺人，说什么一人杀猪全家吃肉，说什么油手又油嘴，落副猪下水。东广架不住老子天天啰嗦，跟在后面学起了杀猪。

东广杀了几年猪，无论是技术还是经验都超过了父亲。父亲看着青出于蓝，自己安心退休养老去了。

东广每天走村串户杀猪卖肉，渐渐练出了一刀准。卖肉时，顾客只要报个数，东广一刀下去，抽出两根稻草打个绳扣，把肉扣好了往顾客手上一递。起初有人不相信，拿起戥子复秤，结果，每次秤杆子都是翘翘的。时间长了，大伙给他起了个绰号——张一刀，渐渐地，大名东广没什么人叫了。

张一刀不仅卖肉一刀准，更有一双神眼。杀猪时，只要站在猪圈外看一眼圈里的大肥猪，就能报出杀多少肉，上下不离半斤来去。有人不服气，和他打赌，每次都输给他一顿酒。

那天，村主任请张一刀到家里杀猪。他站到猪圈外看了一眼，转身就走："太肥了，卖不掉。"

村主任一把拉住他："大肥猪！大肥猪！不是越肥越好吗？"

"大主任哎，早就不是抬头看人低头斫肉的年代了。现在谁还买肥肉？都拣瘦的斫。你这条猪出二百三十斤挂片，脖子上、肚子上的八斤半肥肉实在没人要。"

"张师傅帮帮忙，老太婆辛辛苦苦养了一年，不能留在家里自己吃。"

"那八斤半肥肉真没人要，要不你自己留在家里熬油？"

"你先杀，都说你张师傅一眼准，我倒要看看你眼睛有多毒？"

东广磨磨蹭蹭，直到天黑才把猪杀好。一会儿吩咐主任老婆烧水汆猪血，一会儿让主任出去借大秤，把主任两口子支得团团转。好不容易猪头卸好了，猪脚收拾了，大肠也翻了，那两片扔在门板上的挂片都吹得僵了面。这才让主任拿过借来的大秤过磅，果然，一片一百一十六，一片一百一十四，二百三十斤，分毫不差。

主任拍拍挂片："张师傅，你看看这肉，哪有你说的肥肉，都是实膘。"东广也不理他，拿过自己那只油腻腻的帆布包，数出一沓钞票来："二百三十斤挂片，一千二百六十五块钱，你点点。"

主任收了钱，帮东广把猪肉和猪下水装上摩托车。东广跨上车，和主任摆摆手，"囊囊囊"地开走了。

主任对着东广的背影"呸"了一口："吹牛皮的张东广！还神眼，瞎眼差不多。"

话未说完，他老婆从厨房里端出一只搪瓷盆来："这里还有半盆肥肉。"

主任一看，果然有几块剐下来的肥肉堆在盆里，拿过秤来一称，足足八斤半。

主任忍不住笑着骂了一句："狗日的张一刀，眼睛比秤钩子还准！"

庄上李老太养了一头猪，养到二百斤时不知得了什么病，打了十几天针也不见好，只好请了东广来杀，省得病死了不值钱。

东广站在猪圈外看了一眼："李奶奶，猪病了半个月，杀不出肉来。"

"能杀多少？"

"最多能出八十九斤挂片。"

李老太伸手擦泪，"老头子咳了个把月，卖了猪带他去医院，不管多少，杀吧。"

"九十斤都杀不到？"李老太的侄子站在一旁问。

"杀不到。"东广笃定地说。

一小时不到，猪杀完了，分箱（沿着脊梁骨把猪肉分成两片）过磅，一片四十四，一片四十六，刚好九十斤。

这下，站在一旁看热闹的人起哄了："张一刀今天走眼了。""过了一世的江，阴沟里翻了船。""牛皮吹炸了。"

说什么的都有。东广也不说话，拿过帆布包，按九十斤挂片给李老太结了账，把猪下水装到两只铁框里，挂到车架两侧，再把两片猪肉搁到车后座上。一切收拾妥当，拿出一把剔骨刀，伸手从猪脖子位置剜出一块肉来扔到地上，对李老太侄子说："送给你家狗吃。"

说完，跨上摩托车"囔囔囔"地开走了。

李老太的侄子狐疑地捡起那块肉，发现硬邦邦的呈紫红色，原来是打针打多了，已经变成了一块疙里疙瘩的僵肉，根本就不能吃。

拿过戥子一称——刚好一斤！

2022/11/04

畜生秤

光明庄的成林是个精明角色。

分田到户没几年，成林发现种地比不上做生意来钱快。可自己一没本钱，二没项目，能做什么生意呢？思来想去成林决定到江南收荒，收荒不要多少本钱，当天就能回本，妥妥的短、平、快。

成林把家里几亩承包地交给妻子，自己收拾好行李去了上海。

成林在南桥镇上租了一间出租屋，添置了一辆二手三轮车，一把木杆秤，一只铜铃铛。家伙什备齐，成林腰里扎个腰包就开业了。

他骑着三轮车走村串户，一边蹬车，一边把铃铛摇得叮当作响。那些家庭主妇听到铃声便站在院门外冲他招手。成林赶紧下车跟随女主人来到杂物间，把主人家堆放的废旧分门别类归置好，纸箱纸盒拆了，平平整整摞在一起捆上，饮料瓶倒干净里面的残留装进蛇皮袋，易拉罐踩瘪了……收拾好废旧，成林一一过秤，算好价钱，打开腰包付账，然后再把收到的废旧搬上三轮车码好扎牢。

收满一车废旧，成林便蹬着三轮车赶到城乡接合部的废旧物资回收站，把自己的废旧卖给回收站。价格自然是早就打听好了的，成林按半价上门收购，转手卖出去赚差价。虽说只是一车十几二十元的收入，却是个稳赚不赔的买卖。

那些衣着光鲜的妇人表面精明，讨价还价一分钱的亏也不肯吃，可对重量却没啥概念，过秤时她们凑到秤杆前扒着秤盘星一格一格地数，数完了自己拿出纸笔一笔一笔地算，却从不怀疑重量多少。时间一长，成林发现了赚钱的奥妙。他找到一家制秤的摊位，花五倍价格定制了一把"公三秤"。公三秤顾名思义，三斤的重量只显示一公斤。

第一次使用公三秤成林有点心虚，不承想那个卖货的妇人只顾着在小本子上记账算账，根本就没怀疑什么。有了第一次的经验，成林渐渐放下心来，心安理得地用起了公三秤。

时间不长，成林在南桥慢慢被各家商店和小超市所熟悉，有两家小超市干脆把店里的废旧承包给他收购。

超市的废旧包装箱多，成林三天就要去拉一趟。量是有了，利润却不高，因为超市用自己的磅秤过磅，成林的公三秤派不上用场。

习惯了"大斗量进"的成林动起了磅秤的心思，他四处找内行打听怎样在磅秤上做手脚，几次酒喝下来，终于学到了窍门。磅秤靠承重盘下四个角上的四个点刀传导，只要破坏了点刀平衡，传导杠杆接受到的重量就会减少。成林再去小超市收废旧时就在衣兜里装上了一块小石头。小石头是精心挑选过的，一头尖，一头钝，像一只扁平的楔子。过磅时，成林趁人不备偷偷地把石头垫到磅秤台板下的一个角上，过完磅赶紧偷偷拿回来。石头塞得越深，称出来的重量就越小。成林屡试不爽，好不得意。

超市里的人虽然怀疑重量，无奈磅秤是自家的，有人用超市里的定额粮油复秤，因为石头早就被拿走了，磅秤依旧标标准准，一点儿问题都没有。

一次过磅，成林称好重后就开始往门外搬运，趁着搬货的当儿，伸手把台板下的石头取了出来。刚好超市老板经过，成林一时慌乱，起身时把磅秤上的游砣碰离了位。负责记账的老板娘问："到底是 48 还是 45 的?"成林赶紧说："就按 48 算。"老板说："你也不容易，重新称一下。"成林说："不用了，不用了，就按 48 算。"成林的反常引起了老板警觉，坚持要重新过磅。

老板和老板娘四只眼睛盯着，成林没法做手脚。结果同样的一堆纸板称出了 63 公斤。

这下老板火了，赤那娘比地骂了起来："小瘪三，侬今朝摊上大事体了。"

超市里的人都围了上来，成林眼看事情败露，猛地一个转身，推开人群没命地往外就跑。门口的三轮车也不要了。

跑回出租屋，成林不敢久留，收拾了一些重要东西，带上那把公三秤连夜跑回了光明庄。

成林回到老家，正是农村种麦子的季节，成林成天四处打听，思谋着换一个城市重操旧业，地里的事根本不上心。

过了一个星期，妻子从地里回家，劈头盖脸地问他："你那是个什么秤?"

成林忙问出了什么事。妻子说："你自己到地里去看看。往年 25 斤一亩地的麦种，出的苗刚刚好。今年还是 25 斤麦种，满田的麦苗比牛毛还要密，几亩地小麦全废了。"

成林说："你个拙婆娘哎，那是我做生意的公三秤。"

妻子骂道："打枪毙你不早说！前两天我把家里两亩地黄豆都卖了，拿的就是你这把'畜生秤'。"

2024/06/03

郝奶奶进城

郝奶奶又要进城了，郝爷爷和女儿女婿都不同意。

郝爷爷说："你去了能干什么？让凤两口子去就行了。"

凤说："娘啊，汽车从身边过一下你都晕，这几百里路，你挨不下来。"

女婿说："娘啊，这么远的路，我电瓶车开不到啊。"

郝奶奶急了，不停地擦眼泪。那眼泪却怎么也擦不完，顺着脸上的沟壑往下流："你们不能拦着我。哪怕死在路上，我也要去。不去，我活不到明天了。"

郝奶奶七十八了，一辈子只进过两次城。

第一次是到县城里去开表彰会。

郝奶奶那年不到四十岁，还是郝嫂子，健壮丰腴，像一株青枝绿叶的芦苇。郝嫂子是光明庄上第一个万元户，要到县城里去戴大红花、拿奖状。郝嫂子第一次坐上了汽车，还没来得及兴奋，就吐了个七荤八素。郝嫂子趴在车窗上，一直趴到了县城，胆汁都吐完了。汽车一停下，郝嫂子就瘫在了车厢里。

强撑着开完了表彰会，郝嫂子一个人走回了家。三十五公里的路，郝嫂子走了一夜带半天。回到家里，郝嫂子躺了三天，人瘦了一壳。

郝爷爷说："养龙儿的时候难产，也没有这样怕人。晕一回车，抵得上害一场大病了。"

龙儿是郝奶奶的儿子，考上了南京的大学，毕业后留在了省城。

平时，都是郝爷爷去省城看望龙儿。郝奶奶一次也没有去过省城，她晕车晕得厉害，实在不敢坐汽车。

龙儿结婚不久，媳妇怀孕了。郝奶奶在家里坐不住了，盘算着要到省城去伺候月子："生的是我郝家的孙子，我不去伺候，谁去伺候？"

随着儿媳妇预产期临近，郝奶奶开始晕车了。只要一想到坐车，郝奶奶就要吐。人还没有出发，郝奶奶先在家里吐了三天。郝爷爷说："你这个样子，怎能坐车？让凤儿去吧。"

"凤儿是出嫁的姑娘，我才是婆婆。该我去。"

郝奶奶准备了晕车药、生姜、橘子皮、食醋、风油精、方便袋，没有吃早饭，和郝爷爷一起，提前十天，登上了开往省城的班车。

那一次进城，要了郝奶奶半条命，在龙儿家里躺了一个星期才缓过来。伺候完月子，郝奶奶对龙儿两口子说："往后，我就不来了。不是妈不管你们，实在是没这个进城的福气。"

从省城回到家，郝奶奶又躺了一个星期。

那次进城以后，郝奶奶就落下了病根——只要汽车从身边开过去，就要吐。谁在她跟前说坐汽车，她的喉咙就开始作痒，满嘴都是又苦又涩的馊醭味。

孙子长大了，郝奶奶也老了。每年暑假和春节，龙儿都会带着孙子从省城回到光明庄住一段时间。郝奶奶就有了几十天的欢乐时光。平时想孩子了，就只能打打电话。郝奶奶家里的电话，百分之九十都是她拨到省城的。

郝奶奶平时出门，都是迈开两腿走。远一点的地方，就让住在本庄的女婿开着电瓶车来回接送。郝奶奶说："这辈子，再也不坐汽车了。"

孩子们都出息了，郝奶奶也老了。郝奶奶原本以为，人生没什么遗憾了，自己再也不会进城了。可是，儿媳妇早上的一个电话，让她坐不住了。撂下电话，郝奶奶眼泪汪汪地说："我要进城，我要进城。"

家里人都知道郝奶奶晕车，不是一般的晕，是要命的晕。可谁也拦不住她，谁也不忍心拦住她。可大家都怕呀。郝奶奶七十八了，不是五十岁进城的郝奶奶了，更不是不到四十岁进城的郝嫂子了。她能不能撑到省城啊？

郝奶奶可不管这一切，铁了心要进城。就像她自己说的那样，不让她进城，只怕她活不到明天了。

最终，凤儿两口子决定和郝奶奶一起进城，路上好照顾她。东西都收拾好了，由凤儿背着。女婿推出电瓶车，准备驮上郝奶奶去车站，却发现郝奶奶等不及，早已急匆匆地走在了前面。

七十八岁的老太太，一路小跑着往村外走。风吹乱了她的白发，凌乱而又枯瘦，像一株秋后的芦苇。

看着郝奶奶风风火火的背影，凤儿流泪了。早上她也接到了弟媳妇的电话——

五十岁的龙儿检查出了恶性肿瘤，此刻正躺在省城医院里，等着要做手术。

2021/06/24

红丝和绿丝

中秋节的早上，春慧带着孙女琪琪到李记茶食店买月饼。

家里有几盒月饼，有儿子儿媳单位发的，还有晚辈送的，春慧一一打开看过了，都是些鲜肉馅、凤梨馅、白莲蓉和冰皮的，没有她想要的那种普通的五仁月饼。

春慧买了十块月饼。琪琪吵着要吃，春慧掰下一小块给她，琪琪吃了一口，就用粉红的小舌头剔出两根红绿丝来，"呸呸"地吐在了地上。

春慧第一次吃的就是这种夹着红绿丝的月饼。那时她在村小读一年级，放学后，她跟着读三年级的哥哥回家，刚走出校门，就看见爸爸风尘仆仆地站在不远处。春慧兴奋地喊着"爸爸、爸爸"，小鸟一样飞了过去。爸爸远远地蹲了下来，张开双臂把春慧接住，凌空转了两个圈。春慧一扭身子从爸爸手上滑下来，伸手去拉爸爸的包。爸爸是供销员，每次出差回家都会给春慧带上各种各样的小零食。果然，爸爸像变魔术一样，从包里掏出一个土黄色的纸包。打开纸包，里面是两块黄澄澄的月饼。爸爸拿出一块，掰成两半，分给春慧和哥哥一人一半。金黄的饼皮上沾满了焦黄的芝麻，断口的地方露出几根颜色鲜艳的红丝和绿

丝。春慧在周围小朋友眼馋的目光里轻轻地咬了一小口，真好吃呀，又甜又香。那种看起来粉嫩的红绿丝，吃到嘴里有一种说不出的味道，有点酸，有点甜。

爸爸蹲在一旁，心满意足地看着，等他们吃完了才问她："妞妞，月饼好吃吗？"爸爸一直叫春慧的小名。

春慧伸出舌头，小心地舔掉粘在手上的饼屑和芝麻，仰脸看着爸爸说："好吃。"

爸爸笑了："以后，爸爸年年中秋节都给妞妞买月饼吃，好不好？"

"好！等我长大了，也要给爸爸买月饼，有红绿丝的。"

"好，爸爸老了就等着享我家妞妞的福。"爸爸说完，两手在春慧腋下一插，让她骑到了自己脖子上。春慧感觉爸爸高大的身躯像山一样宽广。

春慧已经两个月没有回娘家去看爸爸了。爸爸八十岁了，自从妈妈去世以后，哥哥就把爸爸接到了家里照顾。春慧有空的时候，也会骑车回去看看他，给爸爸买些吃的和穿的。琪琪放暑假后，儿媳妇给她报了个钢琴班和书法班。春慧天天负责接送，一个暑假也没有时间回一趟娘家。今天过中秋节了，春慧早早地带着琪琪回娘家来看望爸爸。

十几里路很快就到了，进了庄就是村小，现在的村小早就改成了一家服装厂。今天是中秋节，服装厂放假了，透过大铁门，可以看见村小操场上长着一人高的杂草。看见村小，春慧就想起了爸爸第一次给自己送月饼的事来，嘴里突然涌出一股红绿丝特有的味道，甜甜的、酸酸的。

路上遇见了邻居大爷笑着和春慧打招呼："慧姑娘，又回来看你爸啦?"

"天天忙着带孙女，好久不回来了。"春慧有点歉意。

转过一条巷子，春慧看见一个高大瘦削的老人迎面走来，弓着腰、敞着怀、趿着鞋，脚步蹒跚，胡子拉碴的，手里拎着一只红色方便袋。

春慧赶紧停下车子喊道："爸爸，你去哪儿?"

爸爸没理她，直眉楞眼地往前挪着步子，仿佛没有听见春慧的话。春慧把车子支好，走到爸爸面前，伸手拉住他的胳膊："爸爸，你去哪儿?"

爸爸停下了脚步，眼睛盯着春慧："你是谁呀?"

"我是春慧呀。"

"你是春慧呀。你有什么事?"

"我来看你呀。"

"你来看我呀，你是谁呀?"

"我是春慧呀。"

"你是春慧呀。你有什么事?"

"我来看你呀。"

"你来看我呀，你是谁呀?"

坐在车后座的琪琪突然哭了起来："奶奶，我怕。"

春慧赶紧过去把琪琪抱到怀里，摸着她的头安慰道："妞妞乖，妞妞不怕。老外公只是忘记了奶奶的名字。"

一旁的爸爸听见了春慧喊妞妞，从方便袋里拿出一只油光光的月饼，掰出一半来，送到琪琪面前："妞妞乖，爸爸正要到学校给你去送月饼。有红绿丝，是你最喜欢的。"

月饼断口处，露出几根颜色粉嫩的红绿丝来。

2021/09/21

老队长

老队长有一颗硕大的脑袋，光秃秃的，又兼长得白白胖胖的，像一尊慈眉善目的弥勒佛。

他读过几年私塾，虽然字写得像狗爬，可会背着口诀打算盘："一上一、二上二、三下五去二……"

老队长不仅是队长，还是会计。

他这个会计和别人可不同。生产队里每一笔开支和收入，他都记得清清楚楚的，裁一张两指宽的纸条，写上——

买扫帚 10 把 15 块 5 角

买〇〇5 把 12 块……

老队长不会写的字就画个圆圈。记一笔账，就往厨房二梁膀子下挂着的淘米笼里塞一张纸条。年底了，生产队里组织社员代表盘账，老队长从二梁膀子上解下淘米笼，往饭桌上一搁："全年账目都在这儿，大半淘笼。"

代表们一张一张把账单拿出来，上面一大半都是圆圈。好在大家都不太识字，最后把纸条数了数，一共二百一十六张。

代表报数，老队长嘴里念叨着："一上一、二上二、三下五去二……"噼里啪啦地打算盘。两遍打下来，代表宣布："今年，生产队买圆圈，花了六百五十四块三角二分。"

老队长门口有一棵大楝树。暑假里，我和三癞子在树荫底下下军棋，老队长穿着大裤衩，光着膀子，手里拿个破凉帽，一边扇风，一边笑眯眯地看我们下棋。我说先有红军，三癞子说先有八路军。两人争得不可开交，我们请老队长做裁判。

老队长涮了涮嗓子，"咳"的一声伴咳嗽，慢条斯理地说："先是（新四）八路，后头是解放军，最后才有红军绿军（陆军）。"

能为我们释疑解惑，老队长很开心。回到厨房里，从水缸里搬出一个大水瓜，切好了分给我们吃。

生产队分田到户，老队长也退休了。老头子精神抖擞，退而不休。他看中了靠近村小的优势，做起了学生生意。他吃过早饭在家里蒸馒头，课间操的时候，挎着竹篮到学校门口去卖馒头。

老队长的馒头有两种，实心的杠子馒头五分钱一个，青菜馅的菜包子一角钱一个。

我和三癞子想吃菜包子，兜里没有钱，就想办法捉弄老队长。我拿五分钱跟他买一个杠子馒头，然后举着馒头问他："老队长，菜包多少钱？"

老队长咧着大嘴笑嘻嘻地说："菜包一角，菜包好吃。"

"那给我换个菜包。"我把馒头递给他。

"好的。菜包好吃。"老队长接过馒头，掀开篮子上苦着的毛巾，拿出一个热烫烫的菜包子。

我接过菜包就咬，老队长笑嘻嘻地看着："小伙，烫嘴！慢点儿吃！还要再给五分钱。"

"还要给什么钱？"我故意装糊涂，"不是一角钱一个吗？"

"是啊，一角钱一个。你才给了五分钱，还差五分钱。"老队长依然笑嘻嘻的。

"我还给了你一个馒头呢，馒头不是五分钱？"

"哦，不错。"老队长伸手挠了挠光秃秃的后脑勺，"不对呀，你那五分钱，我给过你馒头啦。"

"馒头我没吃啊，还给你啦。"手里的菜包已经吃完了。

"哦，不错。"老队长想通了，"馒头你还给我了，是我老糊涂了。"

"那我走啦。"

"下回再来哦。"

下回再去的时候，换成三癞子，还是故伎重演。老队长不上当了："你们两个小猴子，绕我这个老头子呢。"

我们把老队长围在中间，跟他掰扯道理："是不是给了你五分钱？"

"我给你馒头啦。"

"馒头我还给你了。"

"你给了五分钱，菜包子一角钱一个，还差五分钱。"

"给了你五分钱，又给了你一个馒头，不是正好一角钱？"

"唉，是正好。老头子糊涂了，拿去吃，小伙。下回再来。"

那一年，我和三癞子花三角钱吃了老队长六个菜包。后来他再也不肯换了，看见我俩就说："你们吃菜包还是吃馒头？菜包一角，馒头五分，只卖不换。"

我们捧着肚子大笑，老队长也跟着笑，弥勒佛一样的胖脸上，笑容像南瓜花一样，厚实实的。

又过了十多年，我外出打工。回家时听说老队长快不行了，赶紧去看望他。

老队长躺在一张藤椅上，瘦得脱了相，只剩下一个硕大的圆脑袋，无力地搁在椅背上。看见我进来，老队长两手撑着椅圈，想要从藤椅上拗起身子。我赶紧拦住他："老队长，你躺好。"

老队长看见我手里拎着两包茶食，嘴角牵了牵："你们两个小猴子，当年一人骗了我六个菜包子，现在一人还给我两包茶食，还是我赚了。小工兵还想扛军旗，还是太嫩了点儿……"

我扭过脸，早已泪流满面。

2021/08/11

二　姐

　　为了每天一百块钱的加班工资，二姐春节期间选择继续留在饭店里打工。

　　这已经是二姐第五个春节没有回家了。

　　因为疫情，二姐困在了上海。钱没有挣上，家也回不了。正月初四，二姐和我视频，面前是一碗泡面，背景是宿舍里的高低床。

　　我问她："二姐，你不会是睡在上床吧？"

　　二姐憨憨地笑："上床放东西，不睡人。就是睡人，我现在也能爬上去，我爬上去给你看。"

　　二姐说着，起身要爬床给我看。我吓得赶紧制止她："好了，好了。我相信你能上去。"

　　二姐原先体重两百多斤，已经不是五十年前那个可以坐在桑树杈上吃桑葚的小姑娘了，我可不敢让她爬高爬下。

　　看得出，疫情初期，二姐没那么紧张。春节期间难得的休息，反而让她心情不错。

　　二姐其实是大姐。听爸妈说，二姐上面还跑了（夭折）一个大姐，可我和二姐都没有见过。爸爸妈妈说她是二姐，我就一直叫她二姐。

二姐小时候像一株串场河边的芦苇，青青绿绿、高高瘦瘦的，很好看，也很调皮。在我还不敢爬树、不会游泳的年纪，那些树上的枣儿和果子，那些地里的香瓜和山芋，二姐总能弄来，带着我躲在树丛或是玉米地里，吃得小肚子滚圆。

那时二姐的任务就是洗衣、洗碗，外加照顾我。每天早上，爸妈去上工了，二姐收拾好锅碗瓢盆，就会趔趄着抱出一只比她腰围粗了三倍不止的大木盆，坐在天井里洗衣服。洗好衣服，拿到串场河大码头上去汰。汰干净了，再端回家晒到晾衣绳上。二姐够不着晾衣绳，每次都要拿一张木凳垫脚。

等到我能上学的时候，二姐已经可以够得着晾衣绳了。秋天开学了，爸爸送我去上学。二姐右手吊着晾衣绳，左手小指含在嘴里咬指甲。二姐盯着我的新书包，眼睛里满满的羡慕。手指头咬破了，血顺着嘴角往下流，她居然不知道。

我上学了，二姐的任务更重了，不仅要洗衣服，还要做饭、打猪草。大约就是在那个时候，二姐学会了一手不错的针线活。无论我因为贪玩把衣服撕成什么样，二姐都有办法缝补好，针脚又细又密。爸爸妈妈忙着在大集体上工，二姐实际上充当着妈妈的角色，夏天帮我洗澡、冬天带着我睡觉。

直到有一天，爸妈在我的小床旁边另给二姐搁了一张小竹床。我才发现，二姐已经长成了一棵婷婷袅袅的杨柳。

没有上过一天学的二姐，成了家里的大劳力。不管是地里的农活，还是家务、女红，样样拿得出手。在田头休息的时候，身边总是围着一群小伙子。

邻居的伯母婶娘对妈妈说："该给莲丫头相个人家了。"二姐听见了，红着脸回到自己的房间里，躲在门后面偷听。

妈妈生了我以后，身体一直不好，总是病恹恹的，三天两头吃中药，家里一直有一股淡淡的中药味。每当有人说要给二姐提亲，妈妈总是叹气："我这个身子，苦了莲丫头。我要给她找个好婆家，不然对不起她。"

莲丫头就是二姐，比我大五岁。等我读初中的时候，妈妈和爸爸商量："上门给莲丫头提亲的人不少，你拿个主意，帮她选个好人家。"

爸爸不说话，闷了半天才憋出一句来："现在把她嫁出去，谁来撑这个家？你的病怎么办？三儿念书怎么办？"

妈妈沉默了，家里都陷进了无边的沉默。

我考取高中那年，农村实行分田到户，家里分了七亩承包地。妈妈留在家里做家务，爸爸和二姐起早贪黑在承包地里忙活。妈妈的药费和我的生活费，是一座沉重的大山。扛着这座大山的，只有爸爸和二姐。农忙季节，几天几夜都睡不上一个囫囵觉，爸爸在家里看什么都不顺眼，打狗撵鸡、指桑骂槐。妈妈不敢申辩，只能偷偷抹泪。

春节前几天，家里来了个远房表叔，一见面就跟爸爸说："老表，恭喜你呀。我帮莲丫头挑了个好人家。"

二姐的眼睛里燃起一团火苗，把她小麦色的脸庞烧得一片绯红。这次，二姐没有躲，涨红着脸，站在一旁听。

"男方是个独生子，三代同堂。家里有两进瓦房，还开了一片油坊。条件比普通人家好了几倍。岁数比莲丫头大三岁。"

二姐的眼睛更亮了，拎着热水瓶给表叔添茶。

爸爸嗫嚅着："条件这么好，只怕我们高攀不上。"

"有我在，你怕什么？"表叔拍着胸口打包票。

妈妈小心翼翼地问："他表叔，条件这么好，怎么到现在没有成家？"

二姐的眼睛紧紧地盯着表叔。

表叔端起碗，喝了一口茶："咳，人家是个好人家，就是那孩子不爱说话。一来二去的，耽误下来了。"

"不说话有什么？贵人语少。只要不是哑巴就行。"爸爸反过来安慰表叔。

"不是哑巴。我担保，就是不爱说话。"表叔信誓旦旦。

妈妈还是不放心："他表叔，那孩子不会是个缺胳膊少腿的残疾人吧？"

"不缺胳膊，不少腿。那孩子长得一表人才的。"

妈妈虽说还有怀疑，见表叔这么一说，也不好追问。双方约好春节后，选个日子去相亲。

那个春节，二姐穿的像花蝴蝶一般在家里忙碌着。正月初八，妈妈、二姐、姑姑，和表叔一起，坐着男方开来的机动船，到五十里外去相亲。我本来也想一起去看看，因为第二天要开学，赶不及回来，只好留在家里收拾行李。

二姐上船前，我对她说："二姐，好好看看。不满意就不要答应。"二姐伸手摸了摸我的头，笑靥如花："二姐心里有数。"

礼拜六，我放学回家，刚好赶上过元宵节。往年这一天，二姐早就把家里收拾得喜气洋洋了。这次，家里却冷冷清清。爸爸妈妈坐在堂屋里不说话，二姐躺在小竹床上蒙着被子睡觉。

我过去掀开二姐的被子，看见二姐双手捂着脸，泪水顺着指缝汩汩而下。

我赶紧问："二姐怎么啦？"

爸爸不说话，妈妈开始抹眼泪。

我着急了："到底是怎么啦？"

爸爸瓮声瓮气地吼了一句："大人的事，小孩子多什么嘴？"

二姐是麦收前出嫁的。一条披红挂绿的十五吨水泥船，装着一船嫁妆，接上身穿大红色嫁衣的二姐，从串场河大码头上"突突"地开走了。串场河边满眼金黄里的那一抹火红，一直留在我的记忆里。现在想起来，越发觉得苍凉而决绝。

二姐出嫁前，抱着我的肩头"嘤嘤"地哭："三儿，你要好好读书，才能对得起爸妈，才能对得起姐。"

我是后来才知道，那一船漂亮的嫁妆是男方家里出的。提前送到了光明庄来，为的是给二姐结婚时装门面。我当时还奇怪，怎么家里一下子变得有钱了？二姐结婚以后，家里的确变得宽裕了一些。最直接的证明就是，我的生活费提高了。爸爸按时给我生活费，比以前每个月多了十块钱。

我因为上学的原因，一直没有见到过二姐夫。当时家里最大的事，就是供我上学。二姐出嫁的时候，二姐夫没有到光明庄来领轿，是他姑父来的。爸爸说，对方安排长辈娶亲是重视。

二姐回门、满月这些事，我都没有在家。第一次见到二姐夫是春节的时候，二姐回到光明庄来拜年。那天，二姐挺着明显出怀的肚子，身后跟着一个眉清目秀的年轻人，看上去白白净净的，还真是一表人才。我放心了，赶紧上前打招呼："二姐夫，我是三儿，很高兴见到你。"

二姐夫穿着一件笔挺的藏青色中山装，头发梳得板板逸逸。可他仿佛没有听见我说话，亦步亦趋跟在二姐身后，也不看我，脸上没有任何表情。

我有些尴尬，赶紧接过二姐手上装糖果的竹篮。这时，我才意识到二姐夫居然是空着两手的。我疑惑地看着二姐。二姐拉了一下二姐夫的袖子："这是我弟，喊人。"

二姐夫这才转脸，对着我露出一口鲜红的牙床："这是我弟，喊人。"

我的脑袋"嗡"的一下就大了："二姐，这是咋回事？"

二姐没有说话，二姐夫接茬了："二姐，这是咋回事？"

我至今都想不起来那天我和二姐说了什么，直到两天后二姐回去了，我还是没想通，二姐为什么会嫁给一个傻子？

再次见到二姐夫，是二姐带着他到光明庄来给孩子做满月。那时，到县城的公路刚刚开通了公共汽车，妈妈让我到公路边去接二姐。

明显发福的二姐背后背着一个蓝色大布包，左手抱着襁褓，右臂挎着竹篮，从公共汽车上蹒跚着下来。我赶紧去接过她身上的行李，转脸看见二姐夫还是那样两手空空地跟在后面，忍不住对着他发火："你是个死人啊，就不能帮忙拿点儿？"

二姐夫显然认识我，他很开心地对我露出鲜红的牙床："你是个死人啊！"

我终于知道了当年的事——对方允诺了一大笔足够我上学和给妈妈看病的彩礼。为了我和妈，二姐把自己卖给了一个傻子。

更要命的是，二姐的孩子是个脑瘫。我抱过一次那个可怜的孩子，不哭也不闹，全身都是软软的，像一条没有骨头的蚂蟥。我吓得赶紧把孩子还给了二姐。

我送二姐回去，见到了二姐的公婆和爷爷奶奶。那也是一家淳朴的农村人。一家人拼命干活挣钱，只想着把日子过好了，能给傻儿子娶个媳妇传宗接代。

我本来想，如果二姐在婆家受了欺负，我就趁机把二姐带回家，最多是把彩礼退回去。可我在那里发现，二姐的公婆和爷爷奶奶都惯着她。即便已经出了月子，那些月子里才能享受的蹄髈和烧饼、馓子，依旧一顿不差地给二姐盛好了。孩子的尿布一块也不用二姐去洗。二姐夫虽然傻，但不招人烦。他只是静静地站在不惹眼的地方，一言不发。你不找他，他一天也不会说一句话。家里人给他梳好的头，三天也不会变样。还真和表叔说的一样——长得一表人才，就是不爱说话。

我劝二姐离婚。二姐的眼睛里一片灰暗："人家没有逼我嫁过来，家里老人也都对我蛮好的。做人要有良心，不能过河拆桥。再说，孩子怎么办？慢慢挨吧，这就是姐的命。"

物质上越是丰裕，二姐越是感觉亏欠，亏欠到无法抱怨。二姐被困在一张用亲情和温情编织的网中央无法挣扎。她无力改变自己的生活，只能拿自己来还债。

我在二姐家住了一天。除了二姐的公婆叫我吃饭，全家没有人说话，连孩子的哭声都没有。整个家里死气沉沉，我一刻也待不下去。

回家时，二姐把我送到村口公交站。我看着二姐心如死灰的样子，心里不忍，却也说不出什么安慰的话来。

二姐把我送上车，临行前反复嘱咐我："三儿，你一定要好好读书。"

我只有狠狠地点头。我知道，我读书的机会，是二姐用后半生的幸福换来的。

二姐的孩子没活几个月就夭折了。

　　我暑假的时候，二姐又回了一趟光明庄。看见二姐，我都不敢认她了——二姐长胖了，胖得走了样。肚子大了，像个足月的孕妇；胳膊粗了，比原先的腿都粗；最难看的要数二姐那张脸了——满脸的横肉，挤得眼睛都眯成了一条缝。这哪还是我那个杨柳一般飘逸的二姐呀，简直成了一座行走的肉山。

　　二姐不仅仅胖了，她居然学会了抽烟。看着她翘着两根肉乎乎的手指，娴熟地吞云吐雾，我心里有说不出的压抑。我想，二姐心里莲心一样的苦楚，没人可以替她分担，或许只有那一缕青烟才可以带走。

　　两年以后，二姐又生了一个男孩。孩子生下来依旧是脑瘫。二姐的公婆坚持要把孩子送走，重新生个健康的孙子。二姐死活不同意："这孩子已经够苦了，要死，也让他死在我怀里。"

　　儿子已经没有了指望，公婆比谁都更希望能生个正常的孙子传宗接代。为此，二姐和公婆之间有了隔阂。婆婆经常指桑骂槐，只有二姐夫的爷爷奶奶有时帮腔说两句："莲丫头委屈，你们不要怪她。"

　　我终于考取了省城的大学，妈妈却已经病入膏肓。二姐抱着脑瘫的孩子，回到光明庄来照顾妈妈。二百多斤的二姐，不眠不休地服侍了妈妈十几天，最终还是没能把妈留住。

　　我在妈临终前赶了回来。妈妈拉着我的手虚弱地嘱咐："三儿，我们对不起你二姐。我走了以后，你要好好照顾她。"

　　二姐咧着大嘴哭了，哭得天昏地暗。

　　妈妈走了不久，那个可怜的孩子最终也死在了二姐怀里，一辈子甚至都没有哭过一声。

　　二姐的烟抽得更厉害了，二姐公婆的骂声也愈发难听。

又过了几年，袒护二姐的爷爷奶奶也先后去世了。二姐坚持不肯再生孩子，公婆提出了离婚。二姐被扫地出门，搬进了爷爷奶奶的老房子里。不久，二姐的前公婆给儿子花钱买了一个山里女人，开始了新一轮的传宗接代大业。

离婚以后，二姐的身体一直没有瘦下来，几乎无法下蹲。地里的农活根本就做不来，只好在附近找了一份养护公路的活，勉强糊口。

半年以后，二姐领着一个扫公路的男人来到了光明庄。我又一次目瞪口呆——那个男人可以做二姐的爸了。

二姐对着我苦笑："三儿，这人虽然年纪大一些，家里穷，没有结过婚，他也不嫌弃我。我都这样了，哪有资格去挑人家？我们就是搭伙过日子，你不用担心。"

二姐又一次结婚了，离开了那个生活了十年的婆家。住进了相隔十里的另一间破旧的老房子里。

这一次的婚姻给二姐带来了新生。虽说这次的二姐夫岁数大，可真懂得疼二姐。两口子天天一起上班，一道下班。日子虽然清苦，倒也开心。

二姐的眼睛里又一次有了光泽。

四十岁的二姐又生了个儿子。年近花甲的二姐夫激动得转着圈给家里的祖宗牌位磕头。

有了孩子，二姐夫不再扫马路了，进了一家化工厂去上班。化工厂里气味呛人，没人愿意干。二姐夫不在乎，只要工资高，叫他掏粪坑，他也愿意。

二姐把香烟戒了，在家里带孩子，还接了些手工的活。二姐手巧，手工做得又快又好，在家里也能挣一份不错的收入。二姐稍稍瘦下来一些，可以做些下蹲的活了，家里的日子一天天好了起来。

二姐的孩子很健康，也很聪明。二姐的脸上终于有了久违的笑模样。

爸爸得了病，住在市里的医院。二姐带着生活用品也搬了进去。二姐体胖，走路时一摇三晃。爸爸看着二姐操劳，劝她歇一歇。二姐我行我素依旧忙个不停。爸爸看着二姐，眼泪鼻涕一大把："莲丫头，我对不起你。"

二姐笑着安慰爸："爸，都过去了，现在蛮好的。我知道那时候你为难。人穷志短，我不怪你。"

二姐说完，躲到卫生间里去擦脸上的泪水，却怎么也擦不干。

二姐的儿子读初中了。二姐夫已经是古稀之年，依然每天坚持出门打工。二姐决定自己到上海去打工。

二姐到上海找了一家饭店，老板见她胖，不肯用她。二姐对老板说："老板，你用几天试试。不行再开除，我一分钱工资都不要。"

二姐留在后厨帮工。刚开始，二姐不适应饭店的工作，每天累得像狗一样。二姐是个干活的好手，勤劳肯吃苦，和同事的关系也相处得很好。一个月的时间，瘦了二十多斤。二姐开心极了，激动地给我打电话："三儿，我瘦下来了，老板答应用我了。"

二姐在饭店干了五年，没有回家过一个春节。每个月准时寄钱回家，这些钱，把儿子从镇上的初中，送进了城里的高中。

疫情有所缓解，二姐回到了自己的家里。一家三口难得有了一段短暂的团圆时光。前些天，二姐甚至破天荒地在朋友圈发了一张近照。照片肯定是外甥拍的，使用了美颜。照片上的二姐体重大约一百五十斤，已经和正常人没有多少区别了。经年累月的劳作，二姐的大胖脸明显瘦削了，眼角眉梢依稀可见当年的模样。

我很为二姐高兴，历尽了人生苦难，总算是否极泰来。二姐快要熬出头了。

手机毫无征兆地响了起来。我一看是二姐，一种不安的预感即刻泛了上来。二姐不识字，这两年一直用微信和我语音联系。她的手机里，外甥只给他设置了几个号码，轻易她不会给我打电话。

我刚刚接通电话，二姐的哭声就像暴雨一般打湿了我的耳膜：

"三儿，你姐夫不行了……"

2020/06/11

白茫茫一片真干净

穷了大半辈子的马善良发财了，发了大财。在串场河圩堤下建起了一大片厂房。豪华的厂区大门正对着省道，每到晚上，门头上"唐僧肉食品"五个大字闪闪发光。

马善良爷爷的爷爷是宫中御厨，专门伺候皇上和老佛爷的。老爷子最拿手的菜品是卤肉，据说老佛爷一天不吃他做的卤肉嘴里就会流涎水。民国以后，老爷子回到老家，把一手绝活传给了后人。俗话说"一招鲜，吃遍天"，马家靠着祖上的绝活风风光光过了几十年。到了马善良父亲这一代，所有人都在大集体上工，马家卤肉没有了市场。马家人的好日子也就到了头。

改革开放以后，马善良重新捡起祖上传下来的手艺，挑着担子走村串乡卖卤肉。

各种各样的私有企业如雨后春笋一般蹿了起来。所有吃过马家卤肉的人都赞不绝口，有人撺掇马善良开厂批量生产。马善良心动了，四下里筹钱，准备大干一番。马善良两条腿跑成了细麻秆，一张嘴说成了钓鱼钩，愣是没能借到一分钱。大伙都表示心有余而力不足，实在是穷家薄业的爱莫能助。马善良眼看着在老家卖一辈子卤肉也挣不出一个厂子钱，一咬牙一跺脚，背上行李出了门。

没人知道马善良那些年在外地干了些什么。有人说他在江南包了几个工厂和超市的废品回收，有人说他在一家五星级酒店专门做卤肉，还有人说他去了南非挖金子，甚至有人说他去了金三角贩毒。反正在串场河边消失了十几年的马善良突然有一天回到了光明庄，回家第一件事就是找到村主任说要办厂。

村主任为了上级招商引资任务已经把头发挠掉了一多半，突然从天上掉下个大馅儿饼，刚好砸在他光秃秃的脑袋上，仿佛是瞌睡送来了枕头一般。村主任恭恭敬敬地把财神爷接进了门。

村里很快就在省道边调整出二十亩土地，半年以后，"唐僧肉食品"正式挂牌营业。

有了"马家卤肉"这块金字招牌，加上"唐僧肉"的的确确口味独特、老少咸宜，钞票像水一样流进了马善良的腰包。

"唐僧肉食品"火了，那些转了十八个弯的亲戚朋友把马善良办公室高高的紫铜门槛足足踩下去三寸半。"唐僧肉食品"门前一时间车水马龙，一派红火。

村主任来了，坐在宽大的沙发上跷着二郎腿说："马总，我家老二大学毕业了，他学的会计专业。你现在家大业大的，没个贴心的人帮你掌家可不行啊。我看就让你家侄子来帮你把财务这一摊子管起来吧。"

马善良面露难色。村主任伸手捋捋地中海里漂着的几根水草："马总，本乡本土的，你在串场河边吃肉，也给我们留口汤喝。"

马善良赶紧点头称是。

龚尚来了，对马善良说："马总，你要趁着大好形势扩大再生产啊，资金的事你不用愁。我都帮你想好了，今天先给你带来三十万，就按民间一角的利息算吧，省得你一趟趟地往银行跑。"

马善良面露难色。龚尚大手一挥："就这么说定了，钱不够你就说一声，我再来想办法。"

马善良怔了怔："感谢！感谢！感谢龚哥帮忙！"

隋武来了，对马善良说："马总，形势大好啊。现在都时兴订单产业，可追溯、好把控。我都给你想好了，我朋友开了个养猪场，我把他介绍给你，做你的专业供货商。这样你就不必为了货源的事劳神了。"

马善良面露难色。隋武大手一挥："都是朋友，我就不要什么劳务费了，给我也不要！就当是支持家乡的实体经济发展。"

马善良苦着脸点头哈腰："我有数，有数！隋哥的辛苦费我记着。"

石耀坚来了，笑嘻嘻地说："马总，女儿准备明年结婚，到时一定要去喝杯喜酒哦。""恭喜，恭喜！一定，一定！""唉，孩子在楚水花园看中一套房子，还缺点尾款，开发商不给房产证啊。马总，你说这事急不急人？"马善良第二天跑到楚水花园售楼部，以石耀坚的名义缴足了石耀坚预付了一万元定金的房款。

陈冠来了，对马善良说："马总，你现在可是大老板了。我老婆闲在家里没事，这两天非要缠着我说想帮你去跑销售。她个老娘们懂什么销售啊？还不是看着我在外面朋友多，路子野，打着我的旗号去狐假虎威？我也是被她缠怕了，这样，马总，你就手指头缝里给她漏个一吨两吨的，让她去试试，销出去更好，销不掉她也就死心了。"

…………

"唐僧肉食品"门前车水马龙，好不热闹。

仓库保管找到马善良："马总，你三叔送来三头死猪。我们不收，他在仓库门口又打又骂。你看怎么办？"马善良说："我家三代单传，没什么三叔呀。"仓管说："你去看看吧，他口口声声说是你三叔，我们也不敢得罪他。"马善良跟过去一看，原来是对门邻居张三。张三看见了马善良，走到他面前说："善良，你现在是大老板了，三叔都不认了？"马善良赶紧笑着说："哪能呢？您老有啥事？"张三说："你家兄弟养了几头猪，早上还好好的，中午就躺在圈里哼哼唧唧，我怕死了不好弄，就找人放了血，送到你这儿来了。都是活鲜鲜杀的，他们不肯收。你给我说说理，三叔是那种拿死猪当活猪卖的人吗？明明杀的时候都有气。"马善良苦笑着说："叔啊，食品这东西可关系着人命，我们也不敢大意呀。"张三一蹦三尺高："好你个马善良，在我面前摆起谱来了。你小时候吃了我家多少山芋、黄瓜、胡萝卜，你现在有钱了，认不得人了。"马善良赶紧拉住张三："叔啊，别在这儿闹，这么多人看着呢。这样，你把猪拉回去，这几头猪的钱我出了，就当是我孝敬您老的酒钱。"

到了年底，会计告诉马善良："李四销出去的产品还有三十万回款没有交到财务。"马善良赶紧打电话给外甥李四，让他抓紧时间回款。起初李四还连声答应，后来干脆人不见了，电话也不接了。马善良很生气，给表姐打电话，说李四再不把货款交到厂里，就要到法院去起诉他。表姐一听，在电话里把马善良骂了个狗血淋头："好你个马善良！你才发了几天财，就翻脸不认人了。你外甥就拿你几个小钱周转一下，你就要把送他到大牢里去，你真长本事了！你小时候把尿撒在我脖子里的时候，怎么没这本事的……"

王五找到马善良："兄弟呀，你侄子春节要结婚了，能不能借哥十万块钱应应急?"马善良说："哥呀，小有小难，大有大难。我撑着这么个厂子也不容易啊。孩子订婚借的十万你还没还呢，眼下要到年关了，我也难呐。"王五说："兄弟，三十年河东，三十年河西，灶灰还能发焰，你就认定我会穷一辈子？当年在串场河里凫水，不是我拉你一把，你的小命早就被阎王爷收走了，还能有今天的派头？你现在是大老板，身上拔根汗毛都比我们腰杆粗，救命恩人跟你借点钱，值得你在我面前诉苦哭穷?"

马善良汗都下来了，忙不迭声地打招呼："王哥，王哥……"

大年三十，马善良送走最后一拨客人，手里捏着两张纸。一张是财务给他的年度财务报告，负债1314万元。一张是法院传票，因为贷款未能及时还本付息，银行起诉到了人民法院，节后开庭。

除夕夜下了一夜大雪。第二天早上有人发现马善良硬邦邦地悬挂在"唐僧肉食品"大门上。一夜朔风，几十片枯树叶牢牢地粘在他衣服上，像附着一群吸血的蝙蝠。

血红的太阳升起了，新的一年到了，白茫茫一片大地真干净!

2023/08/09

看 戏

"小偷！抓小偷！"

一个大个子男人突然从座位上站起来，想大声呼救，可喉咙却好像被谁掐住了一般，声音怎么也出不来。车厢里的人大都在睡觉，还有人在假装睡觉，没有人注意他。大个子像个无助的娘儿们一样颓然地坐了下去。

车厢里是无边的寂寞，只听见车轮撞击着铁轨，发出"哐哐"的声音，隔着车窗，秋风无情地吹着。

十分钟前，这趟绿皮火车刚刚停靠了一个小站。半夜时分，车厢里的人大多昏昏欲睡，没人留意火车停了几分钟，也没人留意身边有没有人上下车。

大个子男人几乎每个月都要乘这趟车到北方去出两次差。他听说这一段路上不太平，经常有小偷夜里爬上火车来行窃。虽然他自己一次也没有碰见过，但几乎每一次出差，他都会听见失窃后女人呼天抢地的哭声。他甚至有些好奇，那些小偷到底是怎样作案的呢？

这是两座城市之间一条偏僻的线路。这趟绿皮火车每次都是半夜经过，沿途有五六个停靠站，小得只有两块水泥站牌和一截短短的站台。白天站台上会有拎着开水瓶的妇女和孩子，站在车窗下给车上的乘客加开水，一块钱一杯。也会有挎着竹篮的老人沿着站台叫卖烤玉米和烤地瓜。还有用报纸包着的烧鸡，五块钱一只。夜里，火车停下来，车门打开，吐出几个乘客，再钻进去几个乘客。然后，空荡荡的站台上，除了打着手电的工作人员，就看不到其他什么人了。

大个子男人下午买了一只烧鸡和两瓶啤酒，放在临窗桌板上。他坐在靠过道的一侧，身边是一对农村来的父子，父亲胡子拉碴，儿子稚气未脱；对面靠窗口的是个六十多岁的老太太和她的女儿，一看就知道是城里人，穿戴时尚；和他面对面的是一个四十多岁的秃顶男人，一副大腹便便的样子，准是什么单位的小领导，要不然就是哪个食堂的大师傅。

晚饭时分，乘务员推着小车一路叫喊着经过。对面的女人买了两个面包、两袋榨菜，和一瓶高橙饮料。火车上的开水桶完全是个摆设，一直放不出开水来。要喝水，除了买那个印着铁路标志的高橙，就得跟站台上拎开水瓶的人买开水。母女俩把榨菜夹在面包里，吃了一顿晚饭。她们吃得很优雅，仿佛坐在西餐厅里吃牛排一样。对面的男人买了一份盒饭，有一个鸡腿，一个酱鸡蛋，还有几片炒冬瓜和一些炒青菜，十块钱。简直是疯了，这样的伙食，在路边小饭店里最多只要五块钱。男人撕开一次性筷子，狼吞虎咽地吃完，把白色饭盒从车窗扔了出去，用手背擦了擦油汪汪的大嘴，像头吃饱喝足的猪一样，继续倚在座位上闭目养神，他好像永远都睡不醒。身边的父亲从行李架上的蛇皮袋里拿出几张煎饼，父子俩草草地吃过了，煎饼屑掉了一地。

除了同行熟悉的人，大家彼此都不说话，只是一趟旅程，身边都是一些和自己毫无相干的人，有什么好说的？

晚上九点，车厢里大多数人都吃过了晚饭，昏昏欲睡。大个子男人打开一瓶啤酒，对着瓶口喝了一口，一团凉气从胃里顺着食管冒了出来，真爽。他打开报纸包着的烧鸡，撕下一只鸡腿，慢条斯理地开始吃。他也是个讲究的人，从他的吃相就可以看出来。过了一个小时，他才喝完一瓶啤酒，那只烧鸡也只吃了四分之一。他把鸡骨头剔得干干净净的，放在那张摊开的报纸上，那些骨头比狗啃的都干净。周围的人大多在睡觉，身边的那个男孩靠在他爸爸身上已经睡着了，一丝口水正沿着他张开的嘴往下淌，把他爸上衣的下摆都打湿了。

大个子男人夜里从来不睡觉。他每次都这样，晚上喝酒，白天睡觉。这趟火车他乘了几十趟，从来也没有出过一次事。他对自己的江湖经验很得意。

大约夜里两点钟，他起身打开车窗，一股深秋的风把他吹了个寒战，他把鸡骨头和空酒瓶扔了出去，赶紧关上车窗。然后把剩下的半只烧鸡仍旧用报纸包好，放在桌板上，倚在靠背上休息。

他眼盯着车顶，心里估摸着再有三个小时天就该亮了。

十分钟前，火车停靠了一个小站，这节车厢没有乘客上下。

五分钟前，从前一节车厢走过来一个瘦小的男人。男人没有行李，空着手沿着过道慢慢地走，一边走，一边打量着两边的乘客。凭着多年行走江湖的经验，大个子预感这是个小偷。他暗暗有些兴奋，几年了，他还是第一次面对面看见小偷，他想要看看这个小偷是怎样作案的，这可比坐在电影院里看电影要有趣多了。

小个子越来越近，他看清了一张高鼻深目的脸，头发微卷，皮肤黝黑，不像是汉族人。小个子的眼角有一道刀疤，斜斜地一直延伸到耳朵后面，整张脸因为这道刀疤显得有些狰狞。大个子心里一惊，不自觉地把双手环抱在胸前。如果不是这道刀疤，他坚信自己可以毫不费力地把对方撂倒。他一米八零，对方只有一米六，而且，他从初中开始，就是校足球队的中锋，现在，依然每天坚持锻炼，他胳膊上的肱二头肌像石头一样坚硬。而现在，他不想看他如何下手了，只是希望这个小个子能尽快从身边走过去，他不想去触这个霉头，对方或许是个亡命之徒。何况，他从来也不曾有过路见不平一声吼的念头，一秒钟也不曾有过，他只是想看看热闹。

刀疤脸却偏偏在他身边停了下来。他侧头看过去，看见小个子两眼正盯着自己。他感觉到了对方眼神里的杀气，赶紧闭上眼，假装睡觉。他在大脑里高速思考，如果对方想要对自己下手怎么办？毕竟，只要一眼就可以看出来，自己是个有钱人。不行，不能让他在自己身上动手，他兜里的钱是单位的公款，丢了公款，他得自己赔。想到这儿，他又睁开了眼睛，他想，没有哪个小偷敢当面去偷一个睁着眼的人吧，那不成了抢劫吗？这可是在列车上！只要他喊一声，一车厢的人准能把这个小个子踩成肉饼！

身边的人都在睡觉，没人注意到这个刀疤脸。他看见刀疤脸站在他对面，紧靠着那个秃顶男人，右手的食指贴着男人靠过道的裤兜正在轻轻地动。他不由得张开了嘴，因为他看见了刀疤脸手指头上裹着白色的医用胶布，一小块刀片闪着冰冷的寒光，那是半张刮胡刀片。他明白了，刀疤脸的目标不是他，而是对面那个大腹便便的死胖子，他暗自松了一口气。

刀疤脸看见他睁开眼，手上的动作停了下来，两眼紧紧地盯着他，像一头暗夜里的狼，虎视眈眈。大个子背后倏地出了一层冷汗，全身的毛孔都立了起来。他赶紧闭上眼睛，右手极快地摸了一下自己的裤兜。心里想，他已经知道我是假睡了，绝对不会来偷我的。只要不偷我，随便你去偷谁吧，你就是把全车厢的人都偷光了，又关我什么事？

刀疤脸的嘴角牵了牵，掠过一丝不易觉察的微笑，右手又向下伸了过去。

估摸着刀疤脸得手了，大个子偷偷地睁开眼，果然，他看见对面秃顶男人的裤兜被割开了一道长长的口子，露出了白色的裤兜布。那个死胖子浑然不觉，还在那儿"呼呼"地打着呼噜，真是条活该倒霉的死肥猪！谢天谢地，那个刀疤脸已经不见了。大个子长长地叹了一口气，抬手准备擦一擦额头上的汗。突然，他的手臂僵在了半空——他的手臂撞上了一个人！

他惊恐地回过头，那个刀疤脸的小个子此刻站在他身后，一手撑着他座位的靠背，正俯着头笑吟吟地盯着他。

他睁大了双眼，看着刀疤脸。刀疤脸就那样笑着，大模大样地伸手开始掏他的裤兜。大个子吃惊地张开嘴，这太疯狂了，完全超出了他的江湖经验。他想一拳把眼前这个瘦猴一样的小个子砸昏，他自信他有这个能力。

就在这时，刀疤脸抬起右手，食指在他眼前快速地一划。大个子吓得赶紧闭上眼睛，双手捂住了自己的双眼，他仿佛看见那寒光闪闪的刀片割开了自己的眼球，鲜血淋漓。

没有感觉到疼痛，大个子再次睁开眼，刀疤脸还在那儿俯身笑吟吟地看着他。他明白了，刀疤脸并没有割他的眼睛，只是用这个动作警告他，让他老实一点儿。这下，他不敢喊了，他生怕那张寒光闪闪的刀片真的在自己的眼睛上抹一下，他的两条铁棒一样的胳膊像生锈了一样沉重，又像棉花一样软弱无力。他眼睁睁地看着刀疤脸熟练地掏出他裤兜里的钱包，塞进了自己的裤兜里，甚至都没有用他那张锋利的刀片，就那样大模大样地把手伸进了他的裤兜，就像伸进他自己的裤兜一样毫无顾忌。

干完了这一切，刀疤脸还冲着大个子咧嘴笑了一下，然后才迅速地离开了。他沿着原路返回，像一只敏捷的猴子，转眼消失得无影无踪。

大个子这才回过神来。他站起身，想要大声地喊：

"小偷！抓小偷！"

可是，喉咙像被人掐住一样，根本就发不出任何声音。

大个子失神地瘫坐在座位上。车窗外车轮撞击着铁轨，发出"咣咣"的声音，隔着车窗，秋风无情地吹着。

车厢里是一片无边的寂寞。大个子发现有几个人眯着眼，正和他一刻钟之前一样在悠闲地看戏。

2022/01/11

纳　凉

一

吃过晚饭，华子和往常一样，到串场河边的小桥上去纳凉。

月光如水，河风徐徐。圩堤上已经有了不少或坐、或躺着纳凉的人。小荣扛来了一张小饭桌，华子连忙去帮忙抬下来，找块平坦的地儿放好。然后理所当然地和小荣一起坐到小饭桌上纳凉。

根奶奶顶着一头白发、光着上身坐在一张长凳上，两只瘪茄子一般的奶子垂在腰间，手里拿着一把蓝布条包边的蒲扇，半天摇一下。

老根嗲穿一件大裤子，坐在长凳另一头讲聊斋：

那一年，还乡团从东河开小汽艇过来，把庄上帮新四军送过粮的老达福抓住了。就在这串场河大圩坎上挖了个坑，把老达福捆好了，站到坑里，再填上土，只留个头在外面。等血都冲上了头，脸憋得像个紫茄子，拿大锹一铲。那个血哦，冒了丈把高。

狗日的还乡团说，这叫铲大头菜。

老达福死了个把月，拿大锹铲老达福大头菜的那个人家儿子晚上在串场河边上煨蟹缆。早更头收了几十斤螃蟹，准备天亮上东河去卖。

天刚蒙蒙亮，来了个人，戴个凉帽，帽檐子压得低低的，向他买螃蟹。

那小伙把螃蟹卖给了来人，那人按价给了钱，转身就走。那小伙收了钱，回头想想，觉得买螃蟹的人有点眼熟，又追了过去。来到那个人身后，拍了拍那人肩头。那个人慢慢回过头来，那小伙魂都吓没了。

老根嗲讲到这里停了下来。旁边侧头斜脑听故事的忍不住了：

"后来呐？"

"是啊，后来怎么样了？"

看看胃口吊得差不多了，老根嗲慢条斯理接着讲：

凉帽底下没有头！

那小伙没命地跑到家，头往被子里一拱，死都不肯出来。家里人问他出了什么事，他说是看见老达福了。家里人不相信，到他袋子里掏，结果掏出一刀黄草纸来。没过几天，那小伙就死掉了。

"老根嗲，照你这么说，这世上还真有鬼啊。"

"有鬼没鬼我不晓得，只晓得人不能做亏心事。做了亏心事，后人要跟着遭报应。"

华子和小荣原本挂在小饭桌下的脚，不知道什么时候都已经蜷到小饭桌上了。

二

晚上的串场河边人很多。吵吵了一天的蝉也累了，待在大槐树上一言不发。绿莹莹的萤火虫，把河滩上的芦苇装饰得有点鬼魅。

圩堤上一簇一簇纳凉的人。老杨树底下几个妇女不知道在谈什么开心事，嘻嘻哈哈的。小桥旁边，根奶奶还是光着上身，腰上挂着两个瘪奶子打瞌睡，一旁根嗲又在讲那些让人听了不敢跑夜路的鬼故事。

华子裹着一条棉布被面，和小荣并排躺在小饭桌上纳凉。

队长高旺来了，趿拉着一双少了半截后跟的破凉鞋，手里夹着一支大丰收的纸烟，肩上披着一件洗得泛黄的白小褂。干部都是这样穿衣服，好像褂子从来都不是用来穿的，全都披在肩头。不时耸一耸肩，褂子在肩头上挪一挪，特别有领导派头。

高旺从小桥踱到老杨树底下，嘴里"嗯嗯啊啊"地搭腔了几个跟他打招呼的人。

杨寡妇看见了高旺："队长，你天天安排我撑泥船，真把我当个大男将用了。"

"哪个拿泥船，我还要听你指挥啊？我当队长的，怎样安排，我心里有数。你们乘凉，我要回去排一下明天的工。"

高旺说完，看一眼杨寡妇，耸一耸肩头的小褂子。又慢条斯理地趿拉着破凉鞋，走了。

不一会儿，杨寡妇拎着小板凳回家了，嘴里自言自语："这大河边上凉快是凉快，就是蚊子多，咬得腿子吃不消。"

阿锁不知道从哪里冒了出来。来到华子旁边，伸手一推，转身就走。华子和小荣心领神会，一前一后跟着阿锁走了。

下了圩堤，阿锁在前面等着："去偷两个水瓜吃吃吧。"

"好，哪块有？"

"下午打猪草时我望过了，前头玉米地里有两个。"

庄上人大多在大圩上纳凉。没来的，都在家淹在汗里睡着了。小路上黑魆魆的，一个人也没有。三个人轻手轻脚地沿着灌溉渠来到庄西一片茂密的玉米地。刚刚准备往里钻，却听到一阵"窸窸窣窣"的声音。三个人以为遇见了鬼，吓得趴在没水的灌溉渠里，大气不敢出一声。

杨寡妇扒开两棵人把高的玉米秆，探头四处看了看，拎着小板凳，扭着屁股从他们身旁走了过去。

三个人刚准备起身，玉米地里又有了动静，吓得他们又趴了回去。

不一会儿，一个高大的身影从玉米地里钻了出来，急匆匆地沿着灌溉渠跑远了。昏暗的月光下，看不清脸，只看见那肩头披着的白小褂子耸了一耸。

华子问阿锁："队长半夜还来看瓜啊？"

阿锁叹了一口气："回去吧，今天倒霉。白天看好的大水瓜，被队长和杨寡妇偷吃了……"

三

夏天晚上，最热闹的就是串场河边的大圩堤。

有人坐板凳，有人睡饭桌，有人干脆卸了门板搁在圩堤上当床睡。

圩堤上一簇一簇的人。有人讲故事，有人打瞌睡，有人拍蚊子，有人逮萤火虫，有人摇蒲扇，有人点蒲棒。

小勇睡在大杨树底下的小饭桌上，旁边，杨柳摇着蒲扇给他轰蚊子。

小勇十岁，大姐、二姐早就出嫁了，外甥都比他大了。三姐杨柳也到了嫁人的年纪。小勇的父母已经五十岁了，小勇生下来就是三姐杨柳照顾，所以，他跟杨柳比跟父母还亲。

半夜，小勇冻醒了，身上裹着一条棉布被单。圩堤上纳凉的人都回去睡觉了。小勇刚想喊三姐，就听到身旁大杨树后面传出杨柳压低的声音：

"让你妈找人上门来提亲。"

"我家穷，就怕你父母不同意。"

"穷不怕，我们有手有脚的。现在分田到户了，八败命也怕死来做，怕什么？你还会钓甲鱼，也是一门手艺呢。再说了，我大姐二姐都嫁在外庄，我和你结婚了，将来好帮爸妈照顾小勇呢。"

"杨柳，你真好。"

"我要回去了，不能让小勇着凉了。"

小勇听见一阵小猫喝水般的"咂咂"声。然后，说话的人走了。小勇赶紧假装睡觉。杨柳过来把他推醒，扛起小饭桌，领他回家睡觉。

第二天吃饭的时候，小勇突然说："我要吃甲鱼。"

爸妈还有杨柳都愣了。他爸说："我也不会钓啊。这东西就是上街买，还要碰运气的。"

"我不管，我就要吃甲鱼。"

杨柳吞吞吐吐地说："庄上安生会钓甲鱼。"

小勇妈妈说："小勇，你放心。妈回头去找安生，请他去钓甲鱼，钓到了就烧给你吃。"

第二天，小勇妈妈果然就拎回家一条一斤多的甲鱼："安生这小伙真不丑。我给他钱，他死活都不肯要。说给小孩子吃了玩的，不要钱。"

小勇吃甲鱼吃上了瘾，隔三岔五就要吃一回。小勇妈妈只好隔三岔五去央安生。每次拎回甲鱼都要夸几句：

"安生这个手艺好呢！河里的甲鱼就像他家里养的，去了就拿。"

"安生这小伙好呢！厚道！"

"安生勤快呢！"

"安生……"

安生到过年的时候，成了小勇的三姐夫，是小勇妈妈自己相中的。

杨柳结了婚，就在本庄。

那天，小勇放学，杨柳在路边上等到小勇："小勇，到姐家吃饭去。你姐夫今天钓了一条大甲鱼，特地让我烧给你吃。"

小勇捂着嘴就跑，一边跑一边回头喊：

"姐，求求你，以后别在我面前提甲鱼了，我现在听到甲鱼就要呕。"

2018/09

脱　轨

娘轻轻地关上房门，把人声鼎沸的喜庆关在了门外。

娘坐到慕云床边拉起了她的手："云，走出这扇门，你就是莫家的儿媳妇了。娘只和你说一句话——裤腰带系着你的脸。哪天你的裤腰带松了，脸就被人踩到脚底下了。"

娘的眼底溢出两行清亮，顺着鼻翼一路爬到嘴角，在薄薄的上嘴唇挂上了一排晶莹的水珠。娘吸了一下鼻子、抿一下嘴，水珠倔强地在上下两唇之间嵌成一道冰凉。

慕云钻到娘的怀里哽咽："娘，我记住了。"

娘不说，慕云也知道。洞房花烛夜，新郎官手嘴并用，在慕云裤腰上笨拙而又坚定地折腾了半小时，才解开慕云系好的三道裤腰带。

慕云遗传了娘的基因，要脸蛋有脸蛋，要身材有身材，是个体态婀娜的美人。慕云也遗传了娘的"宅"，结婚十多年，一直生活在方圆一公里的小镇上。周围邻居几乎见不到她有闲聊的时候，厂里的同事也几乎听不到她说话。她一直生活在自己的小圈子里，默默无闻到几乎可以忽略不计。

近几年，单位效益不好，老公办理了离职到外地打工去了，小半年回一趟家。女儿考取了大学，在外地读书，除了寒暑假，就是五一、国庆放假才回来一趟。慕云越发地"宅"了，像一只孤独的钟摆，每天在工厂和家之间两点一线地来回。

慕云和老公没有什么话题，也没过几天激情燃烧的岁月，生活平淡得没有一丝涟漪。俩人在一起，好像就是为了把女儿抚养成人。四十刚出头的小两口，像七八十岁的老夫老妻一样暮气沉沉。慕云已经忘了上一次和老公做爱是什么时候的事了。四十岁出头的慕云，已经有了绝经征兆。有时候，慕云觉得自己像是阳台上那棵仙人掌，几个月才浇上一次水。

慕云在工厂里拼命工作。她觉得自己像个陀螺，必须不停地转动，只有在转着的时候，慕云才觉得自己被需要。她不能停下来，她怕一旦停下来，就再也站不起来。一个人在家的时候，慕云起初是看电视，谍战剧、宫廷剧、穿越剧、都市剧，电视台播什么她就看什么。直看到两块眼皮打架，才昏沉沉地睡去，睡醒了就去上班。这样，她就没有时间去思考，也就一直在转动了。后来，不知道谁发明了微信，慕云从中找到了一丝快乐。即便自己的生活波澜不惊，看看别人鸡零狗碎的烟火人生，也好过电视剧里的那些令人发指的胡编乱造。

微信里的男人像发情的公狗一样乱窜。第一天加了好友，第二天就要看照片，第三天就约吃饭。谁现在还吃不起一顿饭？用脚趾头都能想得到，那饭店后门一定连着宾馆的床。

慕云记着娘的话，紧紧地系着自己的裤腰带。

娘是串场河边公认的美人，五官精致地摆放在一张永远晒不黑的瓜子脸上，所有的布置都恰到好处。大一点嫌大、小一点嫌小，高一点太突、低一点太垂，分一点太散、收一点太挤。

美丽没有给娘带来幸运，反而成了压得娘半生都抬不起头的枷锁。

慕云很小就从庄上那些头发乱糟糟、奶子松垮垮的女人嘴里听到了一句话——慕云娘的裤腰带松。

从慕云记事起，娘就是独来独往的。除了下地，就是洗衣、做饭、做家务，平时大门不出，二门不迈。而她的父亲却一直沉默，像一个可怜的软体动物，整天把脑袋缩在壳子里。每次听到那些女人盯着娘的背影，乜着眼、撇着嘴、阴阳怪气地说话，娘都要回家把自己关在房间里。虽然捂着被子，可娘压抑的哭声还是像钉子一样锲进了慕云的耳朵里。

娘嫁到串场河边之前，有个青梅竹马的相好，那个王八蛋坏了娘的身子，却转身娶了镇领导的女儿。从此，娘就成了那些螃蟹一般女人嘴角的一滩白沫，时不时地泛出一丝腥臭味。

慕云要结婚了，娘叮嘱她要系好裤腰带，她也就牢记着娘的嘱托，从不越雷池半步。

那些嗅着鼻子在女人堆里乱转的男人，在慕云这里找不到下嘴的缝隙，大多快快地去寻找下一个目标了。有的临走还不忘刻薄地骂一句："不识抬举。"好像他是皇上，看上自己是天大的恩宠一般。慕云拉黑了那些骚气的男人，也不再接受来自附近人的添加。每个礼拜五晚上和女儿打一次视频，半个月和老公打一次电话。除了千篇一律的按时吃饭、注意保暖，几乎没有什么新鲜话题。女儿每次都急匆匆的，显得很不耐烦。老公每次都懒洋洋的，显得很疲惫。

人到中年，慕云被生活拖拽着机械地沿着早就划定好的轨道往前走。她不知道自己活着到底是为了什么？女儿长大了，开始嫌她啰唆。慕云感觉自己和女儿之间至少隔着三条代沟。老公年年外出打工，除了年底带回家一沓钞票，好像从来都不知道给她买一件衣服，哪怕是一只发卡也没有。

自己工作的小厂里，那些捂在口罩背后的年轻女同事，毫不避讳地谈论着男人和女人之间的那点儿事，肆无忌惮的笑声里充满了湿漉漉的骚气。这些结了婚的女人，在男人面前一个个装得贤良淑德，一旦到了女人堆里，就像是进了女浴室一样把自己扒得光溜溜的，互相取笑肚子上的赘肉。

慕云也和同事们聊天，一旦遇到男女之间的话题，她就退出了，只做一个默默的听众。

善解的出现改变了慕云的生活。每天吃过晚饭，收拾好一切，她就会躺在沙发上刷手机，隔一会儿就返到微信页面看一眼。她在等善解的出现，那是一种说不清道不明的期待。

善解依然慢条斯理地来，说一些工作和生活里的趣事，又礼貌地和慕云道别，从来没有一句越轨的轻佻。善解从来没有要看慕云的照片，更没有提出过视频和见面。虽然每天都是些蜻蜓点水的浮光掠影，可半年的聊天，他们还是已经互相很了解了。慕云知道善解是邻市人，一个人在一百公里外的另一个市里工作，平时住在单位宿舍，周末回家，身边没有什么朋友。

慕云每周和善解聊五天，周末从不主动给善解发信息，善解周末也从不联系她。两人心有灵犀地维持着彼此的尊严。

认识善解已经一年了。

那晚，慕云斜倚在沙发上刷手机，客厅的吸顶灯发出清冷的光，和她的影子一样孤独。一条微信跳了出来："嗨，认识一下，我是善解。"

慕云点开头像，是一根夜幕下的电线杆，孤零零地站在空旷的街头，路灯把它的影子拉得很长，孤傲而又倔强。慕云的心莫名其妙地动了一下，鬼使神差地点了通过。

"你好，我是善解。"一杯冒着热气的咖啡出现在屏幕上。

慕云继续刷手机，有一搭、没一搭地应付对方的微信。对方看出了慕云的应付："你可能累了吧，早点休息吧。"

慕云第一次碰见没有上来就查户口的人，她好奇地点开了对方的朋友圈。善解的朋友圈中规中矩，没有那些乱七八糟的炫耀，也没有故作高深的思考，大多是一些生活中的琐碎。看得出来，善解是个懂得生活的人。

接下来的几天，善解会偶尔发来一两句问候。慕云渐渐地话也多了起来，对方不是个讨厌的人。善解总是在十点前结束聊天，他是个作息很规律的人。每晚和善解的聊天，慢慢变成了慕云生活中最开心的时刻。渐渐地，慕云感觉打字太慢了，她有些来不及一个字一个字地敲打自己的心思。她告诉善解："我打字太慢了。"善解立刻回信："如果你愿意，我们可以视频，语音也行，不用那么费力地打字。"

没什么不愿意的。慕云不知道自己从什么时候开始，已经对善解完全放下了戒备。慕云拨通了善解的视频，屏幕上立刻出现了善解温和的笑容，温文尔雅、清新俊逸，一切都和慕云想象的一模一样。

慕云几乎把自己从小到大的所有快乐和苦恼，都在善解面前回忆了一遍。善解的记忆力很好，如果慕云重复了，他每次都能准确地接着讲下去。慕云很开心，这么多年了，终于有一个人愿意聆听自己的内心，愿意和自己一起回到曾经的时光。慕云每天的生活多了一项雷打不动的内容。下班后早早地吃好晚饭，等着善解的到来。两人依然天南地北地聊，慕云却明显地感觉到，有时候会有些小小的暧昧。两人心有灵犀，却谁也不去点破。

慕云在朋友圈发了一张女儿的照片。晚上，善解发来两个字——像你！

慕云知道善解说的是女儿的照片，回信说——可像我？

慕云用的拼音输入，"可像我？"打成了"可想我？"

信息发出之后，慕云立刻就发觉了，刚想撤回，善解的信息却抢先到了——想你！慕云对着屏幕愣了五秒钟，然后鬼迷心窍地回了三个字——我也是。

男人和女人之间就是一层窗户纸的距离。隔着窗户纸，不管心里怎么喜欢，嘴上都还端着。一旦捅破了那薄薄的一层，就恨不能立刻把对方揉进自己的身体里。慕云和善解之间的聊天开始缠绵起来。中年人谈情说爱，不会像二十岁那样飞蛾扑火，不管不顾。他们有家庭、有事业、有社会关系，恋爱就多了很多世俗而又实际的考虑，感性而又理智。幸好，两人都知道他们的关系不过是一朵暗夜里的玫瑰，只能在黑暗里开放，绝对不能暴露在太阳底下。

慕云不要善解的钱，也不贪图他给她一个什么样的未来。她只是满怀愉悦地享受着被需要、被关心、被理解的脉脉温情。几个月的"朝夕相处"，两人俨然已经成了两口子。两人也越来越不满足于屏幕两端的卿卿我我，他们彼此都需要一个彻底互相拥有的契机。

年底，慕云向单位请假，说去接放寒假的女儿。慕云打了一天的时间差，提前一天跑到了善解的城市，计划第二天再从那里出发去接女儿。

　　慕云在善解单位附近开好了宾馆，安排好一切以后，慕云才打电话给善解，她想要给善解一个大大的惊喜。

　　对于慕云的到来，善解很意外，他一头雾水地出现在慕云面前。

　　女人的身体是这个世界上最敏感的仪器，慕云能清楚地感受得到，善解在自己身上完全没有了第一次的温柔和爱怜，更多的只是敷衍。云收雨散，善解急匆匆地穿上衣服，他捧起慕云的脸在她的红唇上啄了一口："今天是定期和家里视频的日子，我不能陪你了。"

　　善解走了，像一阵风，来也匆匆，去也匆匆，把慕云一个人留在宾馆空荡荡的大床上。眼泪不知道怎么的就爬满了慕云的两腮。一年多来，两人的视频几乎没有中断过。善解什么时间和家里人视频，慕云一清二楚，应该是在两天后的晚上八点。

　　慕云整个春节都快快的。除了回到家那天善解来过两条不咸不淡的信息，善解从慕云的生活里消失了，消失得干干净净，仿佛他从来就没有来过一样。

　　慕云后悔了，后悔自己不该去制造什么惊喜，现在惊喜变成惊吓了。可慕云想不明白，同样是惊喜，为什么第一次就不一样呢？

　　慕云和善解的第一次是在五一节。

　　女儿和同学约好了出去旅游，老公照例要加班。三天的五一假期慕云早就想好了——和往年一样，在家看三天电视。

　　五一前一天晚上，善解发来一条信息："单位安排值班。"慕云想都没想，马上就回了一条信息："那我去看你吧。"仿佛她早就期待着这一天，只是一直在等着善解方便的时间一样。手机上立刻出现了一朵鲜艳的红玫瑰，和一张色迷迷的笑脸。

慕云第二天就登上了去往善解城市的长途大巴。

慕云晕车，从上车一直吐到下车，差不多把黄胆都吐出来了。善解利用中午下班的空档赶到车站，慕云正坐在车站对面街心公园的长椅上四处张望。善解径直走到了慕云身旁，两个从未见面的人居然没有一丝初见的生涩，仿佛是一对深情款款的夫妻，挽手走在熙熙攘攘的异乡街头。

善解提议请慕云去吃饭，慕云吐得七荤八素的，一点胃口都没有。善解和慕云商量："我下午还要值班，先帮你开个房，你好好休息一下，下班了我再来陪你。"

慕云跟在善解身后，来到附近一家连锁酒店。善解掏出身份证开房，服务员看向慕云，向她索要身份证。慕云脸上闪过一丝羞涩，从手包里拿出自己的身份证放到柜台上。服务员给她拍照登记的时候，慕云感觉自己的脸很烫，她觉得服务员满脸的笑容背后藏着深深的鄙夷，让她不敢直视。拿到房卡，她赶紧转身逃进了上楼的电梯。

打开房门，善解插好房卡，反身把慕云摁在了门后。一个长长的热吻，把慕云几个月来吊得温吞水一般的一颗心彻底烧开了，"咕嘟咕嘟"地冒着热气，手包早就扔到了脚下。

中午的时间很短，慕云催着善解赶紧去上班，善解却抱着她的身子不肯撒手。慕云哄孩子一般哄他："你先去上班，晚上我陪你。"善解又深深地拥吻了慕云，才一步三回头地离开宾馆。

慕云在宾馆里睡了一觉，又洗了个澡，直到把浑身上下的皮肤都搓洗得发红，才躺到宽大的双人床上看电视。傍晚，善解来了，像个饿坏的孩子一样，进门就捧住慕云啃。

晚上善解找了一家小饭店，点了几个当地的特色菜。两人对面而坐，一边吃饭，一边闲聊。慕云一天没有吃东西，又做了剧烈的运动，胃口很好，足足吃了两碗米饭。善解坐在对面，脉脉含情地看着她，像是看着一件可心的宝贝。

吃过饭，两人在人行道上散步。

城市的霓虹闪烁，身边的善解高大挺拔。在没有一个熟人的异乡，慕云很放松，她伸手挽住善解的胳膊，恨不得把自己吊在善解的身上，生怕一个不小心，他就会从自己的生活里消失。

回到宾馆，两人像贪吃的孩子一般抵死缠绵。第二天，慕云白天在宾馆睡觉看电视，晚上和善解一起吃饭、做爱。想到下次再见不知何日，两人恨不能把一辈子的爱一夜都做完。

第三天中午，善解利用午休时间把慕云送到了车站。两人在车站里默默相拥，慕云在善解的耳边轻轻地说："不要忘了我哦，不要忘了我哦。"

慕云回到了家，一颗心却留在了两百里之外，留在了善解身边。每天晚上，两人都拿着手机视频到半夜。善解说："宝贝，我想看看你。"

"不是看着吗？"

"你知道我想看什么。"

慕云的脸红了，滚烫。她觉得别扭，可她又不忍心拒绝屏幕里善解巴巴的眼神。那眼神像一个饥饿的孩子盯着面包，而面包此刻就藏在慕云的睡衣下面。慕云暗暗地告诉自己，什么都给他了，不在乎多看两眼。

令人耳热心跳的温存才过了半年，事先也没有任何一点儿征兆，善解怎么就突然变了一个人？慕云百思不得其解。

　　慕云心上那团熊熊燃烧的火焰被善解浇了一盆凉水，"噗呲"一声就熄灭了，只留下一股燃烧过后的呛人烟味。可她偏偏无法说出口，只有在夜深人静的时候，把自己埋在被子里，任那不争气的眼泪一遍遍把自己淹没。慕云不知道自己和善解之间出现了什么问题，她把和善解认识以来的每一句话都在脑子里过了一遍。想来想去，只能是自己的主动让善解感到了威胁。

　　慕云想起来了。从一开始，善解就告诉过她，他们之间只能是两情相悦的慰藉，绝不会有开花结果的那一天。现在因为慕云的主动到来，善解嗅出了危险的味道，所以他快刀斩乱麻地掐断了慕云心里那个刚刚只冒出一丝嫩芽的小苗头。

　　慕云想起了娘的话——裤腰带系着你的脸，哪天你的裤腰带松了，脸就被人踩到脚底下了。

　　如果慕云不去见善解，善解还会是屏幕对面那个温文尔雅、善解人意的善解。慕云主动去了，不仅去了，还松了裤腰带。不仅松了裤腰带，还松了两次。慕云的脸就被善解踩到了脚底下两次，脸面不再是脸面，变成了一块随手丢弃的抹布。

　　一个月过去了，善解再也没有发来一个字。慕云想明白了，她本也不在乎那些男欢女爱，因为善解喜欢，自己才去取悦他。她也不会去拆散他的家庭，只希望他还像过去那样，每天和自己说说话就行。否则，自己的生活还会像过去那样一潭死水，没有一丝涟漪。

　　纠结了许久，慕云终于忍不住点开善解的头像，打了几个字："你还好吗？"

　　慕云犹豫了足足十分钟，还是点击了发送。然后，她像是站在被告席上一样，闭着眼睛等待来自善解的裁决。

　　慕云想好了，只要善解愿意，她就一辈子躲在他身后，再也不出现在他不想自己出现的任何地方。他想看自己了，就在手机上让他看个够。他想要自己了，就偷偷地过去。也不出去吃饭，带上牛奶面包，就住在宾馆里。不能见天日就不见天日吧，只要他喜欢，自己就做个爱的祭祀。想到这些，慕云觉得自己很高尚，虽然有些悲凉，却总比这种扯心扯肺的无着无落要让她心安。

　　手机静静地躺在沙发上，没有一点儿动静。慕云有些失望，随即又想，也许善解正在忙，没有时间看手机。

　　等了十分钟，慕云感觉仿佛过了一个世纪那样漫长。她终于忍不住拿过手机打开，屏幕上有一个红色的小×，下面有一行小字——

　　你还不是对方的好友，请先添加对方为好友。

　　慕云看着那个红色的小×从手机里飞出来，一下扎进自己的胸口，把她的心剪成了一块一块的碎片。

　　鲜血喷涌出来，慢慢把她淹没了。

2019/12/14

相　女

高老师教了大半辈子书，方圆十里的孩子好多都是她的学生。

高老师桃李满天下，在光明庄上深受敬重。这不，她的孙子清泉刚到了婚龄，庄上人比她还着急，一个个的忙着给她介绍孙媳妇。

星期天，高老师被庄上二凤娘拉到了她娘家庄上的老板黄坤家。黄坤有个女儿叫黄妍，和清泉年纪相当，黄坤仰慕高老师的人品，拜托二凤娘给牵线搭桥。

黄妍是高老师的学生，因为家庭条件好，从小就穿着时髦，加之人又长得漂亮，一直是学校里的校花。高老师对黄妍有印象，那是个平时不怎么说话的姑娘，学习也蛮用功的，听说高考差了两分，回家后在老爸厂里做财务。二凤娘说，追求黄妍的年轻后生能排到串场河去，可她偏偏一个也没看上。

清泉也没能考上大学，回到光明庄上办了个不算大的养鸡场，成了"鸡司令"。虽说当下农村姑娘眼光都瞄上了城里，可清泉是高老师一手调教出来的，人品那是没话说，长相也是玉树临风的，隔三岔五就有人上门来提亲。清泉倒是一万个不着急，可高老师却架不住乡亲们的热情，半年已经相了五个姑娘了。可一个也没有相中，高老师说得巧妙："我家清泉想等做出点成绩来。"

黄家可真是气派！三层的大别墅，足足一百五十平方米的大院子，院子里光是小汽车就停了两辆。

黄坤也是高老师的学生，喝了茶水，夫妻俩领着高老师楼上楼下看了一遍。高老师一边看，一边啧啧称赞："黄坤，你这家里弄得像皇宫啊。"

黄坤的老婆在一旁搭话："我家就妍妍一个姑娘，将来都是她的。她要是不想住在农村，我们就给她到城里去买个商品房。"

高老师连连点头："好啊，好啊。"

黄家来了客人，邻居也来看热闹。大伙远远地看着高老师，认识的人不停地跟高老师打招呼。高老师满面春风地跟大家一一问好。一个衣着朴素的妇女怯生生地喊了一声："高老师。"高老师一看，是明月妈妈，赶紧走上前去："是明月妈妈呀，你家也在这里？"

面对高老师伸过来的手，明月妈妈不自觉地把右手缩到了背后，左手指着院墙外的三间瓦房，微红着脸说："我家就在隔壁，明月也在家，高老师去玩？"

"好啊，去转转。"高老师笑着说。

"我陪你一起去，黄妍还在明月家呢。饭马上就做好了，正好去喊她回来吃饭。这个丫头害羞呢，一早躲到明月家里去了。"黄妍妈妈穿着一件黑色的高级羊毛衫，一条硕大的项链在羊毛衫外面闪烁着金灿灿的光泽。

明月妈妈走在前面，高老师几个跟在后面，没几步就到了明月家。

明月家和黄坤家比起来，简直可以算是寒酸了。房子还是几十年前的瓦房，地上还铺着水泥方块地砖。明月妈妈冲着房里喊："明月，高老师来啦。"

房门一开，明月和黄妍同时出现在门口。明月看见高老师，赶紧跑过来打招呼："高老师，您快请坐。"

说完，麻利地去厨房拎出一只开水瓶，给高老师泡了一杯花茶。黄妍也羞红了脸低低地喊了一声："高老师。"黄妍和明月同龄，两人从小一起长大，是无话不说的闺蜜。

高老师在明月家转了一圈，到房里和明月生病的爷爷说了会儿话，和黄妍妈妈一起回去了。到了黄坤家里，高老师拉过二凤娘，在她耳边悄悄地说："就不在这儿吃饭了吧。"

二凤娘登时愣住了。她知道，如果高老师愿意留下来吃饭，说明她心里愿意；如果她不肯留下来吃饭，表明她没有相中。二凤娘问："高老师，黄家您还不满意，您到底想给清泉找个啥样的呀？"

高老师笑着说："你这是说哪里话？我就是陪你回娘家来玩玩的。你别看我老了，我可不封建。孩子的事，由他们自己做主。清泉想等做出点成绩来再谈婚事呢，我这个做奶奶的，可不能替他做主。"

黄坤知道了高老师的意思，搓着两手说："高老师，成不成的，也不在乎吃顿饭。这都准备好了。您老是我和妍妍的老师，我们请您吃顿饭还不是应该的？"

"玩也玩过了，吃饭就免了吧。黄坤，我今天可算是开了眼了，你呀，真有出息。老师替你高兴！"高老师真挚地说。

"砰"的一声，厨房里好像摔碎了什么东西，随即传出黄妍妈妈的声音："师傅，你当心点。这个可不是什么普通的盘子，是妍妍他爸在景德镇定制的，贵着呢。"

高老师坚持不肯留下，黄坤只好把她们送到村口。

高老师回到家，晚上跟清泉说："清泉，奶奶今天给你相了个好姑娘，你先和人家处处看。"

清泉自幼跟着奶奶，对于奶奶的话言听计从，不久，果然开始恋爱了。

一年以后，清泉结婚了。

婚后，清泉一心侍弄养鸡场，不久就扩大规模，吸引了光明庄上十几户村民跟着一起养鸡。

清泉媳妇负责后勤，洗衣做饭，伺候公婆，服侍高老师，家里家外一把手。光明庄的人都夸清泉找了个好媳妇。

又过了两年，清泉牵头成立了"光明庄养鸡合作社"，担任法人、董事长。清泉媳妇也生了个漂亮的女孩，起名叫晚秋，一家人的生活过得像芝麻开花一样。

黄妍两年前嫁给了一个镇领导的儿子，门当户对的。可前不久夫妻俩离婚了，听说是婆婆去世以后，两口子一个都不会做饭，天天叫外卖。小两口天天为了谁做家务而吵架，都是家里捧在手心里长大的宝贝疙瘩，谁也没受过这气，最终一拍两散。

黄妍离婚的消息传到了明月耳朵里，明月问高老师："奶奶，您当时咋就相中我了，我妈还有残疾，我给黄妍做丫鬟也不够呀？"

高老师用手梳了梳满头的白发，慈祥地说："你呀，你哪里知道。"

"奶奶，您说给我听听呗。"明月蹲在高老师的椅子前，摇着高老师的腿撒娇。

"按说黄妍也是个蛮好的姑娘，可惜被她妈给带歪了。"

"这关她妈什么事？"

"我那天去看了。她家呀，确实是好。气派，有钱。一家三口住那么大的别墅，也难怪他们，打扫不过来呀。"

"打扫不过来？"明月听得一头雾水。

"是呀，打扫不过来。知道我们要去，那天楼下是打扫了一下的，可墙角的蜘蛛网还挂着呢。二楼卫生间里的垃圾桶一个星期都没有倒了，撑得盖子都盖不上了。洗衣机上、沙发上到处都是衣服。喝茶的茶杯呀，是高档的水晶杯，可惜没洗干净，都快变成磨砂杯了，糟蹋了那上好的龙井啊。"

"您老这是火眼金睛啊，这些小细节您都看见啦。"明月听了直想发笑。

"这些都是小事情，可我发现黄妍和她爸妈床上的被子都没有叠。"

"被子没有叠？"

"是啊，一个二十多岁的大姑娘，连被子都不知道叠，你想，她平时得有多邋遢！一个女人，不管她穿着多么光鲜，也不管她有多大本事，如果邋遢，终究不是过日子的人啊。这不是一天两天养成的，这是从她妈那里遗传下来的习惯。那天天气凉，她妈特意把金项链挂在羊毛衫外面。厨师不小心打碎个盘子，她妈说的那话，处处显摆她家里有钱。这种人，骨子里有种优越感，锦上添花容易，同甘共苦难啊。"

"奶奶，您这哪是相亲，您老是破案去啦。那您咋又相中我了？"明月还是不明白。

"我是相中你妈了。"高老师笑了。

"相中我妈?"明月更不明白了,她妈是个残疾人,高老师咋能相中个残疾人呢?

"相中你妈!你妈手有残疾,我喝茶的时候特意搓了搓你家饭桌的桌腿,干净啊,一尘不染。我还看了你家厨房,虽然小,却井井有条,尤其是锅台上那块晾着的抹布,简直比有些人家洗脸的毛巾都清爽。连抹布都洗好了晾着,这人得有多细心?我听二凤娘说,你爷爷中风瘫痪,躺在床上几年了,一直住在正房里,你爸妈住在偏房里。我也去看了,你爷爷房里没有一点儿异味,老人身上也没有一块褥疮。俗话说,久病床前无孝子,可你爷爷到今天都活得好好的,正常人都难以做到啊,何况你妈还有残疾。这样的妈妈教出来的女儿,能差到哪里去?"

"可我家穷啊。"

"穷怕什么?你家不富裕,是因为你妈残疾,你爷爷有病给拖累的。你不残疾呀,清泉也不残疾,只要人靠得住,什么样的钱不是人赚来的?"

"奶奶,您就根据这些?"

"这些就足够了。看看你来家这几年,把家里收拾得比宾馆都干净,对丈夫关心,对老人爱护,里里外外照应得周周到到,清泉才能安心去忙他的事业。娶媳妇不就是要娶你这样的?既能下得厨房、相夫教子,又能出得厅堂、睦邻爱亲。这些都是你妈平时言传身教的结果,它是你流淌在血液里的品德。明月,还是这老话说得好啊——娶人家女儿,看人家娘!"

2022/03/15

百米之上

黄正华◎著

夏日午后　　　　　　　　　　　　芳水草。

　　三尺长的水　　　　　　　　　　的竹篙上。两个精壮的汉子　　　　　　　　　　刀。河滩浅水里摇曳的水　　　　　　　　　子一般从水底蹿上来，在水　　　　　　　　人撑船跟在后面，手持八齿　　　　　　　　巴硕的水韭菜，拌上河底的淤　　　　　　　就成了冬小麦最好的肥料。

　　炎炎夏日正是生产　　　　　　　　妈妈快临盆了，干不了这种重体力活。　　　　　老年妇女在串场河缓坡上薅黄豆地里的杂草。

　　黄豆苗已经长到尺把高了，串场河高高的圩堤挡住了南风，成龙妈妈的衬衫湿透了，黏糊糊地贴在她篮球一般鼓起的肚子上。

　　一棵粗壮的苎麻直挺挺地长在河坡上，成龙妈妈用锄头锄了两次，没能砍断。她怕把锄头刀刃崩坏了，放下锄头，两手握住苎麻，想把它连根拔起。苎麻很粗，根深深地埋在土里。成龙妈妈骑马蹲裆，深吸了一口气，嘴里给自己加油："嗨!"只觉得裤裆里一阵温热，成龙妈妈在河坡上生了。

有人喊来了在河里罱泥的成龙爸爸，把母子俩接回了家。

生在河坡上的是老三成祥，小名就叫麻生。成祥上面还有大哥成龙、二姐成凤，兄妹三个，龙凤呈祥。

麻生从小文静，不像那些成天在串场河里扎猛子抓鱼虾的小泥鳅。衣服永远干干净净的，头发永远板板逸逸的，一说话脸就红，不像个小子，倒有几分姑娘的腼腆。麻生妈妈说："我家成祥从小就乖，长大了肯定孝顺，我就等着享他的福。"

麻生妈妈没有享到麻生的福。还没等到成龙成家就得了病，在家里喝了个把月中药汤，带着无尽的不舍和无奈走了。

麻生初中没毕业就辍学回家了，在生产队里和二瘸子一起放鸭。

鸭屁股是生产队的小银行。鸭蛋卖到镇上的食品站，换回一些生产资料。还能拎出去送给上面那些大大小小的干部，换回来一些化肥、农药、拖拉机一类的批条。

队长关照麻生和二瘸子："早上把鸭子关一关，等全都生了蛋，再放出去吃活食。除了我来，哪个都不能拿走一个鸭蛋，这是集体财产。"

麻生和二瘸子放鸭很尽心。早上开了鸭栏，把栏里的鸭蛋捡起来，用竹筐装好。在本子上记上数量，再抬到仓库交给保管员。回到鸭棚，把鸭船撑到鸭群后面，一个人撑船，一个人用趟网趟螺蛳，给鸭子准备加餐。

下午到仓库称了秕谷，把鸭子赶回鸭栏，喂了夜食，两人轮流在鸭棚里睡觉值班。

鸭子生蛋一般都在凌晨时分，也有个把鸭子不按套路出牌，非要等到早上出了栏，才幕天席地在串场河的浅水滩上下蛋。麻生洞悉鸭子晏生蛋的把戏，坐在放鸭小船上仔细观察。所有鸭子都在水里追逐淘食，要么就悠闲地剔毛，哪只鸭子浮在水面超过三分钟才离开，撑船过去一看，准有一只青皮鸭蛋静静地躺在水底河滩上。

鸭子离了栏，生在水里的蛋就不算集体财产了。麻生和二瘸子每天早上总能捡到十只八只晏生蛋。所以，两人从来也不在家吃早饭。把鸭子赶到串场河里，鸭船划出去里把路，两人在船头的锅腔里生火煮鸭蛋。船上有个盐罐，新鲜的鸭蛋口粗味淡，蘸了盐才能吃得下。

晏生蛋吃多了，张口说话，都是一口鸭屎味。两人索性把吃不完的鸭蛋找个地方藏起来，凑到几斤，偷偷拎到串场河东的竹溪食品站去卖，卖的钱两人平分。

几年下来，除了二瘸子，没人知道麻生有个自己的小金库。

二

麻生爸爸张罗着给成龙、成凤都成了家。成凤嫁到了竹溪，成龙娶了邻村姑娘想珍。

成龙婚后一年就分田到户了。嫂子想珍精明干练，把家里三个男人凑到一起，提出了分家："树高分枝，人大分家。兄弟在一起，日子长了不新鲜，还是分开各过各的好。家里两口屋，弟兄俩抓阄，各碰运气。建房欠下的饥荒，弟兄俩一人一半。成祥还没结婚，老头子就过去帮着成祥。做的钱不管多少，我们一分不要。"

这就是把成祥父子俩往外赶了。麻生爸爸心里不痛快："这些年，好不容易把你们都拉扯大了。家里还有不少饥荒，都是为你们结婚拉下的。成祥还没找个人，再苦几年，等成祥结婚了，随你们怎么分。"

想珍不同意："爸爸，你还年轻，再做个二十年也不在话下。往后你都去帮老三，我们不眼红。"

麻生爸爸还想说什么，麻生开口了："就按嫂子说的。房子也不抓阄了，你们住新房，我和爸爸住老房子。"

家顺利地分了。麻生分了三亩六分承包田，顶了一千两百块钱外债。

大集体没有了，麻生放鸭的营生也就丢了。在大集体放了几年鸭，麻生早就长成了大小伙，只是白净、瘦削，看上去像棵单薄的甜芦黍。爸爸央人给麻生相亲，姑娘上门一看——一口老房子，两个光棍汉，立马打了退堂鼓。

爸爸着急，麻生不着急。把责任地留给爸爸种，自己跑到邻村的砖瓦厂去上班。他体力小，干不了挖泥、出窑一类的重活，只能在制砖车间里拉水坯。拉水坯的活不重，就是两条腿不得歇，成天拉着独轮拖车一路小跑。以前一直在船上放鸭，没干过什么体力活，拉了两个月水坯，倒把人练得结实了，麻生终于长成了一株粗壮的玉米。

麻生爸爸盘算着自己还年轻，干上三年二年，把家里饥荒还了，再帮麻生建口大瓦房。到那时，麻生娶媳妇就容易多了。人算不如天算，家里的饥荒刚刚还完，爸爸却倒下了，到医院一查——肝癌晚期。

麻生找成龙商量，想给爸爸做手术。话没说完，想珍抢过话头："分家时早就说好了，老头子归你，生老病死我们都不管。"

成龙还想说点啥，被想珍立眉冷目地制止了。

麻生回家跟爸爸商量："爸，我带你去做手术吧?"

"三儿，你哥结婚的饥荒才还上，不能再拉一屁股债啊，你将来还要找婆娘呢。"

"爸，我有钱。"

"你才有几个钱?"

麻生从房里拿出一只布包，打开给爸爸看，里面是半包十块面额的钞票："够给你做手术的。"

爸爸眼里闪过一丝不安："三儿，我们老陆家世代都是本分人家，你可不能做什么伤天害理的事啊。"

麻生把自己卖晏生蛋的事告诉了爸爸："这些年，我存了三千多块，够给你做手术了。"

爸爸终于放心了："三儿，爸爸这下就放心了。我还想着，没给你砌口新房，没给你娶上媳妇，下去到了那边，没脸见你妈呢。我这个病是绝症，有多少钱也是扔进串场河，连个响都没有。"

爸爸死活都不肯去医院，在光明庄的医务室里挂了两个月盐水，去找麻生妈妈了。

麻生把爸爸送走以后，不去砖瓦厂上班了。家里的承包地要种，拉水坯定班定岗，不让请假。麻生去了一趟县城，买了一辆新三轮车，拉回家一台修鞋的三脚缝纫机，还有胶水、胶皮、鞋锥、拉链、拉锁、响底，一套修鞋工具和材料。地里没活的时候，麻生在家里支开家伙学修鞋，把家里的破胶鞋用自行车废内胎补得像个大花脸。

麻生在家自己琢磨了个把月，感觉手艺差不多了。趁着地里没活，骑上三轮车，出去走村串巷修鞋了。麻生在邻村巷口找了一棵树冠如盖的大楝树，在树荫下支开了鞋摊——一架三脚修鞋机、一张小木凳、两口袋配件。

不多一会儿，巷子里陆续走出来拎着旧鞋的妇女。麻生坐在小板凳上，腿上苫着一条蓝色围裙，开始了他的补鞋生涯。

三

想珍生了个女儿，两口子闷闷不乐。麻生送过去一百块钱，算是月子礼。

麻生走后，想珍问成龙："麻生发财啦？小伙结婚也没有这么大的出手啊？"

成龙憨憨的："自家兄弟，他是帮我呢。"

想珍想不明白，麻生才还了一千多块外债，又死了老子，钱是哪来的？想来想去，顾不上月子里不能受风，拉着成龙去找麻生。

麻生正在家里吃晚饭。一个人，一盆粥，一盆咸菜烧杂鱼，两个咸鸭蛋。

想珍一看更火了："好你个三枪毙！一家人合起伙来骗我个外姓人。"

麻生莫名其妙："大嫂，你有话慢慢说。"

"说什么说。我问你，你是不是分家前藏了私房钱？"

成龙去拉想珍："瞎说什么！分家前老三在队里放鸭，都是集体记工分，年底是我和爸爸去分红，钱都不经他的手，上哪去藏私房钱？"

麻生不说话，只盯着想珍看。想珍被麻生看得浑身不自在，转头骂成龙："你知道个屁！才分家一年，他又是还债，又是死老子的，钱从天上掉下来呀？你看看他吃的，比我这个坐月子的人吃得都好。"

麻生慢条斯理地说："大嫂，我是光棍郎油炒饭，一吃门一关。一天忙到晚，又不要养婆娘，又不要养儿女的，累死累活的不就为了个二寸半？我看你坐月子，怕你舍不得吃，跟人家借了一百块钱送月子礼。你要是觉得钱送多了，你退我五十块。"

想珍想不到平时见到自己就脸红的小叔子说起话来一套一套的，怔在那里接不上话。

麻生还在说："大嫂，我在生产队放了八年半鸭子，除了添了几件衣裳，没有花家里一分钱，工分钱都给成龙砌房子结婚了。你们结了婚，要分家，我一分钱没分到，还替你们还了千把块钱债。不为别的，成龙老实，我们是一个奶头上吊下来的嫡亲兄弟，你们要养儿活女，我光棍一条，帮他不是帮外人。老子死得早，是我运气不好，不怪你们。"

成龙红了脸，拉起想珍就走："老三，我知道你吃了亏，你不要听她的。"

麻生天天蹬着三轮走村串巷，钱没有少赚，婚事却也一天天耽搁下来，转眼就三十出了头。走到哪都有人和他开玩笑："麻生，给你介绍个婆娘。"

麻生早就不是那个害羞的小男生了，他心里明白那些侉嘴妇人瞧不上自己，嘴上还是客客气气的："好啊，成功了请你吃喜酒。"

"戴窑西头有个姑娘，长得富富态态的，性子好得没得命，哪个喊她都'嗯嗯'地答应。说给你做婆娘正好。"

麻生知道，戴窑西头是原先的国营种猪场，一喊就哼哼的，肯定是老母猪。他也不说破："我家里穷，又没得个娘老子，配不上这么好的姑娘。你家小叔子也不小了，娶回去跟你做个妯娌，走在一起才般配呢。"

本来想拿麻生开玩笑的妇女闹个大红脸，拿起地上的鞋子就往麻生身上扔："好心没好报，活该打一世光棍。"

麻生清楚自己的家庭，房子还是几十年前的老屋，没有父母帮衬，自己岁数也不小了，难得有姑娘愿意上门。自己又不能见人就说自己有钱，说了也没人信。一天天的也就冷了娶媳妇的心思。

麻生买了一台十七寸的黑白电视机，冷清清的院子里热闹起来。

每天晚上都有一帮人到麻生家里看电视，冬天屋里挤满了人，热闹哄哄的。到了夏天，麻生干脆把电视机搬到了院子里。串场河边的男男女女扛着桌椅板凳，到麻生院子里乘凉、看电视。

过了中秋，夜晚没有了白天的暑气，看电视的人少了许多，过了十点钟，院子里还剩下麻生、二瘸子和一个姑娘晴。晴是外庄的，在光明庄上绣花厂里绣花。二瘸子在绣花厂里绕线，彼此熟悉。夜深了，二瘸子对麻生说："把电视机搬家去，外头下露水了。"

两人把电视机搬进了屋，放在床头柜上。晴也跟着进了屋，大有电视不结束就不回去睡觉的架势。二瘸子朝麻生挤挤眼："我要回去睡了，今天还有几筐丝线没有绕好。"

二瘸子走了，屋里就剩下麻生和晴。麻生不知所措，晴浑不在意，原本是坐在麻生床沿上看电视的，不知道什么时候两条腿蜷到了床上。过了一会儿，干脆倚着床桃，大咧咧地伸着两条白生生的大长腿。

麻生看着晴没有走的意思，假装出去小便，一路小跑溜到二瘸子家，敲开门，对睡眼惺忪的二瘸子说："今晚跟你睡。"

二瘸子明白了："人还没走啊？"

"还在看电视。"

"人家想跟你过。"

"人家还是个大姑娘，我不能祸害了人家。"

"她爸死得早，妈妈有精神病，家里困难，想找个像你这样会过日子的人。"

"我比她大了一大截，不能害了人家姑娘。"

麻生终究没有回去。晴等了个把小时，什么都明白了，关了电视机，带上门，擦擦眼泪回去了。

第二天，晴从绣花厂辞工回去了，不久，嫁给了外庄一个死了老婆的光棍。

四

嫁到竹溪的二姐成凤来找麻生："三儿，你外甥江涛大了，我想给他撺口房子，将来好给他说个婆娘。"

麻生知道成凤的来意："还差多少钱？"

"还差五万。你一个人也存不到什么钱，能借多少就借我多少，我回去再想想其他办法。"

麻生不说话，到房里拿出一张存折："这里有五万，你先拿去用。"

成凤傻了眼，盯着麻生："三儿，你哪有这么多钱的？"

麻生不说话，在成凤面前伸出了双手。成凤看了一眼，眼泪就下来了。麻生双手布满了深深浅浅的血口子，像两块冬天的槐树皮。

成凤擦擦眼泪："三儿，你的钱都是十个指头磨出来的，姐姐心里有数，你外甥将来也不能把你丢下不管。"

想珍怀了二胎，镇上计生办要拉她去引产。想珍拉着成龙找到麻生门上："老三，你也是陆家的人，不能眼看着老陆家在我们手上绝了后。我们找人做了 B 超，这一胎是个儿子。政府不准生二胎，老三你又没个婆娘，你把指标让给我们，将来侄子给你养老送终。"

没有了生育指标，麻生注定要打一辈子的光棍了。麻生沉默了半天，终于在转让协议上签了字，把生育指标让给了成龙。

麻生把生育指标转给了成龙，想珍还真生了个儿子。

麻生每天骑着三轮车早出晚归，这一骑就是十几年。

十几年时间里，麻生鸟枪换炮，不仅购置了电动配钥匙机，增加了修理自行车、修理煤气灶等业务，还把三轮车换成了电动的，附近几十个村庄轮流转。

家有黄金外有秤，街坊邻居天天称。大伙都知道这些年麻生余了一笔钱。

晚上喝了三两酒，麻生躺在床上看电视，院子外有人敲门。这年头家家都有电视机，早就没人到麻生家蹭电视了。麻生穿着裤头出去开了门，一个圆滚滚的身子挤了进来，随手关上了院门。

月光下，麻生看见了杨玲子那张涂脂抹粉的大胖脸。

杨玲子在串场河边开商店，生意红火的时候，一天进账上百块。这些年种地没有打工挣钱多，庄上的年轻人都出去打工了，留下一群老人孩子，杨玲子的生意一落千丈。

杨玲子手里拎着个方便袋，抢在麻生前面进了屋。麻生看着杨玲子包得滚圆的屁股："这大晚上的跑来有什么事？"

"修鞋。"

"你哄鬼呢。大白天不修，晚上修。"

"有生意你不做啊？"

"有话快说，有屁快放！老子要睡觉了。"麻生见她晚上鬼鬼祟祟地过来，心里有了几成数。十几年里走村串户，麻生早就不是当年那个嫩鸡了，什么样的侉话都说得出口。

"那我直说了，我孙子过周，想跟你借一千块钱。"

"我哪有钱？你看看，两手做得像付龟爪子，挣回来都是一块两块的，你这大老板哪里看得上。"

"你不要在我面前哭穷，又不白拿你的钱。"杨玲子一把抓住麻生的手就往自己怀里送。

麻生四十几岁了，还没真正碰过女人。杨玲子长得不丑，又白又胖。麻生的手攥住两坨软肉，就舍不得松开了。

杨玲子扔了手里的破鞋，搂住麻生的腰往房间里挪。

天气还有点热，房间里电风扇呼呼地吹着。杨玲子轻车熟路地脱了衣裳。剥了衣裳的杨玲子完全没有了平时的丰腴，两个奶子八字大张口，白面口袋一样挂在肚皮上。

在自己住了四十年的老屋里，麻生被杨玲子扑倒了。偷情这种事，有了第一次，就不愁第二次。麻生尝到了女人的甜头，也顾不得嫌弃那一堆肥肉了，像个贪吃的孩子一般上了瘾。杨玲子不来找他，他就主动去找杨玲子。买上二斤猪头肉，再在杨玲子商店里买两瓶酒，一斤花生米，找杨玲子的老公碰头喝酒。

杨玲子的老公是个酒鬼，可惜有酒瘾没酒量，平时走村串巷收杂粮，晚上和麻生弄点酒一喝，趴到桌上鼾声震天。等他冻醒了才发现杨玲子和麻生都不在，他想上床睡觉，却发现房门反锁着。举手拍门，房门一开，一个黑影早已夺门而去。霎时酒就醒了大半，起身往门外去追，嘴里大喊："偷姑佬！偷姑佬！"

黑影早就跑得没影了。

次日，几个妇女在巷子口吃早饭，有人问杨玲子："你老公昨晚上发什么疯？"

杨玲子捧着早饭碗，面不改色心不跳："猫尿喝多了，大半夜地喊收糯稻呢。"

五

杨玲子老公本就好那一口黄汤，对男女间那点事也不甚上心。既然没有抓到人，又有酒喝，也就睁一只眼闭一只眼随他去了。一来二去，居然和麻生处得亲如兄弟。

麻生堂而皇之地进出杨玲子的商店。商店人来人往的，总归不方便，杨玲子便经常拎着两只破鞋到麻生屋里去修鞋。

世上没有不透风的墙，串场河东的成凤听到了风声，急匆匆地回了娘家。麻生出门修鞋了，没有遇见人，成凤转身去了成龙家。

成龙的女儿已经出嫁，儿子佳琦在镇上读初中。这些年想珍累死累活，早没有了当年风姿绰约的模样。原本想生个儿子传宗接代，哪知道生了个讨债鬼。佳琦从小身体不好，三天两头进医院，家里的开支越来越大。成龙老实，在窑厂上班一年到头也没几个进项。这些年，光明庄上外出的人越来越多，粮田大多抛了荒。成龙两口子没有技术，家里又有个上学的儿子，没有父母帮着照应，自然不敢外出打工。两口子把人家抛荒的粮田捡过来，种了二十多亩地，成天忙得像个陀螺。

成凤进门的时候，想珍正顶着乱糟糟的头发在院子里扬黄豆。一台电风扇呼呼地吹着，把黄豆里的枯叶、荚壳都吹干净了，留下金黄饱满的黄豆在院子里堆起一个小小的金字塔。

枯黄的碎叶沾满了想珍的头发和衣服，整个人看上去灰头土脸。看见成凤来了，想珍丢下簸箕，转身去给成凤倒茶。

姑嫂俩谈到了麻生，成凤责怪想珍："你们天天在一个庄上住着，就看着他在外头胡七赵八？"

想珍有些委屈："我们也不好管他呀。钱是他自己的，我们也不能让他不花自己的钱呀。再说，我们现在还欠着他几万块钱呢。"

"你傻呀！他将近五十岁的人了，将来有个头疼脑热的，还不是侄子去服侍他？哪一天他老了，还不是侄子给他养老送终？他的钱，不就是你们的钱？不就是侄子的钱？等他把钱都送到人家婆娘的骚气洞里，将来有你们哭的日子在后头！"

成凤走了，想珍坐在院子里出神。

晚上，想珍和成龙商量："老三那个猪圈都闲了多少年了，不如我们逮两头小猪养到里面。"

家里的事都是想珍做主，成龙只有点头的份。第二天一大早，成龙找到麻生，说了想借他猪圈养猪的事。麻生没有意见："多少年不用了，你想养猪要翻个上盖。"

想珍很快请来师傅把麻生的猪圈翻盖一新，逮了两头小猪养在里面。

麻生给了想珍一把院门的钥匙。想珍一天三趟到麻生院子里喂猪。

杨玲子是个神气人，很快就明白了想珍的意思。一次云雨过后，杨玲子望着麻生讪笑："越老还越招人了。"

麻生不懂。杨玲子伸手在麻生裤裆里抓了一把："想珍看上它了。"

麻生一巴掌在杨玲子屁股上留下了五道印："放你娘的屁！"

杨玲子起身从麻生衣服里翻出钱包，抽出一张："你要是不信，下次我免费送给你。"

杨玲子扭着大屁股走了，麻生躺在床上翻来覆去睡不着。门外响起了脚步声，麻生赶紧套上短裤，盖上被子。

想珍推门进来了。麻生抬头一看，想珍明显打扮了一番，衣服整整齐齐，头发也洗过了。想珍关上房门，站在麻生床前，脸上通红。

麻生吓得赶紧坐起来，结结巴巴地问："嫂子，你有什么事？"

想珍比麻生还紧张，满头满脸的汗：“我看见杨玲子来过了。”

麻生涨红了脸，不知道怎么接话。

想珍身上都汗湿了，两手抱臂，低着头，一句话不说。

麻生愣了一愣，手忙脚乱地从床上下来：“嫂子，我以后不找她了，你回去吧。”

第二天一早，麻生给成龙送过去一张两万块钱的存折，成龙一脸狐疑。麻生说：“佳琦上学要花钱。”

想珍还天天到麻生院子里喂猪，却再也没有进过麻生的房。不但想珍没进去过，麻生也再没有让杨玲子进去过。

六

佳琦考取了苏州大学，成龙在家里热热闹闹办了谢师宴。

麻生和成龙一起，到车站送佳琦去报到。临上车，麻生趁成龙上厕所，把一个鼓鼓的信封塞到佳琦背包里。佳琦知道麻生已经在谢师宴上出了两千块钱份子钱，抢着要把信封掏出来还给麻生。麻生摁住佳琦的手：“佳琦，你一个人在外，哪里都要花钱。三叔没有本事，这点钱你留着应应急。不要告诉你爸妈。”

佳琦红了眼眶：“三叔，你一个人要保重自己，我看你这段时间脸色发黄，有空到医院去检查一下吧。”

佳琦走了，麻生没有把佳琦的话放在心上，依然每天开着三轮车出去修鞋。

这天，麻生意外遇见了晴。麻生简直不敢认了，晴穿着时髦，风姿绰约，一看就是日子过得顺心。

晴看见麻生也很高兴："成祥哥，想不到在这儿遇见你。"

麻生把手放在围裙上来回擦，嘴里语无伦次："你怎么会在这里？这都多少年没见了。"

"我现在和儿子一起住在无锡，儿子儿媳妇都在那边工作，房子也买在那边。这次是到我姑姑家来随礼的。成祥哥，你现在还是一个人？"

麻生知道，晴嘴里的儿子是她的继子，看见她心满意足的样子，麻生也高兴，憨笑着说："习惯了。"

"成祥哥，你是个好人！一个人日子难过，你要好好保重啊。遇到合适的，还是成个家吧。我看你脸色不对，你是不是病了？"

"农村人就这样，没什么毛病。"

没过两天，麻生真的感觉不对劲了，浑身发热、怕冷，看见肉就恶心，小便都是黄色。

麻生到医院一检查，医生告诉他说是肝炎，要住院治疗。这些年，麻生的钱大多给了成龙，手头已经没有多少钱了。医生说要准备两万块钱，麻生拿不出来。想来想去，麻生去了竹溪成凤家。

麻生对成凤说："姐，我前些年借给你的钱能不能还我，我现在有急用。"

成凤一边给孙子喂饭，一边对麻生诉苦："现在哪有钱啊？江涛刚砌了别墅，外头还欠了一屁股债呢。你一人吃饱全家不饿，要钱干什么？"

"我真有急用。"

成凤不高兴了："急用？你能有什么急用？你当我不晓得你的心思，这又是搭上哪家骚婆娘了？你都多大的人了，还这么不着调？现在能动能舞的，不想办法存两个钱，将来死了都没人问信。"

麻生一分钱没要到，还挨了成凤一顿数落，饭也没吃就回家了。

麻生不去修鞋了，成天窝在家里。庄上人大多出门打工了，留守在家的大多是老弱病残，难得串门，谁也不知道麻生病在床上。

佳琦国庆节放假回家，到麻生家去看望他。推开门，佳琦就哭了："三叔，你这是咋啦？"

麻生睡在床上，瘦得像个人干，脸上黄纸一般。佳琦掀开麻生的被子，麻生全身都是黄色，被子、毯子都染黄了。佳琦吓坏了，赶紧回家找爸妈。

成龙两口子正在地里忙着，佳琦一把拉住成龙就往回跑。成龙一头雾水，佳琦一边跑，一边哭："你们怎么做哥哥嫂子的？平时就知道跟三叔要钱，我三叔都病成那样了，你们还不知道？我三叔都快死啦！"

想珍也听见了，赶紧扔下手上的活，跟着佳琦往麻生家里跑。

看见麻生的样子，成龙两口子也惊呆了，赶紧打电话找车，把麻生送进了市里医院。

三天后，麻生病情稳定了。佳琦在病床前跟麻生告别："三叔，我先回学校了。你在医院里安心养病，不要担心钱的事。我妈在柜台缴了两万块钱医药费。她说了，不管花多少钱，都要把你治好。"

麻生的眼角溢出两滴泪珠，颤巍巍地往下滑。

佳琦告辞麻生走出医院，迎面看见表哥江涛陪着姑妈急匆匆地走来……

2019/12/10

翠 云

　　两岁的家栋缠住翠云的腿，哭着嚷着要喝奶。婆婆去社里上工了，十岁的翠云急得团团乱转，一缕稀疏的黄头发，汗嗒嗒地粘在额头上。眼前肉虫一样的小人儿，骂了他不懂，打又舍不得。没办法，翠云学着婆婆的样子，把家栋搂到怀里，掀起了自己的衣襟。

　　家栋从此迷上了翠云的胸，跟屁虫一样长在翠云身后，一口一个"姐"地叫着。翠云喊他"宝宝"，洗衣、做饭、打猪草，到哪儿都带着他，又当姐，又当妈。

　　翠云长到十八岁，早就到社里去上工了，虽然面黄肌瘦的，像棵豆芽菜，胸前却已经波涛汹涌了，把社里男人的眼睛都看直了。婆婆回到家里骂她："拿根布条把你那两个猪食罐子裹一裹。像个狐狸精似的，你想勾引谁？"

　　家栋十六岁，翠云二十四岁，婆婆张罗着给他俩圆了房。

　　晚上，家栋嗫着翠云的胸，嘴里含糊不清地说："姐，我天天都要嗫。"

　　翠云抚摸着家栋的头："宝宝，姐随你。"

　　婚后，翠云像一株春天的麦苗，泼喇喇地长开来。黄头发乌了，细胳膊有肉了，屁股变翘了，瓜子脸变白了，胸变得更

111

挺了。

翠云结婚五年，胸越来越大，肚子却没有一点儿动静。

婆婆撺掇家栋："把她休了，重娶个能养的。"

家栋不肯："我就要跟姐过。"

"姐！姐！你一天到晚就知道喊姐。她是你婆娘，领回来给你传宗接代的，不是给你做姐的。"

"我不管。我就要姐。"

"你要她，我就去死。"

不管家栋怎样闹，翠云还是被赶出了家门。家栋哭喊着追在身后，想要拉住翠云，被婆婆死命地拽着。翠云眼泪汩汩地对家栋说："宝宝，你回去吧。回去重寻个婆娘，好好过日子。姐没这个福气。"

翠云的爸爸早就死了，三个哥哥也各自成了家。翠云回到了自己八岁就离开的家，和妈妈一起过。三个嫂子轮番上门，指着她的鼻子骂："被婆家休了，就该自己跳进白涂河里去。还好意思回到娘家来丢人。你不要脸，我们还要脸呢。"

翠云低着头，一句话也不敢回。她是被休回娘家的扫把星，哪有说话的份？

大嫂回娘家，看见涏在河边摸螺蛳的宝昌，心里一动："宝昌，你给我一只老母鸡。我把我家姑娘说给你做婆娘。"

宝昌的老子是地主，几年前就被人民专政的铁拳砸得稀巴烂了。家产被分光了，家里人也死光了，他一个人住在四面漏风的破房子里，三十多岁了，还是光棍一条。听了翠云大嫂的话，宝昌果然回去把家里唯一的老母鸡抱给了大嫂。

翠云被大嫂送到三十里外的串场河边，成了地主崽子宝昌的

112

婆娘。不到一年，翠云生下了儿子——钟山。

生了儿子的翠云，出落得越发丰腴了，胸前沉甸甸的。三十岁的翠云，成了庄上最好看的俏媳妇。在地里干活的时候，男人的眼光全都落在她身上，一个个喉咙里像是钻进了老鼠，在衣领里上下乱窜。

宝昌上工车水，从水车上摔下来，摔断了腿。在床上躺了三个月，再下床，走路一瘸一拐的，成了瘸子。瘸宝昌只能在生产队里做些轻巧活，和妇女拿一样的工分。

一九五九年大旱开始的时候，钟山刚刚过了周岁。上工的时候，翠云用一块灰色的布兜把钟山背在身后。钟山肚子饿，在她背上哇哇地哭。翠云坐到田埂上，解开怀，让钟山吮。早就没有奶水了，钟山把翠云的胸吮出了血丝。

看仓库的杨树鬼鬼祟祟地走到翠云身后，神神秘秘地说："翠云，晚上到仓库来，给你拿几个山芋。"

翠云回过头，看见杨树正伸着头，张着嘴，猥琐地盯着自己的胸，哈喇子都快流下来了。翠云扯下衣服遮住前胸，抱起钟山就走。杨树在身后咬牙切齿地发狠："臭婊子，睡不到你，老子誓不为人。"

生产河、小池塘都见了底，胳膊粗的裂缝把河底的淤泥分成了一块一块巨大的乌龟壳，灰扑扑的。庄稼都死光了，地里尘土飞扬。几个月不下一滴雨，能吃的都吃完了。

庄上人一个个浮头肿脸，三岁的钟山瘦得只剩一个大脑袋。两年多的工夫，庄上死了几十口人，瘸宝昌也没能逃过去。

生产队仓库后面有一排猪圈，原本养着几十头架子猪。隔一段时间，杀掉一头，隔一段时间，杀掉一头。最后就剩一头两排奶子拖到地上的种母猪了，同样饿得皮包骨头，整天趴在猪圈里哼哼。人都饿死了，老母猪自然是养不成了。管他将来怎么样呢，先过了眼前这一关再说。队长发贵决定杀了最后一头猪。

傍晚，社里分猪肉。猪肉和下水搭配好了，一家一份。轮到翠云时，发贵把一块两指宽的肋条和一叶巴掌大的猪肝放到翠云的竹篮里，顺手在翠云的手上摸了一把，冲她使了个眼色。翠云顺着发贵的眼神，看见了墙角水桶里有几块厚墩墩的猪血。

翠云心神不定地回到家。钟山躺在床上，闭着眼睛昏睡，饿得哭的力气都没有了。

翠云在家里坐立不安，天已经完全黑下来了。翠云看了看床上快要饿死的钟山，心一横，关上门，朝着黑灯瞎火的仓库走去。

仓库门虚掩着，翠云在门外来来回回走了几趟，终究没有勇气推开门。就在她准备调头回家时，仓库门开了，鬼魅一样的发贵从门后闪了出来，一把将翠云拽了进去。

仓库里黑魆魆的，像一只巨大的黑洞。翠云两手抱在胸前瑟瑟发抖。发贵一把抱起翠云，把她扔到了角落里的一堆稻草上。

发贵两手攥着翠云的奶子，一边在她身上发狠，一边嘴里骂："你个日死人的婊子！日死人的婊子！现在有两块猪血，老子什么样的女人睡不到。"

发贵折腾完了，四仰八叉地躺在稻草上喘气。翠云艰难地起身穿上衣服，伸手从墙角的水桶里捞起两块黑乎乎的猪血，蹒跚着走了出去。

回到家，翠云切了半块猪血，烧了两碗汤，给钟山喂下去一碗。

喝了猪血汤，翠云搂着钟山睡觉。钟山迷迷糊糊地伸手到翠云怀里去摸，翠云"嘶"地吸了一口凉气，把钟山的手轻轻拿开。看着咂着嘴熟睡的钟山，翠云蒙着被子，"呜呜"地抽泣了半夜。

钟山长到十岁，家里来了几个造反派，要批斗地主狗崽子。

翠云搂住钟山，向领头的杨树求情："他还是个孩子，祖上的事他不知道。不说他了，我都没见过他的死鬼爷爷。"

杨树一挥手，打发走了几个手下，把钟山也赶出了门。杨树关上门，把翠云推倒在小饭桌上，伸手就去掀她的褂子。翠云一声不吭，像个死人一样摊着双手，眼睛盯着从门缝里漏进来的一道光，任凭杨树的臭嘴在自己胸前来来回回地啃。

从此，翠云的窗户常常半夜三更地被敲响。窗户一响，翠云就惊惴惴地披衣起床。门一打开，准会有一条黑影裹着寒风钻进来。

批斗钟山的事，也没人再提了。

翠云慢慢地把钟山拉扯大了。钟山的胳膊和腿瘦得像竹竿，衣服穿在身上像是披着的床单，顶着个冬瓜一样的大脑袋，活像他妈纺线的棉锤子倒立着。

庄上的女人都提防着翠云，不许自家的男人和翠云搭讪："看她那两个长马奶，都有拉瓜长了，不晓得被多少男人捅过了。"

钟山该找媳妇了，翠云到处求爷爷、告奶奶。女方的父母到庄上一打听，立马就拉着姑娘走了。一回两回，钟山忍了。次数多了，钟山在家里扯着嗓子对着翠云喊："通庄上那么多女人，咋就你那么不要脸呢。"

翠云不说话，两眼盯着钟山，幽幽地说："以前你三个舅妈这样骂我，现在轮到你了。你们都有理，就我没理。"

分田到户了，钟山没能娶上媳妇，三十多岁了，还是光棍一条。夏天穿着一条短裤，专门往女人堆里钻，裤裆前的布片上斑斑点点的。

红秀的男人在窑厂挖窑泥，半夜跟着船队出去，中午才回来。红秀胸前鼓鼓囊囊的，钟山的眼睛盯上了就挪不开。钟山像发情的骚公狗一样，嗅着鼻子围着红秀的屁股转。红秀支使钟山到玉米地里干活，钟山像条哈巴狗一样听话。一边卖力气干活，一边涎着脸撩拨红秀："你那两奶子咋那么大？是不是你男人㧅的？"

"能有你妈的奶子大？"红秀可不是省油的灯。

"让我嗑一口，今后你家地里的活我全包了。"钟山停下手里的活，猥琐地盯着红秀的胸，像猫盯着碗里的鱼。

"回家嗑你妈去。"红秀"呸"了他一口。

钟山看见红秀半真半假的俏模样，一时间热血沸腾，扔了手里的锄头，一下子把红秀摁倒在玉米地里，脑袋直往她怀里钻，还没等他嗑上，红秀的男人就出现了。

只一锄头柄，钟山的腿就被打折了，走起路来，一瘸一拐的，和他爸当年一模一样。瘸了腿的钟山整天游手好闲、不务正业，成天和外庄几个二流子混在一起，不是偷鸡摸狗，就是"抬轿子"骗人，难得回家一趟，回到家里就是对着翠云吼。

七十岁的翠云，头发花白稀疏，腰身向前倾，弯成了一把棉花弓，胸前晃荡着两只瘪口袋。

儿子不争气，可她还得活。平日里，翠云把地里长的瓜果蔬菜摘到镇上的菜场门口卖。夏天到河沟里稠点螺蛳河蚌，也拿到菜场门口去卖。

这天，翠云像往常一样，坐在菜场门口卖茄子。一个六十岁左右的老头盯着她看了半天，最后蹲在她面前，一把抓住她的手颤抖着喊了一声："姐。"

翠云抬起头，眯起眼睛看着眼前衣着光鲜、精神矍铄的老头，看着看着，翠云枯井一样的眼睛里滚出来两行浑浊的泪水。

翠云的嘴唇抖了起来，像是衔着一块滚烫的火炭，抖了半天，终于喃喃地喊出一声：

"宝宝！"

2021/05/25

养儿防老

成栋这些年算是熬出头了。

夫妻俩在杭城有固定的工作，虽说只是普通的车间工人，可工资不低，五险一金全缴。再过几年一退休，回到光明庄，守着养老金就能过日子。

儿子成梁也在杭城上班，儿媳妇在杭城带着两个孩子——孙子六岁，孙女两岁。一家六口在江干区下沙租了个两居室，站在阳台上就能看见钱塘江。一年下来，除去花费，还能存个小十万。

成栋琢磨着，等退休了就回到光明庄去，杭城虽好，终究不是自己的家。自己那点养老金，回到光明庄还行，留在杭城，还真是寒酸。

再说，老娘还在光明庄呢。

想起老娘，成栋心里就不是滋味。老子走得早，老娘已经九十岁了，一个人孤零零地留在光明庄，守着成栋偌大的空房子。

房子是七年前成栋回到光明庄建的。那年，成栋和老婆吴蕴已经在杭城打了十几年的工。刚到杭城的时候，夫妻俩分居在江干区的两个小工厂里，各自住在工厂提供的宿舍。只有星期天才能趁着舍友外出，偷偷摸摸地聚一聚。每次成栋提出来要去租个小房子和吴蕴搬到一起住，吴蕴都会劝他："都忍了十几年了，再忍忍。等成梁毕业了，我们就去租个房子。"

是啊，成梁还在光明庄跟着老娘呢。当初夫妻俩决定到杭城打工的时候，吴蕴也是万般不舍。成梁才刚刚上学的年纪，自己真是舍不得把他一个人留在光明庄。老娘已经快七十岁了，万一有个头疼脑热的，到底是奶奶照顾孙子？还是孙子照顾奶奶？可是，自己也没有能力把他带到杭城去，除了把他留在光明庄，还能怎么办？

老娘看出了成栋两口子的心思，努力挺直已经微弯的背脊，对成栋说："儿啊，你们就放心地出去，守着光明庄这几亩薄田，什么时候才能熬出头啊？你们放心，我能把成梁给照顾好，不会拖你俩的后腿。我三十多岁才生了你，什么样的苦没有吃过？不要看我七十岁了，带个孙子不费事。放心地走吧。"

成栋对老娘说："妈呀，儿子也是没有办法。我和吴蕴出去打几年工，等赚了钱，我们就回光明庄来孝顺您。"

夫妻俩在杭城打了十几年的工，中途换了几家厂，夫妻俩总算在同一家厂里安下了身。

儿子成梁从小学到高中毕业都是跟着奶奶生活。毕业了，一本书也没有带回家，反倒是领回家一个漂亮的女朋友。成栋夫妻俩没高兴几天，成梁给成栋打来了电话："安心怀孕了，她爸妈催着我们赶紧结婚。"

成栋请假回到光明庄，把夫妻俩十几年的积蓄全都拿了出来，委托留在光明庄的老表帮忙，把家里的老房子拆掉，新建了一栋两百多平的小别墅。

等把成梁的婚礼办完，成栋又背上了二十多万的债务。成梁对成栋说："爸，你不要愁。我和安心跟你一起到杭城去。等安心生了孩子，我们全家一起上班挣钱，很快就能把债还了。你放心，我和安心将来肯定会孝顺你和妈妈的。"

成栋笑了："爸不愁！俗话说养儿防老。爸和你妈这些年累死累活，不就是想把你抚养成人，等将来我们老了有人照顾吗？"

成栋和成梁都要到杭城去了，家里又剩下老娘一个人。临行前，成栋对老娘说："妈呀，儿子再出去做几年。把债还了就回来，回来孝敬您，给您老养老送终。"

老娘站在路边给儿孙送行，串场河的风吹白了她的头发："你们放心地去吧。我给你们把家看得好好的！"

回到杭城，成栋在钱塘江边租了一间六十多平方米的两居室。成栋、吴蕴、成梁一家三口上班，儿媳妇安心留在家里做家务、待产。到年底，安心生了儿子。成栋升级成了爷爷，成天笑得合不拢嘴。

每到年底，全家五口回到光明庄。老娘早就在老家把过年的米糕、包子、咸鱼、咸肉、咸鸡、咸鹅都准备好了。一家人在别墅里欢欢喜喜过完了年，正月初八就得返回杭城。每次离开，老娘都会把家里的鸡鸭鱼肉给打包好，把儿孙们送到门外："你们放心，我在家帮你们把家看得好好的。"

成栋拉着老娘的手："妈呀，还有一点债，再过几年还完了，到时我就回家来孝顺您。"

一家三口上班，安心在家做家务、带孩子。

债还完了，国家的二孩政策也放开了。成梁和成栋商量："爸呀，我们要不要再给成才生个妹妹？将来他一个人太孤单了。"

成栋说："好呀，我和你妈还能做几年。等我们退休了，你妈帮你带孩子。"

安心的肚子还真争气，不久，就给成才生了个妹妹——成蝶。

儿孙绕膝的成栋很满意。打算着再干几年，帮孙子孙女挣一笔学费就退休，回光明庄去服侍老娘。毕竟，老娘已经快九十岁了。

成栋在杭城摔了一跤，摔得人事不省。送到医院，直接进了ICU——脑梗死。在医院抢救了半个多月，除去报销部分，自费了小十万。稍有好转，成栋说什么也不肯再在医院住院了——这哪是治病呀，简直就是烧钱。

回到出租房，吴蕴服侍了几天，晚上和成栋商量："我请的一个月假就要到期了，再请假就要被开除了。你说怎么办？"

成栋歪着嘴，张了半天也说不出一个字，喉咙里"咕咕"作响，清亮的口水顺着嘴角往下流，急得直用右边能动的手拍打床沿。

吴蕴和成梁安心两口子商量："你爸现在这样，短时间也恢复不了，我想我们三个要有一个专门在家照顾他。按说我在家最好，我能带孩子顺便照顾你爸。可我还有几年就退休了，现在辞职，保险什么的都要自己缴。"

"我不能辞职啊。我现在两个孩子，天天都要花钱。我不上班，两个孩子吃什么？穿什么？"

"我没有上过班，一时半会也找不到合适的工作。两个孩子跟我跟惯了，换成其他人，我也不放心。"

"那还是我辞职来照顾你爸，你们帮我俩把保险缴上就行了，将来退休了也多少有个保障。"

"我现在一个人养四个人，哪有钱给你们缴保险？"

"我花钱还跟成梁拿，我也没有收入啊。"

成栋在房间里把床沿拍得"啪啪"作响，吴蕴走过去："你有什么办法？"

成栋用右手指头在吴蕴手心里写了两个字——回家。

吴蕴到医院给成栋开了两大包药，找了一辆车，把成栋送回了光明庄。

吴蕴给老娘留了点钱："妈呀，我得回去上班啊。还有几年就退休了，现在辞职不划算。您再辛苦一下，等我退休了，我就回来孝敬您。"

吴蕴一步三回头，回了杭城。

光明庄的村道上，每天都会看见一个佝偻的身影吃力地推着一辆轮椅。

坐轮椅的人歪嘴流涎、半身不遂，推轮椅的人老态龙钟、白发苍苍。

2020/10/30

失　算

彩荣头脑精明，会算计。娶了个老婆粉香，更是河塘里的莲藕——浑身上下都是心眼。

自打有了收割机，种地没有那么忙了。平时田间管理，一个人就够了，再说真正的农忙也没有几天。过了新千年，彩荣和粉香一商量，把家里的十几亩责任田丢给粉香种，自己跑到上海，跟着人家学做水电工。

水电工、水电工，不是凿墙，就是打洞，没什么花头精。跟在师傅后面做了一段时间，彩荣就会了。一天四十块钱，除掉伙食费和日常开销，一个月能挣八百块。一年下来，就是小一万。

在家种十几亩责任田，忙得要死，一年也挣不到五千。

彩荣很满足，粉香也很满足。

城里人都用上手机了，彩荣也买了一台手机，花了一个月的工资。彩荣用手机给粉香打电话，粉香在电话里怪他乱花钱。彩荣说："有了手机，家里有什么事你就好找到我了。"

家里真有事了。粉香打电话给彩荣："你快回来！要造新长铁路了！"

彩荣骂粉香："呆货！造铁路我又不想去做杂工。我在工地上一天四十块，多快活。难道要回去做十来块钱一天的杂工？"

粉香也在电话里骂彩荣："你才是个呆怂！哪个要你回来做杂工？人家造铁路都是推土机，要你做个屁。"

"那你要我回去干什么？"

"回家装修！"

"装修个屁啊装修。再做几年，把房子翻盖一下倒是真的。"

"你在上海做工做呆了吧。铁路从我家东山走，厨房碍事呢。干部下来把桩都钉好了。庄上就两家碍事，三癞子家猪圈，我家厨房。"

彩荣转过弯了："你是说要拆我家厨房？"

"就是要拆我家厨房呢。"

"那个破厨房才砌了两三千砖，都十几年了。早点儿拆掉，赔两个钱正好重砌。不是睡觉送枕头的好事？你这火上堂屋的做什么？"

"你真做水电工做呆掉了。我家那个破厨房能赔几个钱？你回家买两块孬瓷砖，把地面一铺。再把那个烂木头门窗换成铝合金的。到时候就要按装修房给我家赔钱了。"

彩荣大腿一拍："对呀！还是老婆想得周到。"

彩荣跟老板请了假，说回家装修房子。

一到家，彩荣先买了条红塔山香烟送到村长家。接着马不停蹄地买水泥、买黄沙、买瓷砖，找瓦工贴瓷砖，找师傅换门窗。五天的时间，破旧的厨房变得漂漂亮亮。

彩荣在厨房里踱着方步，不停点头。

突然，彩荣眼睛盯着厨房前面的三十几棵水杉打起了鬼主意——水杉树也在划线范围内！这么大一块地方，怎样变成钱呢？

124

水杉树苗是彩荣趁村里植树节植树的时候跟村长要的。反正年年植树都是做做样子，村长顺水人情送给了彩荣。长了三五年，水杉有了碗口粗。可惜，这东西不值钱，买树的贩子春上出了十块钱一棵，说是水杉没长几年，太嫩，不成材。彩荣没有卖，心想水杉长得快，再过几年，起码能卖二十块钱一棵。

彩荣和粉香一商量，喊来树贩子，四百块钱全部砍走了。

水杉树砍了，彩荣平整了土地，买了材料，又砌了一幢宽宽绰绰的仓房。新仓房青砖青瓦、贴瓷面砖，很是宽敞、气派。

彩荣给村长送了三百块钱，请村长陪镇里负责拆迁的领导吃顿饭。

干完这一切，村长陪着镇上负责拆迁补偿的人来了。看见彩荣家新装修的厨房和气派的仓房，大伙心知肚明地笑了笑。直接测量算账——装修厨房补贴三千块，新砌仓房补贴五千块，合计八千块钱。

彩荣两口子十分满意，摁手印，领钱。脸上笑嘻嘻的，大嘴一直咧到了耳朵根。

彩荣早就算过账了，旧厨房三百块钱都不值，装修花了一千块。仓房花了两千块，送礼花了四百块。现在赔八千块，坐在家里赚了四千三百块，一年种田的钱！

彩荣跟着工作组，到三癞子家去看热闹。

三癞子是个老实头，只会在家里种田养猪。几年前才砌的三档大猪圈，比彩荣家厨房都漂亮。按照附属不动产赔偿标准，工作组赔了三癞子一千块。村长问三癞子："赔你一千块可满意？"

三癞子憨笑："不丑了，不曾花到这么多。拆下来砖头瓦片还归我。"

彩荣心里暗笑："呆怂！傻逼！"

工作组又到三癫子猪圈门口数水杉。

三癫子也种了几十棵水杉，树苗是三癫子从河里一棵一棵捞上来的。

每年植树节的时候，镇上都往下发树苗。村里安排几个劳力栽树苗，栽树苗的人只要把树苗搬离了村干部的眼睛，就能拿到杂工钱了。反正也没人检查，反正明年上面还往下发树苗。如果树苗都成活了，明年就没有杂工钱拿了。这样一来，每年扔下河的树苗倒比栽到地里的多。

工作组的人把水杉树数好了，拿尺子量了几棵。对三癫子说："你家的水杉树属于落叶乔木，胸径平均十二厘米。按照国家占用园林树木赔偿标准，每厘米赔偿六十元，折算到每棵树七百二十元。三十一棵树合计两万两千三百二十元。你有没有其他意见？"

三癫子还没说话，身后传来"哎哟"一声。大伙回头一看——

彩荣不知道怎么回事，抬手狠狠地在身边的一棵水杉树上拍了一巴掌，一根木刺深深地扎进了他的手心里。

2019 /07 /20

都是借钱惹的祸

"郑直，你这个缺德鬼！骗不到钱你就做这种下三滥的阴毒事，你绝子绝孙，不得好死！"荣舅舅手指头点在郑直脑门上，跳着双脚骂。

郑直僵在那里，一句话也说不出来。该说的话，他早就说过了，可荣舅舅死活不相信。

如果想把亲友变成冤家，那么就借钱给他。

郑直现在是彻底相信这句话了。就因为借钱，荣舅舅这已经是第三次骂上门了。他真后悔，当初自己咋就头脑发昏了呢？

可当时那情况，自己也不能见死不救呀，外人还帮忙呢，何况是外婆庄上的舅舅。

郑直夫妻俩在一家小厂里上班，每个月有几千块钱工资，饿不死，也撑不死。儿子读高中以后，家庭开支逐渐大了起来，郑直和老婆商量着，想利用自己的焊接切割技术开个加工门市部。店面找好了，设备也看好了，就差几万块启动资金。郑直不想跟亲戚朋友开口，四十岁的人了，几万块钱都拿不出，说出去让人笑话。郑直到信用社办了个小额贷款，利息按月归还，也没有什么压力。

手续办好了，还没等他取出钱来，小坤的电话就到了。

小坤是郑直外婆庄上的，比郑直小十岁，郑直几乎是看着他长大的。按照辈分，郑直管小坤的爸爸叫荣舅舅。春节期间，郑直到舅舅家去拜年，碰见了小坤，开着汽车、挂着项链，一副财大气粗的架势。舅舅说小坤在苏南做工程，混得不错。小坤掏出"中华"香烟递给郑直，一口一个"表哥"地叫着。郑直笑着说："等表哥哪天混不下去了，就到小坤工地上讨口饭吃。"小坤拍着胸口保证："表哥，只要你来，就你那技术，工资保证让你满意。"两人聊了一会儿，互相留了电话。

两人此后一次也没有联系过。看到手机上小坤的名字，郑直有些疑惑，难道小坤想要找我去工地上干活？我去还是不去呢？按说去也不错，不要本钱，只要出技术就行，技术自己杠杠的，小坤也知道。可自己没有出门打过工，能不能习惯？小坤要是真提出来，自己答应还是不答应？他犹犹豫豫地摁下了接听键：

"小坤啊，怎么想起给我打电话啦？"

"表哥，"电话里传来了小坤的哭腔，"我爸被车撞了。"

"啊？"郑直吓了一跳，"严重吗？人怎么样了？"

"断了五根肋骨，内脏出血，盐城医院治不了，现在转到了南通医院，在 ICU 里抢救。"

"ICU 一天要不少钱呀。"每次想起来，郑直都想扇自己两个耳光，当时怎么就冒出这一句来，要花多少钱，关自己什么屁事？

"是啊，表哥。"小坤在电话那头说，"在盐城半天就花了一万多，这边前几天每天都是一万多，现在稳定下来了，一天还要七八千，家里的积蓄都用完了。表哥，想跟你借点救命钱。"

"这个，"郑直没想到是这样，只好实话实说，"我也没什么钱。"

"表哥，你有多少就借多少，我爸就等着救命呢。"

"我手头也没有钱，"郑直想着人命关天的事，怎么办呢？脑子一抽说，"我刚刚做了个小额贷款。"

"谢谢表哥，谢谢表哥！"小坤在电话那头连声道谢，"表哥你放心，我爸有保险，这个钱不用多久，保险一到账我就还给你。"

"那你把账号给我吧。"郑直知道，ICU 是个烧钱的炉子，可现在不往里面填钱，荣舅舅就没了，救人要紧啊。

晚上，郑直告诉老婆："荣舅舅出了车祸。"

"严重不严重？"老婆也认识那个远房的舅舅。

"在 ICU 抢救呢。"郑直想了想，又说，"小坤跟我借了两万块钱。"

"你哪来的钱？不是开店还差钱吗？"

"我拿了两万块钱贷款给他，救命呢。"

老婆知道自己的老公是个老好人，还是忍不住埋怨了一句："你呀，死要面子活受罪。我看你开店怎么办？"

"小坤说了，有保险，钱下来就还我。开店的事就缓一缓，这么多年都过下来了，不急着这一刻。"

荣舅舅命大，摘了一个肾，切掉半叶肝，硬是活了下来。郑直到外婆庄上去探望，荣舅舅说了好多感谢的话。临走时，郑直塞给荣舅舅五百块钱，说让他自己去买点补品。听说小坤回工地上去了，郑直也没好意思提还钱的事。

转眼就到了年底，郑直给小坤打电话，不等他开口，小坤在电话里连连打招呼："表哥，我刚要给你打电话。我爸的保险还在走程序，钱一下来我立刻就还给你。"

既然保险还没下来，郑直也没好意思开口要钱。

清明节的时候，郑直碰到了回家祭祖的小坤。小坤给他发了根"中华"："表哥，我爸的保险下来了。拿到钱我先紧外人还了，你是家里人，到年底我一定还给你。"

虽不是真亲戚，可人家没把你当外人，你还有啥说的？郑直每个月准时还信用社近两百块钱利息，只等着年底小坤能把钱还给自己。

年底了，郑直又给小坤打电话。小坤在电话里哭穷："表哥，今年是赚了几十万，可公司周转不灵，一直拖着我的工程款。我手头的钱发了工人工资，自己都没钱过年了。你看能不能再等个把月，开过年来，公司跟我一结账，我立马把钱给你打过去。"

郑直也知道，这几年国家对农民工工资管得严，做工程的都不敢拖欠工人工资。既然小坤赚了几十万，他也不会在乎自己这两万。一年半都等下来了，也不在乎再等两个月。

春节的时候，舅舅告诉郑直，小坤发财了，年前刚换了辆新车。郑直不相信，说他不是没钱吗？哪有钱换车的？

郑直去了荣舅舅家。荣舅舅眉开眼笑地招待了他。郑直转弯抹角地说了小坤借钱的事，荣舅舅说："他钱没还给你？"

"没有，都快两年了，小坤说没有钱，我也不好意思催。"

"我一出院，肇事车的保险就下来了，我单位有意外伤害险，我自己还买了一份商业险。三份保险的赔偿金他都拿走了。我算过了，还掉我住院的钱，还剩二十几万。我还以为他早就把钱还给你了。"

郑直一时转不过弯来："这小坤，他骗我干什么呢？"

郑直回到家里给小坤打电话，小坤在电话里说："表哥，你知道现在做生意有多难吗？我开个十几万的破车，大公司的门都进不去，这才咬牙换了辆奔驰。表哥，你放心！等我把手头这个工程做完了，你的钱一分不少地都还给你。"

两年的时间到了，郑直凑钱把信用社的贷款还了，做生意也就罢了，现在门市没开成，月月还利息，两年就是四千，拖不起呀。

年底的时候，郑直又给小坤打电话。这回，小坤不乐意了："表哥，就两万块钱，你年年打电话，烦不烦啊？我一年挣几十万，还能差你这点小钱？你是怕我赖账，还是怕我跑掉啊？"

"不是，小坤，你是大老板，肯定不会赖我这两万块钱的。你也知道，我儿子马上要考大学了，我想自己开个门市部，缺钱呢，这都拖了两年多了。"

"开什么门市部！到我这儿来上班，一分钱本钱都不要。"

"小坤，我半辈子都在家里，没出过门，也不想出去。你把那钱还给我，我就能开门市部了。"

"怎么跟你说不清楚呢？年底我哪有钱？钱都在公司扣着呢，再等等吧。"

郑直还要再说什么，小坤已经把电话挂了。

这个年郑直没有过好，老婆天天埋怨他，说是小坤不还钱就去法院告他。

郑直找到荣舅舅，说两年多了，小坤还没有还钱，家里老婆都要到法院去告小坤了。荣舅舅不高兴了："郑直，我又没有借你的钱，你要钱去找小坤呀。都是打断骨头连着筋的亲戚，就为两万块钱，你还要告他？亏你好意思说出口！再说了，我没听说小坤欠别人的钱，怎么偏偏就欠你的钱？你不是看见小坤赚了钱，起了什么坏心眼吧？"

原本想找荣舅舅说说理，结果被当成了害红眼病的骗子，郑直气得心口疼，一句话也说不出来。

郑直找到律师咨询，怎样才能要到钱？律师说只要有借条，就可以直接到法院去起诉。郑直这才想起来，自己压根就没有借条。这下他慌了神，万一他来个死不承认，自己岂不是一分钱也拿不到？

郑直隔两个月就给小坤打个电话，每次都卑微地求他还钱，小心翼翼地，生怕把小坤逼急了。小坤每次都用各种理由把他搪塞回来，后来，干脆就把他的电话拉黑了。

郑直找不到小坤，又去找荣舅舅。荣舅舅也没有好脸色："你这个郑直，我都说了，我没有跟你借过钱，你跟我要的哪门子钱？你不是要告他吗，有本事你去告他好了。"

五年过去了，门市部没有开成，借出去两万，搭进去四千块钱利息，郑直不仅没有拿到一分钱，还把荣舅舅给得罪了。有一回在外婆庄上碰见了，荣舅舅扭头就走，一边走，一边嘟嘟囔囔地骂。

郑直想起来就后悔，自己咋就会瞎了眼把钱借给小坤了呢？和他也不熟呀。就算是要救命，自己没钱，怎么想起来拿贷款去借给他呢？这不是死要面子吗？借就借了，为什么不让他打张欠条呢？现在就算浑身长嘴，也说不清楚了。

郑直心里那个悔呀，肠子都悔青了。可能有什么办法？只希望哪天小坤良心发现，把钱还给自己。他早就不敢指望那四千块钱利息了，只要能把本钱要回来，就谢天谢地了。

郑直没等到小坤良心发现，小坤就被抓了。

小坤在外面包养了个情妇，一直克扣工人工资，被人举报他指使工人偷电缆。派出所把人抓起来一审，这几年小坤居然偷了工地几十万元材料，直接从派出所进了拘留所，不久就被判了刑。

荣舅舅一口咬定是郑直举报了小坤，三天两头到郑直家里来闹事。

现在，郑直想死的心都有了。

2022/01/25

桃花劫

　　串场河西三里是一片桃林。桃林有十几亩地，长着五六百棵桃树。桃林前边是两个椭圆形鱼塘，四周是开阔的田野。

　　三月，桃花盛开，站在串场河高高的圩堤上远眺，桃林就像一位美丽的新娘，粉红的头花，明黄的裙子，在碧绿的田野间曼妙婀娜。那两汪春水，像极了一双清澈的眼睛，深邃而又灵动。无数踏青赏春的红男绿女慕名而来，在桃花下、在菜花旁、在水塘边，留下了顾盼生辉的情影，也留下了窃窃私语的情话。

　　三十五年了，李春早一次也不敢到桃林去。

　　他站在圩堤上，远远地看着那两汪水塘，仿佛看见了桃花那双忧郁的眼睛，仿佛听见桃花在自己耳边呢喃："春早哥，我什么都没有了。"

　　桃花是五婶从串场河圩堤上抱回家的弃婴，比春早小两岁。

　　三十多年来，春早时常会想起第一次把桃花抱在腿上的情形。

　　那天，桃花和妹妹粉兰，还有三婶家的玉儿、萍萍，在自家院子里跳皮筋。粉兰和玉儿腿上绷着皮筋，萍萍站在一旁观战，桃花正在跳皮筋。四个五六岁的女孩儿，异口同声地唱着歌谣——

一二三四五六七，马兰开花二十一，二五六，二五七，二八、二九、三十一，三五六、三五七、三八、三九、四十一……

橡皮筋从粉兰和玉儿的脚踝开始，越来越高，经过小腿、膝盖、大腿，慢慢地到了两人的腰上。桃花一路冲关，越跳越起劲，两根细细的羊角辫，在她小小的脑袋上跳跃着，细密的汗珠顺着她俏丽的小脸往下淌。粉红色的衬衫粘在了背上，在她每次落下时，衣摆掀起，露出一截葱白般的小肚子。

春早倚在门框上，渐渐地看呆了。

突然，桃花"呀"地叫了一声，摔倒在地。

春早本能地冲了过去："可碍事呀？"

"有点疼，没事。"桃花站起来俏生生地看着春早笑了，眼睛弯成了一对新月。

春早一把抱起桃花，坐到了小板凳上。萍萍换了粉兰绷皮筋，粉兰上去跳皮筋。

桃花坐在春早腿上，小脑袋一顶一顶地唱着歌——

四五六，四五七，四八、四九、五十一，五五六，五五七，五八、五九、六十一……

一股夹着汗味的气息冲击着春早的鼻子，他感觉自己的身体变得僵硬，两手越来越紧。桃花侧过头看着春早，眼睛里有少许不解，很快就变得温柔起来。

桃花的歌声越来越小，身子却和春早越靠越紧了。

爸爸说春早是个贾宝玉，成天喜欢和小女孩一起玩。妈妈说春早对桃花比对粉兰还上心。春早不知道贾宝玉，也不知道什么是上心。只知道，无论是上学还是放学，都要和桃花去玩一会儿。他喜欢看着桃花在自己面前跳跳蹦蹦，喜欢桃花脆生生地喊自己哥哥。

春早第一次和桃花一起睡觉是十二岁那年夏天。

那天春早的爷爷死了，到了半夜，满屋子的人还都没有睡觉。桃花坐在蒲团上打瞌睡，五婶拉过跪着凿纸钱的春早："春早，把妹妹带回去睡觉。"

次日一早，五婶看见春早搂着桃花睡在蚊帐里，对春早妈说："二嫂，春早宝贝桃花呢。"

春早妈说："两个小人儿像两条肉虫子，真好看。"

桃花初中毕业以后，和粉兰、萍萍一起跟着光明庄上的老裁缝想珍学缝纫。玉儿考到镇上去读高中了，每周回来一次。那时，春早已经跟着三叔学了两年木匠。

春早爸爸买了一台十四英寸的黑白电视机。

夏天，电视机放在院子里，每晚院子里都会有很多人，一边乘凉，一边看电视。春早吃过晚饭，就在自己房间里藏两张小杌子，留给桃花和萍萍。

入了冬，看电视的人少了，爸爸把电视机搬进了房。爸爸妈妈坐在床上看电视，春早和三个妹妹坐在床前面的踏板上。夜深了，爸爸妈妈睡着了，粉兰和萍萍也回去睡觉了。只有春早和桃花还在看电视。黑暗中，两人眼睛看着电视，两只手却悄悄地拉在了一起，十指交叉紧扣着。

要过年了，春早骑着自行车，后面坐着粉兰，前面坐着桃花，一起到东台买新衣服。到了没人的地方，春早左手抓住车把，右手伸到桃花脸上。桃花抓住春早的手，在自己脸颊上轻轻地摩挲。

桃花开了，满眼粉红。

136

春早在桃树底下抱住桃花,桃花的俏脸红得像满园的桃花,羞涩地闭上了眼睛。春早凑过脸去,找到了桃花柔软的唇。桃花的舌头滑腻得像一条调皮的鱼,春早总是逮不住。越是逮不住,春早越是着急,一手箍着桃花的脑袋,一手从桃花的衣摆下伸了上去,终于抓住了那一团柔软的丰满。

桃花两手紧紧地箍着春早的腰,舌头却愈发滑腻了,在春早嘴里到处蹿。

春早颤抖着解开了桃花胸前的扣子,不一会儿,两个玉碗倒扣的胸口,就落满了粉红色的桃花瓣。

桃花像是春天里串场河边的一株杨柳,长成了亭亭玉立的大姑娘,登门求亲的小伙子把五婶家的门槛都踏平了。五婶放出话来:"我没有儿子,桃花要招个上门女婿。"

桃花慌了神,她从来也没想过要嫁给其他男人。

桃花跟五婶说:"妈,我要嫁给春早哥。"

五婶说: "傻姑娘哎,你哥是独子,怎么能到我家来倒插门?"

"邻庄的巧女也是领养的,不就嫁给了自己的哥?"

"巧女当初抱回家,就是给他哥做童养媳的,他们是一家人。你和她不一样,我把你抱回家,是给我们五房承嗣的。你和春早是堂兄妹,你要是嫁给他,那就乱伦了,唾沫星就把你淹死了。丫头,快死了这条心,下次说都不能说。要不然,你妈这张老脸没法在光明庄见人了。"

春早的木匠手艺不错,人又长得帅,关键他爸是村干部,家庭条件好,上门提亲的也是络绎不绝。

春早也慌了神,他从八岁开始,就把桃花当成了自己的媳妇，从来也没想过要娶其他女人做婆娘。

春早对上门提亲的人一概不理，爸爸说："我家春早眼光高，随我。"

春早对他爸说："我要娶桃花。"

他爸一听，眼睛瞪得像牛卵子："说什么混账话！不说你是独子，要撑门顶户。就算不是独子，你也不能娶堂妹，这是乱伦。"

"桃花是领养的！"

"她是你五叔的女儿，就是你堂妹。"

深秋的桃林里，桃花抱着春早嘤嘤地抽泣："春早哥，我们咋办？"

"我不管他们，反正我就要娶你。"

"你娶了我，庄上人的舌头就把我们压死了。"

春早两手抱着头，把头发揉成了一团乱鸡窝。片刻之后，春早开始疯狂地撕扯桃花的衣服："大不了我带你去私奔。"

一阵风吹过，桃树上最后几片叶子飘了下来，蝴蝶一般落在了桃花的头发上。春早拿过一旁的衣服裹住桃花光洁的身子，把鸡窝一样的脑袋贪婪地埋在桃花的胸口。桃花抱住春早的头，在他耳边说："春早哥，我什么都没有了。"

串场河对岸的黄毛小弟兄三个，黄毛小的妈妈托人找到五婶，愿意让黄毛小到光明庄来倒插门。桃花不愿意，五婶搂着她的肩头："傻丫头，这是你的命。"

"妈，我死也不会嫁给黄毛小。"

五婶从小把桃花当成心头肉，看见桃花铁了心要嫁春早，不忍心逼她。五婶偷偷找到春早妈商量："俩孩子从小一起长大，有感情，也不是亲兄妹，就把桃花嫁给春早吧。侄子养叔，也是一样的。"

春早爸爸不同意："兄妹乱伦的事万万做不得！"

春早妈和五婶都没了主意，她们一辈子也没有拿过主意。

春早爸怕夜长梦多，过了年就给春早张罗了一门亲事，对象是邻村大队会计的女儿兰香。那是个十里八村出了名的漂亮姑娘，还是春早的同学。

兰香天天到光明庄来找粉兰玩，没几天就和粉兰、萍萍混熟了。两人不知道春早和桃花的事，一口一个嫂子，亲热地喊着。

玉儿星期天回家，偷偷地告诉粉兰和萍萍："桃花想做我们嫂子呢。"

粉兰和萍萍吃惊地看着玉儿："我们怎么不知道？"

"你们是猪脑子。"

兰香落落大方，又懂事能干，深得爸妈的欢心，和妹妹们也相处融洽。春早碍着是同学的面子，也不好给兰香脸子看。渐渐地，春早觉得兰香也不比桃花差。

晚上，桃花把春早约到了桃林。月光透过稀疏的桃枝，照在桃花光洁的脸上。桃花的眼睛像夜空里的星星一样深邃，充满了忧郁，她拉住春早的手："春早哥，我怎么办？"

春早嗫嚅着，不敢看桃花的眼睛："我爸不同意，说婚姻大事轮不到我做主。"

桃花眼睛里的光彩黯淡了，她用力咬住自己的嘴唇："春早哥，我什么都没有了。"

月亮躲到了一片乌云背后。枯叶落尽的桃枝上，悄悄地绽开了一个个小小的花苞。

一周以后，桃花在桃林里喝下了半瓶敌敌畏。人们发现她的时候，她全身落满了粉红色的桃花。

事后，春早听玉儿说，桃花用一块白布，把肚子紧紧地勒了十几层。

2021/03/30

我是一条狗

　　我半蹲半坐在桥面上，两个七八岁的孩子远远地站在桥下，一副惊慌失措的样子。我把身子往旁边挪了挪，示意他们可以从我身边走过去，我知道，他们急着赶到学校去上学。可他们远远地站着，其中一个竟然破着嗓子哭了出来。

　　我真不是故意拦在桥上吓唬他们的，我链子上的铁棒卡在了该死的桥缝里，我已经困在这里半夜了。

　　你现在明白了，我是一条狗。

　　一个身材高大的男人闻讯走了过来，脸上浮着猥琐的笑。我认识他，他是前村的光棍阿四，他是我的仇家。我突然感觉到了强烈的不安，对着他低吼了两声。

　　阿四停下脚步，龇着一口黄牙对我说："小事，小事，不要怕，不要怕，我来救你。"

　　我愤怒地对他吼："我不叫小事，我叫小狮！"

　　我最讨厌别人叫我"小事"，尤其是阿四。

　　那天，一个路过的老太太牵着一条小母狗从我家门口经过，我看那小母狗长得可爱，起身向她冲过去，我想邀请她和我一起玩过家家。谁知道那个老太太却像被谁强奸了一样惊叫起来："咬人啦，咬人啦。"谁要咬她？又丑又老的菜帮子，没有二

141

两肉。

妈妈在屋里面听见了，赶紧把我往家里喊："小狮，小狮。"

我只好停下脚步，退回家里去，我一直是个听话的乖宝宝。

谁知那个老太太听了，居然破口大骂起来："物像主人形！疯狗都出来咬人了，还说是小事！"

妈妈出来了，不住地给老太太赔礼道歉："我家小狮不咬人，他就是调皮。"

"还说是小事！真咬了人，就是大事了！"

"我没说是小事！是我家宝宝名字叫小狮。你看，我家宝宝长得多帅，多像一头小狮子。"

"小狮，小狮，咬了人就是大事了。"老太太嘟嘟囔囔地走了。

这一幕刚好被阿四看见了，他拍着巴掌笑得直不起腰："小事！小事！哈哈哈，小事！"

我的妈妈哎，你给我取个啥名字不好？咋就偏偏叫个"小狮"呢？就因为我一身金毛，就因为我长得又高又帅？

一身金毛怎么样？长得帅又怎么样？现在还不是被困在这该死的桥缝里？还不是得乖乖地跟着这个令人讨厌的阿四走？

我的不安应验了！阿四从桥缝里取出铁棒，果然没有把我送回家，他牵着我脖子上那一截铁链，回到了他那个狗窝一样的家。

说是狗窝都抬举他了，妈妈给我准备的窝比他这个家可强多了。

我有一座花园别墅，宽大的起居室、漂亮的围栏、实木地板、高低床、不锈钢餐具一应俱全，夏天开落地窗、冬天垫羽绒被，要多舒服，有多舒服。哪像现在，阿四把我拴在桂花树底下，院子里到处都是草屑和鸡屎，散发着难闻的臭味。

阿四嘴里哼着："狗肉滚三滚，神仙站不稳。"转身进屋去了。

"呼呼"的寒风直往我骨头缝里钻，真他妈冷呀。原本我有一身漂亮的毛，油光光的，妈妈两天给我洗一回澡，打上香波，用电吹风吹得蓬松松的，走到哪，都有小母狗亮闪闪的眼睛围着转。现在，我已经一个月没有洗澡了，那漂亮的金毛早就变成了灰黑色，还一团一团地粘成了块，粘着草屑和泥巴。我想，我现在的样子应该和讨饭的乞丐差不多吧，难怪妈妈昨晚看着我，哭得那么伤心。

昨晚是我离家的第二十八天。

刚开始几天我是快乐的、兴奋的、幸福的，我每天和心爱的樱桃在一起。我们在广阔的田野上，天做被子地做床，尽情享受着爱情带给我们的美好和激动。累了，我们就在草堆下相拥着睡觉，风吹乱我们的毛发，我们感觉很潇洒；饿了，我们就去翻垃圾桶，残羹冷炙填饱了我们的肠胃，我们感觉很美味。不懂事的孩子跟在我们身后指手画脚，嬉笑打闹。一帮毛都没长齐的熊孩子，他们哪里懂得爱情的甜蜜？讨厌的阿四拿着木棍追打我们，他在嫉妒我和樱桃的亲密。我们偏偏出双入对，气死他个老光棍！

我们甜甜蜜蜜地过了十几天，我开始想妈妈了，我偷偷地跑出来，妈妈在家里该急疯了。

其实，我也没有想要离家出走，如果妈妈不把我锁在家里的话，可她到底还是那样做了。我不明白她为什么要那样做？难道就因为我和樱桃约会了两次？可我已经不是当初她把我抱回家时的小孩子了，我已经是一个威风凛凛的帅小伙，我已经到了谈婚论嫁的年纪，难道，我连谈一场恋爱的权利和自由都没有吗？

我不是一个叛逆的孩子，我一直都是妈妈的乖宝宝。这一点，妈妈很清楚，所以，妈妈一直很爱我。那天我挠了阿四的脚，妈妈都没有骂我，她知道那件事不是我的错。

我在门边好好地睡午觉呢，阿四眼睛瞎了一样一头跑进来，一脚踩在我的脚上。我是一条狗，我不是一只猫，我腿上本来就没有什么肉，那又是夏天，他那一百多斤压到我脚上，我能不疼吗？我拼命用手拍他的脚，想让他赶紧挪开，有什么不对吗？不就划出两道白印子吗？皮都没破，你看他那个样子哦，就像快死了一样冲着我大喊大叫："小狮，你摊上大事了。"

还摊上大事，能有什么大事？妈妈真是好心，给了他不少钱，让他去打什么破疫苗。我看他就是存心讹诈，他就是欺负妈妈好说话。我看出了他的坏心思，对着他怒吼。阿四有些怵我，远远地躲在一旁，眼睛里隐藏着恶毒的阴森。

我第一次遇见樱桃是在阿四走了以后。大概是因为赔了钱，妈妈心情不太好，把我一个人扔在院子里，独自到房间里追剧去了。我正百无聊赖地趴在门头的荫凉处打瞌睡，樱桃来了。

她小心翼翼地贴着路边走，好像担心有人追赶一样。她长得眉清目秀，身上却脏兮兮的。我一看就知道，她是个跑单帮的江湖儿女。我主动和她打招呼："嘿，你好！"

樱桃怔了一下，看了看我，她判定我没有恶意，便展颜一笑："你好！帅哥！"

她的声音真好听，像百灵鸟一样婉转，我一下子就喜欢上了："我是小狮，敢问姑娘芳名？"

樱桃"咯咯咯"地捂嘴笑了："你猜！"真是个可爱的女孩。

我看着她羞红的脸颊脱口而出："你叫樱桃。"

"樱桃？这个名字好听，我喜欢，以后我就叫樱桃。"

等妈妈看完一集电视剧出来，我和樱桃已经在院子里的葡萄架下卿卿我我、两情相悦了。妈妈很不开心，她气呼呼地赶跑了樱桃，语重心长地对我说："小狮，你是个富二代，可不能自降身价，和江湖上那些不三不四的人交往。"

我第一次和妈妈赌气了，她都没有了解一下樱桃，怎么就断定人家是不三不四的人？晚上，我没有吃妈妈给我准备的"必胜客"，饿着肚子睡觉了。

夜空里繁星点点，田野里蛙鸣阵阵，我脑子里满满都是樱桃的影子。我喜欢听她银铃一般的笑声，我喜欢看她袅娜的身姿，我甚至喜欢闻她身上独有的味道，那是青春的气息，是少女的气息，是我从来没有过的气息。

正在我辗转难眠的时候，门外传来了压抑的小声呼喊："小狮，小狮。"

是樱桃！我兴奋地一跃而起。我冲到门前，隔着门缝，果然看见了樱桃。月光下的樱桃是那样美丽，她的眼睛像星空一样深邃，她的笑容像月亮一样皎洁，她的容貌像仙子一样玲珑。可是，我却出不去，妈妈把院门锁上了。

隔着一扇冰冷的大铁门，透过一条狭窄的门缝，我和樱桃互诉衷肠。我们海誓山盟："山无棱，江水为竭。冬雷震震，夏雨雪。天地合，乃敢与君绝。"

我们说了一夜的情话，直到东方欲晓，樱桃才恋恋不舍地离开。看着她一步三回头楚楚可怜的模样，我心里暗暗发誓："亲爱的樱桃，我一定要给你一个想要的未来。"

我瞒着妈妈，每天晚上和樱桃隔着铁门约会。可我越来越强烈地感觉到，我需要樱桃，我已经无法忍受任何一个没有她的白天。

终于，我等到了一个机会，妈妈出门时忘了锁上大铁门！我趁机溜了出去！我像一只飞出牢笼的小鸟，我要去追求我的爱情！

不知道是谁说的："身无彩凤双飞翼，心有灵犀一点通。"我顺着樱桃留下的蛛丝马迹，一路走向村外。眼前出现了一座老式的石板桥，那桥太老了，两块水泥板并在一起，中间还留着一道窄窄的缝隙。我穿过石板桥，来到了前村，很快就找到了正在一个草堆下睡觉的樱桃。

哦，我可怜的姑娘，她太累了，她一夜都没有睡觉，来回跑了几公里，此刻睡得正香。

哦，我可爱的姑娘，她太美了，睡梦中还露出甜美的微笑，她是在梦中和我相会吗？

我不忍心打搅樱桃的好梦，静静地坐在她的身边，痴痴地看着她。

不知道过了多久，樱桃醒了。她看见我，一把搂住我，兴奋得浑身哆嗦："小狮，真的是你吗？我不是在做梦吧？"两行热泪顺着她的脸颊流了下来，弄花了她的脸。

我爱怜地抚着她的脸，轻轻地替她吻去泪痕："樱桃，是我，是我。我是小狮，我来看你了。"

樱桃拉起我的手，带着我往田野里飞奔。我跟着她，仿佛追逐着一片彩云。

　　樱桃在金色的麦田里把自己交给了我。那一刻，我俩都激动得颤抖。我对着苍天大声宣誓："樱桃，我永远爱你!"

　　秋风和麦浪把我的誓言带到了远方，你们听到了吗? 那是我爱的宣言。

　　回到家里已经是半夜了，妈妈还在家里焦急地等着我。她见到我时，一把抱住了我："小狮，你到哪里去了? 你知不知道，妈妈都快急死了。"

　　看见妈妈那紧张的样子，我心里一阵感动，妈妈对我真的太好了。可是，我太累了，我吃了两口妈妈给我准备的夜宵，赶紧回到别墅里睡觉去了。

　　此后的日子里，我和樱桃依旧每天隔着铁门相望。我发现，樱桃一天天地变得消瘦了，我也越来越提不起精神。相爱而不能相聚，煎熬着我们两颗年轻炙热的心。终于有一天，我忍不住对樱桃的思念，大白天离家出走了。

　　我和樱桃在田野里疯狂地做爱，恨不得把一辈子的爱一次做完，直到精疲力竭，才依依不舍地吻别回家。

　　这次妈妈真的生气了，满脸都写着恨铁不成钢。她拿出一根两米长的铁链对我说："小狮啊，你真是太不让妈妈省心了。"

　　樱桃晚上再来的时候，我只能隔着院子告诉她："樱桃，我被妈妈禁足了，我现在生活的半径只有两米。"

　　樱桃扒着门缝，眼泪汪汪地呢喃着："小狮，小狮。"她已经离不开我了，我就是她的全部。

　　曾经沧海难为水，除却巫山不是云! 我的生活也已经离不开亲爱的樱桃了，我开始为了自己的爱情抗争。

也许是我的执着感动了上天，经过一个多月的努力，那根将我禁足的铁棒终于被我连根拔了出来！我拖着铁链，铁链拖着铁棒，风驰电掣一般冲出了大铁门。

我终于自由了！我和樱桃的生命里有了幸福的二十八天。

这二十八天里，铁棒可把我害惨了。有时，我正奔跑着呢，铁棒挂住了树根，我被狠狠地勒停，脖子差点被扯断。有一次，我和樱桃一起在巷子里追风，铁棒挂住了一辆三轮车，我重重地摔倒在青石板的巷道上，头上蹭掉了好大一块，鲜血糊住了我的左眼。

现在，原本乌黑的铁链已经被我磨得锃亮，可我身上也已经是伤痕累累。可是这一切都是值得的。不是说生命诚可贵，爱情价更高吗？为了和樱桃在一起，这点痛算什么？

可是，我却日益思念妈妈。出来二十八天了，妈妈该有多着急呀。我决定回去看看妈妈。

回到了熟悉的院子，看见了熟悉的大铁门，我忍不住欢叫了两声："妈妈，妈妈。"

妈妈房间里的灯很快就亮了，妈妈裹着睡衣打开了门。

二十八天不见，妈妈憔悴了很多，我忍不住扑过去，在妈妈的身上到处亲吻："妈妈，小狮想你啊！"

妈妈流泪了，在冬夜的月光下，我看见妈妈的脸上亮晶晶的。妈妈蹲下身子，想要来拥抱我。

我警惕地跳开了："妈妈，我就是回来看看您，我要回到樱桃身边去，您不能把我锁在家里。樱桃已经怀孕了，很快我就会有自己的孩子，这个时候，我不能离开她们。"

妈妈给我端来饭菜："小狮，吃吧，看你都饿成什么样子了。"妈妈说着，眼泪再次涌了出来。

说实话，我真的饿了，这些天，我都没有好好吃过一顿饭。我一边吃饭，一边拿眼神瞟着妈妈，我真的担心妈妈再次把我锁在家里。

饭菜很快就吃完了，妈妈说："小狮，妈妈再去给你盛。"

我摇摇头，铁链发出"哗棱棱"的声音。我走到妈妈身边，热切地亲吻了妈妈的手和脚。妈妈想伸手抓我的铁链，我神经质地跳开了。我不知道妈妈是想给我解开铁链，还是想再次让我禁足，我不敢去冒这个风险。虽然我知道，妈妈是爱我的，很有可能她是想给我自由。

我一步一步倒退着走出院子，只留下妈妈呆呆地站在月光下。

"再见了妈妈。"我抖一抖身上的毛，铁链发出"哗棱棱"一阵响，我用我最潇洒的一面和妈妈道别。我要走了，我的心愿已了，我要回到樱桃身边去了。

我默默行走在熟悉的小路上，冷月寒风，心里很不是滋味。我知道，我辜负了妈妈，可是，我没有办法。我现在不仅是一个丈夫，还是一个父亲，我有我的责任和使命，我要给樱桃，给我的孩子们一个家，我要去为他们遮风挡雨。妈妈，此生我注定要对不起您了，如果有来生，我再回来做您的小狮吧。

是谁当年建造的那座石板桥，你没有看见中间那条缝隙吗？当然，缝隙太小了，孩子的脚不会滑进去，可你难道就没想到有一天，这条缝隙会卡住我铁链上拖着的铁棒吗？现在我就真的被卡住了，无论我怎样努力，我都没有办法把铁棒从桥缝里弄出来。我只能在桥上等，我在等一个好心人来解开我的枷锁。可我万万没有想到，我等来的，居然是阿四！

我听见阿四在屋里打电话："老板，我有一条狗，多少钱？又高又肥！好，你现在就来吧，我在家里等你哈。"

这个该死的阿四！他明明知道我妈妈天天在找我，他也明明知道樱桃是我的妻子，他怎么能把我卖给狗肉店呢？你有什么权力这样做！

现在，说什么都太迟了。我知道，我的大限已至，很快，我就会变成火锅里香气四溢的美味。

再见了，亲爱的妈妈！我再也见不到您了，您千万不要难过。我不怪您！真的，您只是把我看成了您的儿子，却忘了我其实是一条狗！小狮永远都不会忘记您对我的好！

再见了，亲爱的樱桃！我再也回不去了，你今后的生活会愈加艰难，你千万要保重。虽然我们的幸福很短暂，但你让我做了一回真正的狗！小狮永远爱你！

再见了，我尚未谋面的孩子！请原谅我无法看见你们出生、陪着你们成长。如果有可能，我的孩子们，做一条狗吧，远离那些人！爸爸爱你们！

我听见狗肉店老板的摩托车"轰轰"声越来越近了……

2022/03/02

馅儿饼

"天上真的掉馅儿饼了。"

华大爷兴奋地对回家的儿子说。

原本，对于天上掉馅儿饼的事，华大爷是坚决不信的。吃过早饭，他正在光明庄的中心路上散步，看见老粉女拎着一只红色的小网兜，笑嘻嘻地从竹溪街上往家走："大清早的，你捡到什么宝了？"

老粉女举起右手的网兜，里面有六只红壳鸡蛋："竹溪街上发鸡蛋了。"

"发鸡蛋？骗你买东西吧。"华大爷一副未卜先知的样子，"我儿子说了，这种天上掉馅儿饼的事都是骗子的鬼把戏。"

"人家就给我们讲讲课，什么也不卖。"

"什么也不卖，就给你发鸡蛋？"

"什么也不卖。"

"明天还发吗？"

"天天发。讲课的老师说了，活动连搞十天。"

"明天就要卖了。"华大爷胸有成竹。

第二天散步的时候，华大爷看见老粉女和四个老头老太太一起回来了，每个人手里都拎着一袋鸡蛋。

老粉女看见华大爷，扬扬手里的网兜："我就说天天发鸡蛋。"

"明天肯定要卖东西了。"华大爷坚信，讲课的就是一群骗子。

第三天，老粉女的团队扩大到了十几个老头老太太，每个人手里都提着鸡蛋，脸上带着笑。老粉女邀请华大爷："明天早上一起去听课吧。老师讲得好呢，还有鸡蛋发。"

华大爷有些犹豫了，他想去见识一番那几个讲课的，看看他们到底怎么行骗。

"早上六点开始，去迟了就没有位置了。"老粉女关照华大爷。

华大爷没有吃早饭，跟着老粉女到了竹溪饭店。好家伙，饭店门口的停车场上停满了各式各样的电瓶三轮车，比赶集还热闹。进了饭店大门，可以摆四十桌的大厅里，坐了有两百多个老头老太太。华大爷挤到前头，找了个位置坐了下来。

六点整，大厅正前方的舞台上，一个三十多岁的年轻人开始讲课——

"在座的都是老年朋友，昨天我们讲了老年人要注意的饮食方面的问题。今天，我们来讲一下老年人在锻炼方面要注意的一些问题。"

"首先，运动前的准备工作很重要，老年人在开始锻炼前一定要做好准备活动，弯弯腰踢踢腿、放松肌肉、深呼吸等，避免运动过程中受伤。"

"老年朋友们，你们的子女都在外地赚钱。你们在家里平平安安的，他们在外面才能安心。如果你们因为锻炼身体的准备工作没做好，一不小心受了伤，你们的子女就要放下工作，从外面赶回家来。来来回回的，单路费就是一大笔钱。如果是打工的，有可能就此丢了饭碗……"

华大爷觉着老师讲得蛮有道理，不知不觉就听得入了神。

老师情真意切地讲了一个小时，从老年人要避免剧烈运动，到避免空腹运动，再到不能单独外出运动。每一条都讲到了华大爷的心坎上。华大爷心想，一般的子女也没有老师这样细心，事事都为年纪大的考虑到了。儿子一家住在镇上，自己一个人住在串场河边，当真是要把身体弄好了，省得儿子不放心。

老师清了清嗓子："各位老年朋友，经过和厂家协商，我们为大家争取到了一款适合老年人使用的电子血压计。"

一个穿工作服的女人走上前，递给老师一只白色的小盒子。老师拆开包装，里面是一只银灰色的小仪器，比电子表稍大一些，还有一条灰色的布带。老师熟练地把仪器用布带扣在了手腕上，摁了一个开关，一阵细微的嗡嗡声过后，仪器的显示屏上出现了几组数字。老师走下舞台，手腕向外，对着前排的老人说道："我知道，在座的老年朋友不少人都有高血压。只要有了这个血压计，我们在家里随时随地都可以给自己测量血压。随时掌握自己的血压情况。"

华大爷脸上露出一丝不屑，对着老师撇撇嘴："我就知道你要卖东西。"

老师听见了华大爷的话，提高声音说："有朋友说了，我们要卖东西。他说错了。我们不是卖东西，我们是给各位老年朋友送健康。这种电子血压计在市场上的售价是一百二十元。我们帮助厂家做推广，以出厂价优惠给今天在场的朋友们，数量只有十个，多一个也没有。"

"多少钱一个?"有人问价。

"多少钱一个? 你们绝对想不到! 这样一款市场售价一百二十元的血压计，我们今天的售价只有十元。"

"十元?"台下响起了一阵不可思议的疑问。华大爷忍不住露出了狐疑的神色。

"你没有听错，就是十元。不是美元，也不是欧元，就是人民币十元。有需要的老年朋友现在就可以到我们工作人员那里购买，每人限购一个。请你留下姓名和地址，方便厂家回访。不想购买的朋友，到门口领取今天的鸡蛋。我们明天继续。"

两个工作人员在舞台左边的两张办公桌上开始出售血压计。陆陆续续有老人走上舞台，掏钱买血压计，按照要求留下了姓名和地址。

华大爷看了看，没有买，跟着人流往外走，到门口的时候，一个工作人员递给他一只红色的网兜，网兜里装着十几只红皮鸡蛋。华大爷发现，工作人员的身后摞着十只塑料蛋箱，里面满满都是用网兜装好的鸡蛋。华大爷本来不想要，后面的人已经在催他了:"领了鸡蛋就出去，想要明天再来。"

华大爷稀里糊涂地接过了网兜。走到停车场，遇到了老粉女他们。老粉女买了一只血压计，她老头子高血压好多年了，天天吃药。

华大爷看着老粉女手里的血压计: "我就知道今天要卖东西。"

老粉女看着华大爷手里的网兜:"你不买东西，不也有鸡蛋拿? 再说了，十块钱现在能买什么? 我重孙女玩的电子表也不止十块钱。老头子三天两头到卫生室去量血压，有了这个多方便。"

一行人说说笑笑往回走。华大爷实在想不通，这帮人到底想要干什么？那十箱鸡蛋要上千块钱吧，就这么无缘无故地分了？十个血压计才一百块钱，还不够一箱鸡蛋钱。

华大爷第五天准时出现在竹溪饭店。他发现人比昨天又多了不少。还是那个老师，还是那个时间，老师又开始讲课。

"今天讲的是老年人吃饭要注意的问题，晚饭不能过迟呀，多吃蔬菜和豆制品防止动脉硬化和降血脂呀，少吃泡饭防止影响消化呀，饭后不能马上吃水果，容易胀气呀，多吃粗粮增加纤维素呀……"

老师最后讲到要注意饮水卫生：

"老年朋友们都知道，现在的河水污染很严重，和几十年前没法比了。那时候，河水多干净啊，渴了，随便在河里就能捧起水来喝。现在的河水你们还敢喝吗？"

台下一片嗡嗡声，大伙都在点头。

"今天，我们就给大家推荐一款净水机。在这之前，我们请昨天购买血压计的朋友上台来。"

大厅里顿时鸦雀无声，大伙儿不知道老师葫芦里卖的什么药。

"大家不用担心。昨天我就说了，我们是给厂家做推广，其实就是免费把血压计送给大家。现在请昨天购买血压计的朋友上来，把昨天的钱拿回去。"

大伙面面相觑，一个老头将信将疑地走上舞台。

"大爷，你叫什么名字？住在哪里？"

"我叫于得水，家在新风村。"

"我给你查一下。嗯，是有于得水，这是你昨天的十块钱，你收好。"

于得水捏着十块钱走下舞台，其他人纷纷走了上去。不一会儿，昨天买血压计的老人都拿到十块钱。

工作人员推上一张办公桌，桌上有一台小冰箱一样的净水机。老师拿出一只透明的玻璃杯，倒上大半杯清水，又往里面倒进去一些酱油，杯里的水变得黑乎乎的。老师把净水机上的一根小水管插到杯子里，拿另一只透明的杯子等在净水机的水嘴下面。然后，老师给净水机插上电源，摁了一下开关。随着水杯里黑水的减少，水嘴里流出来清澈的水。老师端起刚刚从净水机里流出的水，向台下展示了一番，然后凑到嘴边，一口气喝下去半杯。

眼睁睁看着黑乎乎的水变成了清滴滴的水，台下的人都惊呆了。

老师放下水杯："这是一款目前最先进的净水机，市场售价两千八百元。厂家为了推广新产品，按出厂价让利给今天来到现场的朋友。每台售价仅仅要九百元，数量只有十台，想要的朋友到台上来。还和昨天一样，留下姓名和地址。方便厂家做售后服务。"

台下一阵骚动，有人说："我儿子家里有一台，真要两三千块呢。"

"这东西真神奇，那么黑的水都能变清了。九百块不贵。"

不一会儿工夫，工作人员的办公桌前就挤满了人。老师举着话筒喊："大家不要拥挤，今天只有十台，以后每天都会有不同的产品带给大家。我们是帮厂家做推广，只收成本，不赚一分钱。明天大家把钱带足了，有更大的惊喜带给大家。"

华大爷拎着鸡蛋往回走，看见庄上的老罗三轮车上推着一台净水机："买啦？"

"买了。九百块钱不贵。"

"就不知道是不是假的？"

"怎么会是假的？你看，包装都没拆呢。我看了，和老师拆的那个一模一样。"

华大爷想，或许真是厂家做广告吧，要不然，十天得亏多少钱？听儿子说，在电视上做广告，都是按秒收钱的。一条广告就要几十万，甚至更多。这样一想，华大爷踏实多了。

第六天早上，华大爷在兜里揣了五千块钱，早早地到了竹溪饭店。饭店里已经座无虚席了，还有不少人站着。老师讲的是老年人日常保健要注意哪些问题。老师声情并茂，听得台下的老人连连点头。

课讲完了，工作人员推上一张按摩椅。黑色的按摩椅在舞台灯光下闪着高贵的光泽。老师举着话筒，看了看台下的老人："请昨天购买了净水机的朋友到台上来。我们厂家为了扩大广告效果，决定把朋友们购买净水机的钱退还给大家。请大家按顺序排好队，到工作人员那里退款。"

台下的老人沸腾了，两千八百块的净水机白送啊。

退款结束后，老师举着话筒："现在我想邀请一位老年朋友到台上来，亲自体验一下我们今天推出的按摩椅。哪位朋友愿意上来体验一下？哪位朋友？"

华大爷自告奋勇走了上去。他患腰肌劳损几十年了，每天早上起床都要疼上几分钟，疼起来的时候，站都站不直，用手揉揉才会好一点。老师让华大爷在按摩椅上坐好,一边示范,一边讲解:"老年朋友为了儿女,辛苦了一辈子,大多数都有关节炎、颈椎病、腰肌劳损等各种病痛。到医院去做一次理疗按摩,就是几十上百块钱,还要排队、预约。现在大家生活条件好了,我们要学会享受生活,我们要把自己的身体保养得棒棒的,让孩子们在外边安心工作,放心赚钱。有了这台多功能按摩椅,老年朋友在家里就可以享受媲美专业按摩师的保健按摩。大爷,你感觉怎么样?"

"快活!"华大爷闭着眼睛,很享受酸酸麻麻的按摩。

大厅里发出一阵哄笑。老师举着话筒也笑了:"这位大爷说快活。是的,我们的按摩椅就有这个功能,能让你在家里就快活。今天,为了给厂家做宣传,我们把在电视台做广告的钱省下来,优惠给今天参加活动的朋友。原价九千八百八十元的按摩椅,优惠价只要四千六百元。数量有限,还是十张。想要的朋友,现在就到工作人员那里去排队。把姓名和地址留给工作人员。"

话没有说完,台下的老人就乱哄哄地挤满了舞台。华大爷从按摩椅上刚下来,十张按摩椅已经被一抢而空了。台上还站着几十个老人,大家围着老师不让他走:

"我也要一台。"

"十张太少了,我们这么多人呢。"

"就是,卖一张给我吧,我回去给你们做广告。"

老师满脸无奈:"各位老年朋友,大家不要着急,我们的活动还有四天,大家今天到门口领了鸡蛋回去,明天再来吧。"

"不行,我就要按摩椅。卖一张给我吧。"

"是啊，明天也是卖，今天也是卖。就今天卖吧，我们钱都准备好了。"

"我们每天真的只能送十张。哦，不是，不是，是卖十张。卖多了，要和厂家协商的。大家今天回去吧，明天再来，不要为难我们。"

"你就和厂家商量商量嘛。我们这么多人呢。"

"是啊，我们回去给你做广告。我家里人多。"

"你就跟厂家商量商量，我们都要买。"

"大家今天先回去，明天再来好吗？我们的活动连续十天，还有四天时间，大家不要着急。"

华大爷挤到老师面前："我都给你做广告了，怎么说你也要卖一张给我吧。"

老师看着华大爷，面露难色："大爷，我忘了还有你了。这样，你等我跟厂家协商一下好不好？"

"好，跟厂家商量商量，这么多人等着买呢。"

老师当着大家的面拿出手机："喂，马总，我是竹溪区负责推广的小卞呀。"

"什么事？"老师的电话开着免提，一个威严的声音传了出来，大厅里鸦雀无声。

"马总，是这么回事，今天我们推广按摩椅，活动现场的老年朋友很热情，都想要购买按摩椅，可竹溪区十张按摩椅的配额已经卖完了。"

"卖完了就行了。明天你们推广血糖仪，市场价九十八元，优惠价十元。现在你赶紧把楚水区的三十张送过去，他们等着明天做推广。"

大厅里瞬间就嚷嚷开了：

"我们不要血糖仪，我们就要按摩椅。"

"血糖仪才九十八，按摩椅九千八，傻子才要血糖仪。"

"不行，我们就要按摩椅。"

老师点头哈腰地对着手机说："马总，今天要买按摩椅的人实在太多了。就连帮我们做广告的大爷也还没有买到。您看能不能再给我们配几张？"

不等电话那头的马总说话，现场就有人大声喊："几张怎么够？最少一百张。"

"对，最少一百张。"

"我都听到了，还有三十张。"

"是有三十张，可那是楚水区的，不是我们这儿的。"小卞急得满头大汗，连连摇手，"我们这儿人少，只配了十张。"

"谁说我们人少？我们都要买。"

"是，我们都要买。"

电话那头的马总显然也听到了，沉默了足足有半分钟。老师对着电话小心翼翼地问："马总，马总，你在听吗？"

"小卞啊，下次可不能再出现这种情况了，怎么能把帮我们做广告的大爷给忘了呢？其他区的人都像你这么办，我们就要超出预算了。这样吧，你把明天发到楚水区的三十张优惠给他们吧。只有这么多，多一张都没有了。我现在安排重新给楚水区紧急配货。"

"今天忙晕了，明天肯定不会了。谢谢马总！谢谢马总！"小卞对着手机连连点头，仿佛马总正在对面看着他。

老师挂了电话，"大家也听到了，马总同意把其他区的三十张按摩椅放到我们竹溪了，想要的人把钱准备好，现在到我前面排队，只有三十个名额。"

话没讲完，台上的人乱哄哄地开始排队。华大爷近水楼台，抢先排到了第一个。老师吩咐工作人员："数一下人数，截至三十人。剩下的人到门口领鸡蛋，明天再来。"

工作人员数到三十人，后面还有几十个，大家都不肯走。工作人员和老师一起做工作："大爷、大妈，大家不要为难我们，明天再来吧。我们的活动还有四天。今天你们就是把我们杀了，我们也变不出按摩椅来。"

没有排上号的人眼看着真的没有了，只好自认倒霉，心不甘情不愿地散去了。

华大爷交了四千六百块钱，拿到了一台按摩椅，兴奋得大嘴咧到了耳朵根。请老罗用三轮车帮他把按摩椅拉回了光明庄。

一到家，华大爷赶紧拆开包装，接上电源，请跟过来的几个老人轮流坐上去体验。大伙儿纷纷说好，老粉女羡慕地摸着按摩椅："你个老东西运气真好，一分钱不花就弄了一张九千八的按摩椅。"

"谁说一分钱不花，我花了四千六百块的。"

"你算了吧，哪个不知道，明天人家会把钱一分不少地退给你。那个年轻的老师讲漏嘴了，还当我们没听见。老罗昨天的净水机，今天不就退钱了。"

"是的，早上退给我九百块。人家就是做广告的，不是真要钱。我也听见那个老师说漏嘴了。"老罗也咧着嘴。

"我可不是冲着退钱才买的，我腰疼，早就想买一张了。"华大爷赶紧摇着手说。其实，他靠得近，早就听见老师说要送了。

"你前两天还说人家是骗子，还说天上不会掉馅儿饼。你这回是瞎猫碰上死耗子了。"

华大爷得意地笑了，下巴上的白胡子一抖一抖的："好运来了，挡也挡不住。"

正在这时，华大爷的儿子回来了："什么事这么热闹啊？"

"你家老头子中大奖啦。"

"中大奖？什么大奖？"

"你看看，人家白送了一张按摩椅。不到一万块钱呢。"

华大爷眉开眼笑地看着儿子："国胜，天上真的掉馅儿饼了。"

"不要钱？"

"给了四千六，明天还退给我。"

"不好，你上当了，爸。"

"上什么当？"华大爷两眼一瞪。

"爸，这种按摩椅最多就值一千多。你上当了。"

"你放屁！人家老师说了，市场价九千八百八。"

"他说九千八百八，你就信啊。他还说值两万呢。"

"不跟你说了。反正明天还把钱退给我。"

"明天？明天人就跑啦。"

"不可能。人家说了活动连续十天，还有四天呢。"

"他说十天你就信啊？快跟我走，去把钱要回来。"

国胜说得有鼻子有眼的，华大爷心里也犯起了嘀咕："那我跟你一起去看。说好了，要是人还在，就不退。"

"行，你带我去。"

大家七手八脚地把按摩椅搬上国胜的车。华大爷上车和国胜一起赶到了竹溪饭店。停车场上空荡荡的，华大爷走进饭店，看见一个服务员正在打扫。华大爷问："老师在哪?"

"哪个老师?"

"就是早上在这里发鸡蛋的小卞老师。"

"他们呀，他们租我们的大厅，一早上五百块钱。今天活动一结束就结账走了。"

华大爷的腰肌劳损一下子就犯了，站都站不稳。

2021/04/30

明 月 故 人

一

随着下课铃声响起，学校西侧操场上的大喇叭里传出雄壮的进行曲。红墙青瓦的教室张开大嘴，吐出一串一串小蘑菇一般衣着各异的学生来，灰的、蓝的、红的，还有草绿的。学生们在教室前的空地上排成四行弯弯曲曲的队列，跟着领头的体育委员往操场方向小跑。

一列列的学生队伍从各个教室汇集到操场上，很快，空荡荡的操场上便挤满了五颜六色。进行曲停了，一个洪亮的声音响起："前排两手横平举，后排两手前平举，向前向右看齐。"学生们迅速拉开距离，在操场上排成一个前后左右距离相差无几的方阵，像是谁在土黄色的筛子里撒了一把蚕豆。

那个中气十足的男声通过大喇叭响彻操场："现在开始做第八套广播体操！第一节伸展运动，预备——起……"

东北角的一间教室前，几个没去操场的男生正站在走廊上晒太阳。他们已经读高二了，在这所乡中学里已经属于"老杆子"了，不像刚进来时一切都按照规矩来。他们可以在上课的时候躲在宿舍里睡觉，也可以在打饭的时候越过学弟学妹们长长的队伍，径直把饭钵送到打菜大师傅眼前。现在是课间操时间，那些立足未稳的"小杆子"都跑到操场上去了，他们可不愿意像木偶一样被那个大喇叭牵着伸胳膊踢腿。

从学校幽长的大门过道里走来两个女生。高个子女生身穿红色滑雪衫，一边走一边抿着嘴，抬眼看着教室门头上的班级木牌。矮个子女生穿着明黄的棉袄，好像有些害怕，一手紧紧地挽着高个子女孩的胳膊，低着头目不斜视地盯着自己的脚尖。两个人一路往高二理科班的方向走来，在冬日的太阳底下，在矮矮的冬青树丛旁，她俩像一盘番茄炒蛋，小心翼翼地移动着。

走廊上的"老杆子"被两个鲜艳的女生吸引了，纷纷把目光投向了她们。忽然，一个瘦高个的男生走下走廊，迎着那盘番茄炒蛋走过去。走廊上的其他人都停止了说话。那个高个女生看见迎面走来的男生，停住了脚步，白净的脸庞仿佛充了血一样，一下子憋得通红，连同脖颈也变红了。上午的阳光照在她脸上，两只耳朵仿佛也变得透明。

男生站在女生面前低声责怪："你怎么来了？"

女生不说话，只是抿着嘴盯着男生看，隆冬时节，鼻尖上居然沁出了汗珠，亮闪闪的。身边的同伴依旧抓着她的胳膊，依旧低着头看向自己的脚尖。

男生又说了一句："快回去。"

女生的眼神黯淡了一下，随即又迸出光亮，嘴角一牵，两颊出现了两个浅浅的酒窝。身边的同伴扯了扯她胳膊，她甩了一下没有甩脱，又冲着面前的男生牵了牵嘴角，转身和同伴一起转身往回走。转过一排暗绿的冬青树，两个人撒开双腿飞奔起来，像

165

一对受惊的兔子，很快穿过门廊，飞出校门，消失在那些好奇的眼睛里。

男生等女生走了，回头往教室里走，那些早就迫不及待的男生把他团团围住：

"卫民，是谁呀？"

"快说说，是谁呀？"

"是不是你妹妹？"

"花枝招展的呀。"

…… ……

男生不耐烦地回了一句："别烦了。"径直走进教室坐到自己的座位上。

"肯定是卫民的婆娘！"有人说了一句，"要是他妹妹，怎么不喊他哥？"

"就是。不过年不过节的，哪有妹妹穿得这样漂亮来看哥哥的。"

教室外的男生都围在了他身边，纷纷让他坦白从宽。

男生忽然站起身，涨红着脸说："就是我婆娘。这有什么？"

围观的男生都不说话了，大喇叭里传出那个体育老师的声音：

"各班同学按顺序回教室。"

二

九点钟晚自习结束，教室张开大嘴，吐出一个个小蘑菇。那些黑乎乎的小蘑菇三三两两地结伴而行，很快就消失在呼啸的北

166

风里。有些教室熄了灯，黑魆魆地趴伏在月光底下，像一群趴窝的黑熊，高二理科班的教室里依旧灯火通明。

教室里有四排课桌，每张课桌上都堆满了书。有些课桌后的板凳已经空了，有些书堆后还趴着一个脑袋，脑袋下有的是一本书，有的是一本作业。和九点之前的喧闹不一样，现在的教室里很安静，除了头顶上日光灯"丝丝"的电流声，就是翻书的"刺啦"声和笔尖划过纸张的"唰唰"声。

现在是一九八六年的十二月，再有不到一个月就该放寒假了。自从高二分科以后，班上的同学就分成了明显的两派。一派是成绩好的和一部分成绩不好但不愿意放弃高考的农村学生，另一派是学习完全跟不上的和少数成绩还可以但不担心毕业没工作的居民户口学生。虽然班主任郭先生每天都要像个爱唠叨的唐僧一样给他们念一遍紧箍咒，可九点钟后的教室里留下的人还是越来越少了。

子旺成绩中等，但他每天坚持留在教室里。一年半前，他是高分考进东乡中学的。拿到录取通知书那天，妈妈哭了，吩咐他跪在家神柜前。家神柜上有一张放大的黑白照片，那是用身份证上照片放大的。照片上是他父亲，父亲的脸被身份证上的网格给分割成了好多块，仿佛一张拼凑起来的脸，正默默地盯着他。

子旺给父亲的遗像磕了三个头。妈妈在一旁擦着眼泪说："死鬼，我对得起你了！我把子旺送进高中了。我对得起你冯家了。"

子旺上高中以后，高一还能够名列前茅，等到分班以后，成绩开始下滑了。对于一年后的高考他越来越没有信心。可他不敢懈怠，他害怕每次周六回家面对妈妈那又瘦又黑的脸，更怕对视妈妈那充满期待的眼神。可是上课时他总是走神，眼睛会不自觉地盯着前一排那个纤细的背影和瀑布一样铺在那后背上乌黑的发丝。

坐在子旺前排的是爱香。

爱香和子旺从小就是同学，两人一起从农村老家那个初中考进了东乡。去年，老家初中就考中了他们两名高中生，那个连续考了三年"光头"的老校长激动极了，发榜那天，老校长在家里喝了半斤大麦烧，眼角缀着两粒黄灿灿的眼屎，兴奋地站在办公室前的走廊上，挥舞着胳膊对着前来查分的家长和学生大喊："下次谁再喊'光头校长'，我就撕他的嘴！今年我们考上了两名高中生，从今天起，我把'光头校长'的帽子扔进太平洋了！"

从小学到高二，子旺和爱香同学十年了，除了在小学里说过几句话，四年多来，两人几乎没有说过一句话。

子旺眼见着爱香从一个瘦小干巴的小女孩慢慢长开了。那一头微微发黄的头发变得乌黑油亮；那张被风吹得微黑的窄脸变得白净了，白得似乎可以看见嘴唇上纤细的汗毛；那两只芦柴一样的细胳膊变得圆润了，夏天穿着短袖的时候，似乎可以看见皮肤下浅蓝色的血管；那两条腿也变长了，走路的时候，屁股一扭一扭的，像是在跳舞一样好看。

爱香就坐在子旺前一排，她的头发越来越长了，有时候她撩一撩头发，那油亮的发丝就会铺陈在子旺摞在课桌上的书本上，像一块发光的绸缎，闪着摄人心魄的光泽，又像是一根柔软的羽毛，在子旺的眼睛上轻柔地拂拭。

夜深了，教室里的同学陆陆续续回宿舍睡觉了，子旺抬头在教室里扫视了一遍，发现只剩下爱香和自己了。子旺故意把手里的书随手一扔，刚好压住了那块油亮的绸缎。爱香果然甩了一下头，把头发从子旺的书本下甩了出去，可她依旧没有回头。

子旺看了看窗外，窗外黑乎乎的，只有后一排高三的两间教室里还亮着灯。子旺伸出一根手指头，迟疑着准备去捅爱香的后背。子旺的手指在书本上停了很久，最后还是缩回来换成了铅笔。

铅笔轻轻地在爱香的棉袄上点了两下，爱香终于转过了头，扑闪着眼睛看着他。

子旺的脸红了，结结巴巴地说："卫民的婆娘今天找到学校里来了。"

三

李伟峰在寒假里给白璐写了一封信。

高一报名的时候，李伟峰在学校过道里看见了一个靓丽的身影。那是个十六七岁的女生，穿着一件淡蓝色的连衣裙，裸露着光洁的胳膊和小腿，脚上是一双白色塑料凉鞋。女孩个子很高，披着过肩长发，拎着漂亮的花布包，身后跟着一个穿着得体的中年人。中年人推着崭新的 28 自行车，车座上搁着一只四四方方的皮箱。

女孩站在李伟峰身边仰着脸看布告栏，鹅蛋脸连着颀长的脖子，李伟峰心里忽然冒出一句诗来——一行白鹭上青天。

李伟峰看了看女孩的打扮，再看看自己扛着的蛇皮袋，悄悄往后缩了一步，按照过道西侧布告栏上的报名流程图，去找自己的教室报名了。

整个高一李伟峰再也没有看见过那个女孩，直到高二分班。

文理科分班后李伟峰从原先的教室搬到了隔壁教室，第一眼就看见了那个白鹭一样的女孩。原来她就在隔壁，自己居然一次都没有注意过！

李伟峰也是从农村中学考进东乡中学的，他不敢像班上那些居民户口的同学那样轻松。那些镇上的同学只要在学校里读完三年，拿到一张毕业证书，就可以到镇上的那些企事业单位去上班，拿工资，吃商品粮。那些同学平时在一起谈得最多的就是"定量户口""几级工""几级干部"，都是些李伟峰没有听说过的新鲜词。李伟峰没有时间和他们一起闲聊，他得学习，三年后他不能考上大学的话，就只能回到老家去跟着爸妈一起种地。

李伟峰不怕种地。他从小就学会了打猪草、洗衣、做饭、摘棉花、薅草、铲墒沟、挑粪……农民的活计除了插秧和挑河，他几乎都干过了。他不怕干活，可他不愿意一辈子干活。爷爷和爸爸种了一辈子地，至今还住着三间七架梁房子，他都十八岁了，回到家里还得和爷爷一起睡。爷爷快七十了，一辈子还没有去过县城。爸爸倒是去过，可不是去逛街的，而是撑着生产队的水泥船到县城化肥厂装氨水。那些生产化肥产生的废水顺着废水管道排到河里，因为氨水里含有少量氮肥，生产队宝贝地用船在管道口接着，然后装回来浇到庄稼地里。爸爸每次到县城去装氨水都是白天撑一天的船，夜里排半夜的队，装好氨水再往回撑一天的船，一次也没有到县城的大街上去逛过。

李伟峰不想过爷爷和爸爸那样的生活，他想去看看外面的世界。想要去看外面的世界就得考上大学，所以他在东乡的生活就很单调了，每天往返于宿舍—食堂—教室，三点一线。似乎除了学习，身边没有什么能引起他的注意。

可是再一次看见那个叫白璐的女孩，李伟峰平静的内心泛起了一丝涟漪。

晚自习的时候，教室里的一只日光灯忽然灭了，教室里发出一阵"嗡嗡"声。这样的情况很常见，只要用手把灯架一侧那个圆圆的镇流器转动几下，日光灯就会正常启动了。李伟峰抬起头，发现那只无法启动的日光灯刚好在白璐头顶上，一个男生已经自告奋勇地起身想去修理了。可是，那个男生才一米六出头，站在课桌上还是够不着镇流器。男生尽力踮起脚尖，手还是够不着，在一片嘘声中不甘心地跳了下来。

李伟峰鬼使神差地站了起来，走到白璐的课桌旁。他伸手把白璐桌上的书本往一旁推了推，抬腿站了上去。李伟峰抬起手，用拇指和食指捏住镇流器左右转动了两下，日光灯发出"丝丝"的哨音，灯管两头出现了白色的光，像两道闪电一样跳跃着，只听"啪"的一声，日光灯亮了。李伟峰拍拍双手，从白璐的课桌上跳了下来。

李伟峰感觉白璐的目光一直盯着自己，往回走的时候，他想要装出一副若无其事的样子，可是身体僵硬，两条腿好像不会打弯了，他像竞走运动员一样直着两条腿走回了自己的座位。

从此以后，李伟峰的目光时不时就会落在白璐那一头过肩长发上发愣。

十月，天气开始凉爽起来。李伟峰正在上晚自修，教室门"吱呀"一声开了，白璐顶着一头湿漉漉的头发走了进来。大约是刚刚洗完澡，也可能是发现了教室里那些盯着她的目光，白璐的两颊飞上了晚霞，她低着头快步走到自己座位上。就在她转身

171

落座时，李伟峰发现白璐的长发把白色连衣裙打湿了，在她后背上画出了一大片郁金香。

放寒假了，李伟峰始终无法静下心来学习，他终于展开信纸给白璐写了一封信。他没敢署上自己的名字，而是用了"LWF"来代替。

信寄出之后，李伟峰心神不宁，几乎每天都要跑到村部收发室去看一次。可是，直到开学他也没有收到白璐的回信。

李伟峰失眠了。

四

爱香的"男将"来了。

爱香还是个小女孩的时候，父亲把她许给了同村一个结拜兄弟做儿媳。爱香的"男将"叫成龙，和子旺、爱香都是同学。成龙没能考上高中，初中毕业后在镇上找了一家社办厂上班，每个月能拿三十多块钱工资。

娃娃亲在农村很盛行。成龙和爱香小时候没觉得有什么不妥，成天在一起打猪草、跳房子。等到上学了，小伙伴们看见他俩就开始起哄："哦，哦，成龙家婆娘来了。""哦，哦，爱香家男将来了。"甚至老师点名他们中的一个回答问题时，就有人在下面小声喊另一个的名字。成龙和爱香这才意识到自己和那个人有了让人耻笑的关系，两人开始变得疏远，远远地看见对方就避开了。两人一起同学七八年，说过的话加起来也没几句。

逢年过节，成龙爸爸都要准备上一些点心让他用一只小竹篮拎到爱香家里去。每年暑假，爱香妈妈也要把成龙接到家里小住

172

几天。这些是农村的习俗，既然结了亲家，女婿就得四时八节到丈人门上送"节礼"，丈母娘就得带女婿"歇夏"。成龙来了，爱香就会想办法跑出去，她怕庄上那些小伙伴们笑话。吃饭的时候爱香妈妈一个劲地给成龙夹菜，一口一个"小伙"亲热地叫着，爱香低着头拼命吃饭，然后赶紧把饭碗一推，说一句"我吃好了"，随即就溜之大吉。成龙看见爱香吃完了，自己碗里还堆着满满一碗菜，尴尬地停在那不知所措。爱香妈安慰他："小伙，你慢慢吃，爱香面子嫩，她怕丑呢。"

成龙也怕丑，他不好意思开口跟爱香说话。随着两人一天天长大，随着爱香越长越好看，成龙开始没话找话地往爱香身边凑。可爱香好像故意似的，明明前一刻还和人有说有笑，看见他来了，马上就借故离开了。有时候面对面撞上了，成龙喊她，爱香也是低着头不说话，要不就是红着脸回一句："下次不要找我了。"

爱香考上了高中，成龙很担心，他生怕爱香将来会不要他。成龙知道自己和爱香有了差距，如果一辈子留在地里和土坷垃打交道，爱香肯定不愿意，他让爸爸想办法帮他在镇上找个工作。成龙爸爸求爷爷告奶奶总算在社办厂给他谋了个差事，成龙感觉自己成了工人，那就配得上爱香了。他悄悄地到东乡中学找过爱香一次，爱香警告他，下次再也不许到学校找她，否则自己就不上学了，出去打工，让他永远也找不到。

成龙不敢再到学校去找爱香了，只好在星期天到爱香家里去。刚开始爱香依然躲着他，后来爱香不躲他了，子旺却来了，两个人有说有笑的。他们谈的那些东西，成龙根本就插不上话。

　　成龙很郁闷，却又一点儿办法也没有。人家同学在一起谈学习，说到哪也没犯法。可是，成龙从爱香看向子旺的眼神里看出了问题，爱香的眼神里有一种温暖而热烈的光，而那种光一次也没有照到自己身上过。

　　成龙感觉到了危机，他决定主动出击。

　　成龙在社办厂有一间单身宿舍。选好一个周六，成龙来了。不过，成龙没有来找爱香，他找到了子旺。他对子旺说文化中心晚上放电影《疯狂歌女》，是歌坛大姐大毛阿敏主演的，想请子旺和爱香一起去看。成龙说他还准备了一些盐水鹅和素鸡，晚上看完电影再陪他们喝点酒，为他们即将到来的高考加油。

　　子旺推辞不过，只好去约爱香。爱香起初不肯去，子旺说："看个电影怕什么？这事早晚有一天要面对，躲也躲不掉。"

　　三个人坐在电影院里，爱香坐在中间，成龙和子旺一边一个。成龙伸出手，想要去拉爱香的手，爱香在他手背上狠狠拧了一把，成龙再也不敢伸手了。子旺也悄悄伸手去摸索爱香的手，爱香没有拧他。两只手在黑暗中十指相扣，不一会儿就变得汗津津的。

　　电影结束了，三个人谁也不知道电影放了些什么。回到成龙的宿舍，成龙和子旺坐下来喝酒。成龙一个劲地敬子旺，一瓶酒很快就喝完了。成龙又拿出一瓶东台粮酒，爱香让他俩不要再喝了，可两人都不肯罢手，喷着酒气，红着眼睛，像两头斗牛，虎视眈眈地看着对方。

　　眼看着子旺说话舌头都开始打卷了，成龙再一次把子旺面前的玻璃茶杯斟满的时候，爱香端起子旺的酒杯一口气喝了下去，然后扶着子旺跌跌撞撞地开门走了出去。

宿舍里传出成龙受伤的号哭声。

五

高三下学期开始，李伟峰和白璐坐在一起吃饭了。

好不容易挨到了开学，李伟峰早早地赶到了学校，他的眼睛一直在校园里寻找白璐的身影，可一直到食堂开晚饭了还是没有看到。李伟峰心里犯起了嘀咕，难道她转学了？她到底有没有收到我的信？

春学期的第一个晚自修开始了，教室里稀稀疏疏地坐着一些人，李伟峰手里捧着书却一个字也看不进去。陆陆续续有同学进来，每一次开门，李伟峰都会抬头看一眼，每次都会失望地收回目光，心里的想法似乎已经变成了现实——白璐转学了。

教室门又一次被推开，李伟峰习惯性地抬起头，这回，他的心跳瞬间加速了——一个身穿白色滑雪衫的女孩子走了进来，正是白璐。

教室里很安静，明年就要高考了，所有人都在认真看书，只有李伟峰坐在位置上发愣。眼看着就要下自修了，李伟峰终于站起了身。他走到白璐课桌旁伸手在她桌面上轻轻叩了两下，面无表情地说："白璐，你出来一下。"说完，也不管白璐和同桌小琳一脸惊愕，径直往教室外走了出去。

李伟峰站在走廊下灯光照不到的阴影里，焦急地盯着教室门。那扇木门终于打开了，一个身影从里面走了出来，迟疑着站在走廊上四处张望。李伟峰赶紧假装咳嗽了一声，身影转向了她。李伟峰说："到操场上走走吧，我有话对你说。"

白璐没有说话，不远不近地跟着李伟峰，一前一后来到了操场。

操场上没有灯，隐约可以看见远处的篮球架和高低杠静静地立着。两人沿着跑道慢慢走，一圈四百米走下来，谁也没有说话。第二圈开始的时候白璐开口了："有什么话？你不说我要回去了。"

"我就想问问你有没有收到信？"

"什么信？"

"我在寒假里给你写了一封信。"

"呀！那封信是你写的呀。"白璐停了下来，"我猜了一个寒假了，怎么也猜不出是谁写的。"

"我不是写了 LWF 了吗？"李伟峰也站住了。

"我还以为是个笔名呢，特地查了《英汉词典》，什么也没查出来。"白璐无辜地看着李伟峰。

"你。"李伟峰急了，"你就没想过汉语拼音？"

"想过呀。"白璐笑了起来，"我想过姓刘的，姓陆的，姓林的，姓龙的，还想过姓鲁的，就是没想起来姓李的。"

"你。"李伟峰彻底无语了，"我就这么没有存在感？"

"不是，不是。"白璐赶紧摇手，"我真没想到你会给我写信。"

李伟峰正要再说点什么，白璐忽然压低声音说："有人来了。"李伟峰回头一看，果然有两个黑色的身影从教室方向向他们走来，赶紧一把拉住白璐的手，两人快步躲到了操场边的运动器材仓库墙后。两个黑影走近了，可以听到他们低低的说话声了。等他们走远了，白璐低声说："是王龙和万彩霞。"李伟峰担心声音暴露了位置伸手想要制止她，却发现自己的手还紧紧地拉着白璐的手，赶紧松开手嗫嚅着说："我，我不是故意的。"

有了第一次，李伟峰和白璐每周一晚上都要一起出去走一圈。可他们不敢去操场了，生怕再遇上熟悉的同学。他们把地点选在学校后面的乡村公路上。可是，乡村公路上也不时有人经过，每次遇见人，他俩都故意拉开距离，装作是两个毫不相干的路人。

一次，又有人从远处走来，李伟峰拉着白璐的手顺着公路斜坡走了下去。等到了坡下才发现居然是一处杂树丛生的公墓。

从此，李伟峰和白璐有了一个绝佳的约会地点，虽然有点儿瘆人，却绝对安全。两人在那些杂乱的树下说话，有时干脆坐在那些矮趴趴的坟头上，热恋的人眼里心里只有对方，那些魑魅魍魉妖魔鬼怪自然远远地绕开了。

到了高三下学期，学习已经有了明显的分水岭。那些有希望冲刺高考的同学每天起早贪黑学习，那些明知道高考无望的同学不是在宿舍里睡觉，就是呼朋引伴去喝酒打牌，还有一些相互看对眼的男生和女生干脆谈起了恋爱。随着预考临近，校园里弥漫着拼搏和离别的悲怆。

李伟峰那天从食堂打完饭出来，刚好碰见了白璐。李伟峰说："一起到教室里吃吧。"白璐有些犹豫，李伟峰说："没事，我叫上卫民。"

卫民是李伟峰的铁杆，早就知道他和白璐的事。有了卫民做掩护，白璐天天和李伟峰一起在教室里吃饭。他们天真地以为自己做得天衣无缝，全世界再没有第四个人知道。

六

爱情在高中生活即将结束的时候成了东乡校园里开得最艳的花，隐秘而又热烈。

最后一学期万彩霞转走了，那个长相清秀的女生去年刚刚从邻镇中学转过来，读了一年又转回去了，很多人都感觉莫名其妙，却也没有人去探究原委。毕竟还有一百多天就该高考了，那才是关系着自己前途命运的大事。

王龙变得很神秘，晚自修开始没多久，他就从教室后门偷偷地溜了出去，直到自修结束，很多人都回宿舍睡觉了，他才满身疲惫地回来，到宿舍躺下不消一分钟就会呼呼大睡。

没人知道他消失的这几个小时去干了什么，但李伟峰知道。

自从李伟峰和白璐在操场上撞见了王龙和万彩霞，便开始留意这两个人。李伟峰发现王龙和万彩霞白天和其他同学没什么不同，甚至表现得比其他同学还要疏远一些，两人从来没有一起出现在那些越来越多的闲聊圈子和生日聚会中，更没有单独在一起说过话，可是到了晚上就不一样了。晚自修到了一半万彩霞便会从前门走出去，万彩霞出去不久，王龙也会从后门悄悄地出去。半小时后，两人才一前一后回到教室里，那时教室里已经剩下一半不到的同学了。

寒假里，万彩霞的妈妈从女儿衣兜里发现了王龙写的一首短诗——

我喜欢黑夜

因为她凝视你的眼睛

让我畅游在浩瀚的星河里

我喜欢晚风

因为她轻拂你的秀发

让我沉醉在茉莉的清香中

我喜欢围墙

因为她拥抱你的美丽

让我迷恋在爱情的芬芳间

万妈妈很紧张，不顾万彩霞在家里大吵大闹，坚持让她转回了原先就读的学校。万彩霞走了，王龙的魂也跟着丢了。他在度过几个不眠之夜后做出了一个疯狂的决定——他要像红军战士保卫革命火种那样进行一场爱情长征，为自己岌岌可危的爱情打一场特殊保卫战。

晚自修开始以后，在往常和万彩霞约好逛操场的同一时间王龙走出教室后门，这次他的方向不是操场，而是十公里之外的邻镇中学。

西北风像刀子一样从他脸上刮过，可他心里却燃烧着一团熊熊的火焰。寂静的乡村公路上他一个人逆风疾行，陪伴他的只有天上的月亮和塔子河清亮的河水，他花了一个半小时跑到目的地，站在万彩霞的教室外看一眼心爱的姑娘，再花两个半小时原路返回。刚开始，王龙跑回宿舍就累得浑身散架，衣服来不及脱就躺倒睡着了。慢慢地，他越跑越轻松，连寒冷的西北风也换成了和煦的东南风，到高考前他跑一趟来回只要两个半小时就够了。从东乡到邻镇的半程马拉松，王龙风雨无阻地坚持了整整一个学期。他像一个守卫爱情的孤勇者，每天都奔跑在守卫和追求的路上。

那天吃饭的时候，李伟峰把王龙的事说给白璐和卫民听。白璐说："平时怎么没看出王龙是个情种。"卫民忽然深有感触地说了一句："谁还没有为爱情拼命的时候。"

李伟峰看着卫民："老实交代，你是不是有什么不可告人的秘密？"

卫民把头摇得像拨浪鼓："没有，没有。我是说你们俩。你俩现在不就是在拼命，生怕别人不知道似的，天天挤在一起吃饭。你们以为拉上我这个电灯泡，别人就看不出来？"

"说你的事！你到底准备和那个老家的番茄怎么办？"

"怎么又往我身上扯？"

"你小子这一向不正常。"

"我哪儿不正常了？"

"你以为你晚自修偷偷跑出去我不知道？老实交代，是谁？"

"卫民你也有花头精？"白璐侧过头看着卫民一脸疑惑，"快说说是谁？"

"你不要听李伟峰瞎猜，没，没谁，真，真没谁。"卫民有些吞吞吐吐。

"看，露出马尾巴了吧？你小子我还不知道，一说谎就打结巴。快交代。"

"交代就交代。"

"是谁？"白璐不吃饭了，催着卫民。

"小琳。"卫民的脸上居然显出了一丝羞涩。

"小琳！"白璐吃惊地张大了嘴，"你们是地下党啊，小琳天天和我在一起，我怎么一点儿也没看出来。"

"你眼里除了李伟峰哪还有其他人。"卫民说。

"难怪小琳晚自修经常一出去就是一节课。"白璐后知后觉地说，"你们到哪一步了？"

"就是在小树林里说说话。"

"就说说话？没干点别的？"李伟峰坏笑着问。

"盖，盖，盖了一回章。"

"好你个唐卫民！不声不响地拿下小琳啦。"白璐伸手在卫民背上拍了一巴掌，"现在班上还有几对呀，你俩知不知道？"

"冯子旺和孙爱香，周明和孙红，胡文道和刘兰兰……"卫民掰着手指一个一个地数着。

"啊，这么多？"白璐又一次张大了嘴。

"你就是个傻子。"李伟峰和卫民同时说。

七

白璐的脑回路异于常人，那些反应波好像在她漂亮的脑壳里迷了路，常常要多绕几个圈子才能找到出口。

春节过后，班上开始流行起过生日，几乎每个周末都会有人过生日，过生日的同学提前约上几个要好的同学周末到家里吃饭。

到了周末，七八个年轻的男男女女推着借来的自行车走出校门，男生载着女生一路风驰电掣般地奔向农村。春天的田野里生机勃勃，麦苗在拔节，油菜在蹿高，柳树绿了，桃花红了，梨花白了，连小河都变得丰腴了。燕子在衔泥，蜜蜂在采蜜，青蛙在产卵，鱼儿在撒欢，连小狗都在田埂上追逐，天地间充满了荷尔蒙的气息。镇上的同学看见麦苗，惊呼："原来韭菜这么高！"看到农民打的棉花营养钵，感叹："这蜂窝煤太苗条了！"引得农村的同学哈哈大笑。同学们沿着乡间小路一路谈笑风生，很快就会来到一个同学家里。同学的爸妈早就烧好了茶水，像是招待亲戚一样热情地接待这些二十岁上下的年轻人。午饭自然也早就准备好了，大家围着饭桌喝酒吃菜，好不热闹。

火辣辣的白酒灌进一个个年轻的胃里，化成了一团火，把一张张白净的脸庞烧得通红。有人掏出香烟和打火机，那些平日里捏钢笔的手指笨拙地夹起了香烟。袅袅的香烟吸进去，有人呛出了眼泪，哽咽地说着"苟富贵，勿相忘"一类的话。有人流泪，有人拥抱，有人拉着手不肯松开，一场原本热热闹闹的生日宴逐渐演变成了一场折柳别离。

卫民那天说周末要过生日，让李伟峰和白璐星期六不要回家，星期天一起到他家里去吃饭。白璐奇怪地看着卫民说："你不是去年腊月才过生日的吗，今年提上来过呀？"

卫民没有说话，李伟峰说："你呀，真是个傻子。不就是借个名头请大家到家里玩玩吗。预考一过大家就各奔东西了，谁知道今后还能不能再见面了。"

听了李伟峰的话，白璐沉默了，眼睛里渐渐蒙上了一层水雾。

李伟峰和白璐商量给卫民送个什么礼物，两人思来想去，最后决定送一本相册。

星期天很快就到了。李伟峰骑车带着白璐，子旺带着爱香，一行十人早早地赶到了卫民家里。喝过了茶水，又打了两圈扑克，大家坐到一起吃饭。李伟峰悄悄把卫民拉到一边问他：
"怎么没看到小琳？"

"我和她说了，肯定是她妈妈不让她出来。"

李伟峰不再说话。自从知道了他俩的事就隐约升起一丝担
心。卫民和小琳之间的差距委实太大了，不仅仅是农村户口和城
镇户口的问题，还有农民家庭和干部家庭的问题，更何况卫民家
里还有个娃娃亲媳妇？

卫民爸爸拎出一扎楚水粮酒和两瓶陈皮酒，招呼大伙放开量
喝。大概他觉得八个毛头小伙再加两个小姑娘，说什么也喝不了
十瓶高度白酒。可是很快他就发现自己错了，那些嘴唇上才长出
毛茸茸胡茬的年轻人喝酒像是喝水一样痛快，一茶杯四两白酒
"咕咚"一口就见了底。那两个看上去柔柔弱弱的姑娘也不甘示
弱，举着陈皮酒和男孩子们频频干杯。

卫民妈妈是个和蔼慈爱的农村妇女，看着孩子们这样喝酒生
怕他们喝伤了胃，不停地从厨房里跑进来招呼大家少喝酒多吃
菜。卫民爸爸看着势头不对，悄悄地跑到庄上商店里又拎回家一
扎白酒。

一扎白酒快喝完的时候，小琳忽然来了。小姑娘满头大
汗，显然是着急蹬车给热的。卫民拿了张凳子让小琳坐下，大伙
又一起给小琳敬酒。

一顿饭吃下来，桌上的菜没吃多少，整整喝掉了十一瓶白酒
加两瓶陈皮。

酒喝多了，一个个大着舌头说话，有的干脆跑到墙角"喔
喔"地打起了"兔子"，走自然是走不了了。卫民爸妈把大家安
排到床上休息，实在是人多没法安排，又到隔壁邻居家借了两个

房间，才把这些个还在吵着要喝酒干杯的家伙安顿好。

傍晚，小琳坚持要回去，说本来就是瞒着妈妈出来的，晚上不回去的话妈妈要急疯了。白璐和爱香虽然也喝了不少酒，毕竟陈皮酒度数低，两人还算清醒。可两人一个下午都忙得没停过。一会儿有人要吐，一会儿有人叫着要喝水，一会儿又有人要冷毛巾。忙完了这个忙那个，两个女生做了一下午服务员。

晚上，几个情况好一些的同学喝了一碗卫民妈妈熬的稀饭返回学校去了，剩下几个在卫民家住了一夜，第二天才头昏脑胀地回到学校。

这样的事每周都在发生。每次都有人酒后涕泗横流，仿佛即将到来的不是预考，而是生离死别，同窗三年，后会无期。同学们开始跑到照相馆拍一寸的个人照片，然后加洗了上百张，给两个高三班的同学人手赠送一张。几乎每个人都准备了留言册，晚自修的时候，一个个把留言册拿给同学请他们留言。

离别的愁绪在高三学生中越积越多，仿佛是一个不断充气的气球已经变得越来越大，越来越薄，只要一个小针尖或是一个小火星就会让它爆裂。

八

这个小火星还是出现了。

那天，卫民在老家的娃娃亲媳妇又来了，还是上次那个矮个的女孩子陪着。这回两个女孩径直来到高三理科班教室，站在窗口前朝里面张望。

晚自修的教室里只有一半座位上有人，大伙都把脑袋埋在桌上那一大堆书本里，没人注意到窗外的两个女孩。王龙从后门走出来，准备开跑他今晚的半程马拉松，发现了走廊上两个张望的女孩，他问："你们找谁呀？"高个儿女孩说："找唐卫民。"王龙冲着教室里喊了一声："唐卫民，外面有人找。"喊完就走了，他的女孩还在十公里外等着他。

教室里所有人都抬起头来，几十双眼睛齐齐地看向窗外。卫民从教室里走出来，站在女孩面前低声问："你怎么又来啦？"

矮个儿女孩紧紧地挽着高个儿女孩的胳膊，高个儿女孩涨红了脸："我给你送点儿钱。"说着把握着的右手举到卫民跟前。

卫民急了："我不要你的钱，你快回去。"

女孩倔强地把右手塞到卫民的衣兜里："你要毕业了，花钱的地方多，我现在上班有工资。"

女孩说完就拉上矮个儿女孩走了。卫民在走廊里站了一会儿回到教室去了。

下自修的铃声响了，卫民走到李伟峰桌子旁说："出去吃碗面。"又走到白璐和小琳的桌子旁敲了敲桌面，没头没脑地说："出去吃面条。"

东乡中学门外有一条马路，路边开了几家小商店和小面馆。商店的顾客主要是中学里的学生，卖一些作业本、蜡烛、热水瓶、塑料盆和铝饭盒、牙膏、牙刷、洗衣粉、卫生纸之类的日用品，也卖一些香烟和小零食，还烧着老虎灶代卖开水，一毛钱一瓶。面馆的顾客也主要是学生，卖一块钱一碗的光面和一块五一碗的小馄饨。生意从早做到晚很是红火，尤其冬春时节，同学们下了自修冻得瑟瑟发抖，到小面馆吃一碗面条就成了最奢侈的享受。那时候小面馆里晚上往往一座难求。

卫民和李伟峰来到一家小面馆，卫民对里面忙碌着的老板娘说了一声："四碗小馄饨。"转身和李伟峰一起找了张小方桌坐下。一个端着面条的高个子男生走了过来，拉开方桌旁的板凳就想坐。卫民说："这里有人了。"男生愣了一下："你们就两个人。"卫民没好气地说："滚！"

男生看了看卫民和李伟峰，知道他们是要毕业的学生，尽管心里不服气，还是端着碗走到了旁边一张桌子坐下了。

不一会儿，白璐和小琳挽着手走了进来，径直来到方桌旁坐下。老板娘刚好端来四碗小馄饨，四个人也不说话，拿起汤勺"吸吸溜溜"吃起来。

旁边的男生吃完了面条，一边往外走一边说："谈恋爱了不起呀。"

卫民听到了，站起身问他："你说谁呢？"

男生不甘示弱地说："说你怎么啦？"

卫民想要站起身，小琳一把拉住他："快吃。"

卫民冲着男生说："敢不敢说是哪个班的？"

男生说："高二文科班的，有种你就来。"

卫民没有说话，坐到位置上吃馄饨。

白璐说："马上预考了，你们别惹事啊。"

中学三年泾渭分明。高一刚刚进校，还是啥都不是的"小杆子"，是条龙也得盘着，规规矩矩地执行学校的一切规章制度，按时上课，按时早锻炼，排队打饭，排队上操。到了高二就混成"老杆子"了，虽然前面还有资格更老的高三，但起码有了可以垫脚的高一，一些身强力壮的男生慢慢变得骄横起来，课间操想去就去，不想去就在教室里待着，打饭根本就不排队，直接从高一学生的脑袋上把饭菜盆递到打菜间的师傅手上。他们不担心那些排队的"小杆子",他们敢怒不敢言,自己也是这样熬过来的。他们也不担心高三的前辈学长们,那些明知道考不上的不等放学早就把饭菜打走了,而那些一心备考的可没时间在食堂里浪费,他们要不提前,要不落后,反正不会在规定的时间到食堂里来扎堆。不管是想考的还是不想考的,他们都不屑和高一高二的这些"小杆子"们为伍,觉得他们太嫩了。时间一长,一些高二的"老杆子"就觉得自己才是名副其实的"老杆子"。

卫民本来晚上心里就装着事,在小面馆里被一个高二的"小杆子"给无视了,心里的火熊熊地烧了起来。吃完馄饨,四个人回到教室,卫民悄悄地喊了几个要好的哥儿们,说要去找高二的"小杆子"打一架。这些天大伙儿太压抑了,早就想着能找个地方发泄一下,听说要打架,呼呼啦啦都出来了。

卫民几个人走到高二文科班门口,对着里面那个男生喊:"小子,有种到操场上去。"那个男生一看卫民身边没几个人,起身就出来了,一边走一边喊:"兄弟们跟我到操场上去。"几个男生也跟着出来了。

到了门外一看,黑压压的一大片,后面陆陆续续还有人在往这边跑。男生一看势头不对,拔脚就跑。

哪里还能让他跑了!卫民带着人就在后面追。这下校园里热闹了,七八十个高三男生追着一个高二男生满校园地跑。最后,那个高二男生挨了几拳头,摔了两个跟头,翻过学校的围墙跑得没影了。

第二天,卫民和李伟峰因为聚众闹事被班主任叫到办公室狠狠地骂了一顿,写下了检讨书才算过关。

九

高考预考还是来了，虽然很多人希望它早点来到，又害怕它真的来到。

三天预考结束，两个高三毕业班一百多名学生只能留下二十多人参加一个月后的全国高考。所有人都知道高考就是千军万马过独木桥，只有那些最优秀的选手才能有机会站到最后的决赛场上。对于大多数毕业生来说，三年高中读下来，他们连高考试卷都没有机会看到。三年前他们都是人中龙凤，从全镇上千个初中毕业生里脱颖而出。那时他们多风光呀，校长表扬，老师高兴，家长满意，亲友祝贺。那时他们意气风发，仿佛一只脚已经踏进了大学的门槛，就像是跳龙门的鲤鱼，已经游过了一道激流险滩，甩掉了身边众多的竞争者，来到了那座金碧辉煌的龙门口，只要再坚持一下，只要再奋斗三年，就有希望跳过去，从此江鱼化龙，彻底改变自己的人生。三年，仅仅是三年时间，他们终于知道了什么是人外有人，什么是天外有天，什么是千军万马过独木桥。三年里他们从最初的豪情万丈目空一切，到现在慢慢认清了自己，有人一骑绝尘，有人变得消沉，有人干脆破罐子破摔。

如果说三年的高中生活有什么共同收获的话，最大的收获一定是友情。他们在东乡的校园里认识和结交了许许多多的同窗好友，那是他们一生的财富。可是，天下没有不散的筵席，再好的同学也到了分别的时刻。过了预考，绝大部分同学将离开学校走向各自不同的人生。有人会通过高考走向更大的城市，有人会回

到闭塞的农村老家，有人会参军，有人会进厂，有人会种地，有
人会变成社会精英，有人会从此默默无闻。从今以后，曾经一起
上课逃课，一起吃饭睡觉，一起打球奔跑的同窗好友就会天各一
方，相见不知何年，也许有人从此一辈子也没有机会再见了。

因为这些，预考结束后那晚的毕业晚会就显得无比沉闷。有
人唱歌，有人跳舞，有人抽烟，有人哭泣。所有人都在那个即将
离别的夜晚放飞了自我，无拘无束地宣泄着三年来一直憋着的那
股说不清道不明的劲。

晚会还没有结束，李伟峰就拉着白璐来到了学校后面的那个
公墓。一年多来，他们无数次在那个阴森的地方耳鬓厮磨，今晚
将是他们最后一次在那里约会了。白璐知道自己通过预考的希望
微乎其微，她对李伟峰说："你安心高考，如果你考上了大
学，我就再复读一年。"

"如果我考不上呢？"

"你肯定会考上的。"白璐一直盲目地崇拜着李伟峰，"你成
绩一直很稳定，一定能考上的。"

"那我们说定了。我如果考上了，我就在大学等你。"

"嗯。"

他们在公墓的小坟头上坐到半夜，回到教室时，那些晚会上
疯疯癫癫的同学都已经走了，偌大的教室里只剩下子旺和爱香两
个人坐在一张课桌后面，两个人头挨着头正在合看子旺手上的一
本留言册。李伟峰没有惊动他们，悄悄地和白璐撤了回来。

李伟峰把白璐送到女生宿舍门外。白璐停住脚步，仰脸看着
他："你在大学一定要等着我啊。"

十

2018 年 10 月好像来迟了一个月，田野里的水稻还是绿油油的一片。

三十年前的十月大地一片金黄，田野里稻谷飘香，到处都是一派丰收的景象。那个十月，李伟峰没能考进心目中的大学，他通过预考后在体检时被查出患有肺结核。那是一种具有强烈传染性的疾病，必须经过漫长的治疗才能治愈。在完全治愈康复之前，没有任何一所大学会录取他。经过一番激烈的思想斗争后，李伟峰放弃了高考，回到老家变成了一名中学代课教师。白璐放弃了父亲给她安排好的复读，跟着一个老家的女孩一起到了无锡，成了一名车间工人。

子旺回到老家帮着妈妈种地，爱香参加了楚水城里的一个高考复读班。

唐卫民的爸爸患上了肺癌，他每天在医院和家里两头跑，忙得焦头烂额。小琳被爸妈安排进了镇上一家效益很好的国营工厂，成了一名国营企业的正式工。

整个东乡中学考取了五名大学生，王龙榜上有名。据说是半年的爱情长跑帮助了他，他以优异的长跑成绩被一家体育学院给录取了。

三十年弹指一挥间，失去了音讯的同学在微信群里找到家，大伙商量着办一次三十年同学聚会。时间定在国庆节，地点当然是母校东乡中学。

回到母校，一切物非人也非。

昔日红砖青瓦的教室全都不见了，取而代之的是几栋高大宽敞的教学楼。大门口悠长的过道没有了，一个巨大的 LED 显示屏上打着一行字——热烈欢迎八八届东乡学子重返母校。那个几乎看不见草坪的操场不见了，赭红色的橡胶跑道上奔跑着身穿校服的年轻学子。校园里的槐树和楝树都不见了，一排排高大的香樟树遮天蔽日。

曾经的先生们都老了，一个个银发皓首精神矍铄。当年意气风发的男生有了将军肚，一个个鬓角微霜，很多人发际线后退，脑门上有了"大前门"，甚至有几个头顶出现了"地中海"。当年那些青涩的女生如今一个个变得端庄优雅，穿着旗袍，挎着坤包，曾经长满青春痘的脸庞变得美艳丰润。大家在惊呼声中握手拥抱，所有人脸上都盛开着灿烂的微笑。

子旺和爱香是一起来的。爱香复读了一年还是没能考取，在她复读期间成龙主动提出了退亲，她和子旺的爱情因为成龙的成全得以顺利修成正果，有情人终成眷属。现在两口子在老家开办了一家服装加工厂，成龙是他们的业务厂长，两家人相处得像是亲兄弟一样。子旺主动提出赞助了本次同学聚会的统一服装。

唐卫民也带着自己的妻子。父亲病重期间他那个娃娃亲的媳妇撑起了他的家，白天帮着在责任田里干活，晚上帮着洗衣做饭照顾病人，家里家外一把手。送走了父亲，卫民和未婚妻举办了一个简单的婚礼。婚后两口子东挪西借凑钱买了一条水泥船，做起了水上运输生意。十几年时间水泥船换成了 700 吨的铁驳船，最后换成了南京江宁区的一套大三居，因为儿媳妇是南京人。两口子现在不做生意了，在小区附近找了一家工厂上班，孙子已经上幼儿园大班了。

　　小琳也来了。她一直在那家国营厂上班，对象是工厂里的同事，现在她是厂里的工会主席。看到小琳过来，卫民拉着妻子过来介绍。卫民妻子对小琳说："妹子，我知道你。谢谢你。"小琳热情地拥抱了卫民和他的妻子，她对卫民妻子说："嫂子，一切都是最好的安排。"

　　李伟峰和白璐也结了婚。毕业后，李伟峰治好了肺结核，白璐在无锡上班，两人经过三年多的异地恋后结婚生子，现在在老家开办了一家文化公司，生活安定，岁月静好。

　　王龙现在是文化广电旅游体育局的办公室主任。万彩霞复读一年后考取了省城的师范大学，现在是省城一所著名高中的特级教师，学科带头人。王龙感天动地的爱情长跑最终还是输给了两座城市的距离，两人最终没能走到一起。看到万彩霞走进来的时候，大伙儿撺掇王龙去拥抱万彩霞。万彩霞很大方地拥抱了王龙，爽朗地说："有什么难为情的？做不成情人，这辈子我们还是最好的同学。古人说'欲买桂花同载酒，终不似，少年游'，曾经的过往才是我们无怨无悔的美丽青春。"

　　在场同学爆发出热烈的掌声，为万彩霞和王龙，也为他们自己。他们在最美的年华，邂逅了最美的情谊，有温暖的回忆，也有十七岁的雨季。初恋时他们不懂爱情，有些人惊鸿一瞥陪伴了一程，有些人一眼千年相伴了一生，经历了三十年人生风雨，再回首，曾经的一切都是那么纯粹美好！

　　聚会开始了，东乡中学的大礼堂里传出欢快的旋律——

再过二十年我们来相会

那时的山噢那时的水

那时风光一定很美

但愿到那时我们再相会

那时的春噢那时的秋

那时硕果令人心醉

2024/02/03

扁豆花　紫藤花

故事梗概——

婚姻是一座围城。

顾江从结婚开始，半辈子都在想着一件事——和爱珍离婚。

顾江是个农民，固守着传统赋予他的观念。爱珍思想活跃，一心想要改变自己的生活。

他们是一对好人，可两个好人偏偏无法做成一对好夫妻。

他们小心翼翼却又顾此失彼，像两个想要亲近的刺猬。

他们在婚姻的围城里相互角力，想把对方同化成另一个自己。

他们在婚姻的围城里相互伤害，想用冷暴力迫使对方就范。

他们蹉跎半生却发现自己变成了那个半辈子都想逃离的人。

1

顾江轻轻地掩上门，把满屋子烟味关在了身后。

已经是后半夜了，顾江刚刚收拾了几个晚宴上的剩菜，安排屋里四个"守富贵"的亲戚吃了夜宵。按光明庄的风俗，"守富贵"的牌局是一定要打到"东方红，太阳升"的。今天是爱强新婚大喜的好日子，"守富贵"这种事关系到小两口今后的人生大事，一定要有始有终才行，万不能像平时那样随便打几圈就散了。岳父临睡前关照顾江："你一点钟给他们热几个菜，拿一瓶酒。等他们吃完了，你也去睡会儿。明天还要到晓琴娘家去带'朝客'。"

按照风俗，新娘子晓琴的娘家人明天要到新女婿家里来"望朝"。

所谓"望朝"，就是新娘子的娘家兄弟姐妹在新婚第二天组团到男方家里探望新娘子。新娘子的兄弟姐妹称作"朝客"。新婚三朝，天大地大，朝客最大。既然朝客最大，自然不能轻易上门，自然要由男方专门安排人登门去邀请。请"朝客"这种跑腿的事当然是自己这个做姐夫的分内事。人家姐姐都嫁给你做饭焐脚、传宗接代了，小舅子结婚这些端马桶、带朝客的小事，做姐夫的自然义不容辞。顾江想着早上的任务，打算赶紧回爸妈那儿去睡一会儿。

月上中天，四下里阒静无声，院子里还有一丝鞭炮燃放后残留的硝烟味。顾江伸了个懒腰，刚要往院子外走，厨房隔壁的厢房门"吱呀"一声开了，爱珍的姨娘揉着眼睛走了出来。看见顾江，姨娘问："顾江，你怎么还没睡觉去？"

顾江答非所问地说："姨娘，不是安排你去子君家睡的吗？"

"几年不见老姐姐了，我和我姐还有爱兰一起挤在地铺上了。"姨娘一边说，一边往茅房方向走，显然，姨娘是起夜来了。

顾江脑子闪过一个念头，姨娘没去，子君不就一个人在家了吗？

顾江的心莫名激动起来，两只脚不由自主地出了院子，往子君家走过去。早就忘了要回家睡觉，也忘了白天要去晓琴家里"带朝"的事。

顾江很快就走到了子君家门外。他停下脚步，四下里一片寂静，只有凉爽的秋风吹动两边院墙上的扁豆叶，发出"沙沙"的碎响。子君家院门上的桐油已经剥落了，在月光下泛着惨白。顾江伸手轻轻一推，木头门应声而开，子君果然留着门，顾江的心"怦怦"地跳起来。

子君晚上也参加了爱强的婚宴。当时顾江正捏着一张红纸片，一家一家安排外庄亲戚的住宿。子君主动说大力今晚住厂里，家里可以安排一个女眷同宿。顾江就安排姨娘夜里到子君家里住宿。

顾江蹑手蹑脚地走过院子来到堂屋门前。大门同样虚掩着，他轻轻把大门推开一条缝。大门发出"吱呀"一声响，在寂静的夜里像炸雷一样，吓得顾江一哆嗦。

"谁呀？"房间里传出子君的声音。

"我。"顾江闪身钻进门里，他听见自己的声音在发颤。

"怎么才来，我都睡着了。"子君拉亮了房间里的灯。

"我来看看姨娘来了没有。"顾江已经顺着灯光走到了房门口。房门半掩着，他看见子君身穿粉红的睡衣，正从床上撑起上半身，睡眼惺忪地看着他。

果然是一个人。

顾江快步走到床前，一把拉灭电灯，伸手抱住了子君。

"顾江，你要干什么？"子君被吓坏了，拼命想挣脱他。

"子君，子君。"顾江张嘴吻住子君，双手暗暗用力。

"顾江，你不能这样！你不能这样！"子君躲开顾江的嘴，"你不能这样。"

"为什么不能？你本来就是我的！"顾江喘着粗气说。"你本来就是我的！你本来就是我的！"

子君忽然就不动了，任凭顾江的手在自己身上游走。

2

的确，如果不是何达临时插了一脚，子君本来应该是他顾江的老婆。

"郎骑竹马来，绕床弄青梅。"顾江和子君同龄，两人青梅竹马一起长大。顾江打小就喜欢和子君一起，周围的大人经常拿他俩开玩笑说："这两孩子真般配，像一对拜烛儿。"你听，像一对拜烛儿！就是菩萨面前那一对胖乎乎的蜡烛，小小的，红彤彤的，形影不离的，受人尊敬的，出双人对的，天造地设的一对。

从小学到初中，顾江和子君都是同学，两人对于未来早已心照不宣，只是谁也没有开口把那层窗户纸给捅破。不要开什么口，全光明庄的人都知道他俩是一对拜烛儿，还要开什么口？就等着长大成人的那一天就行了。

顾江考取了高中，到镇上去上学了，放假回家去子君家玩。子君偷偷地塞给他五块钱，嗔怪着说："你在学校里买点菜吃，看你瘦的，都成竹竿了。"顾江不肯要，子君红着脸说："我现在拿工资了，你跟我客气什么？"

子君知道自己上不了高中，六月份一毕业就进了村办厂，现在一个月有几十块钱工资。顾江想起了戏文中那些资助公子进京赶考的小姐，暗想，等我哪天中了状元，送子君个诰命夫人当当。这样想着，顾江心安理得地接受了子君的钱。

可三年过去了，顾江没能中状元，预考就被淘汰了。他觉得没脸见人，一连几天躲在家里不敢出门。子君下班后来找他，劈头盖脸地对他说："男子汉大丈夫，就这点儿出息？考不上大学算什么？农村这么大，还怕饿死你？"

子君劝他到镇上的工厂里去找个班上，丑媳妇总得见公婆，你总不能一辈子躲在家里不见人吧？

顾江听了子君的话，骑上自行车到镇上找工作。制药厂、轧花厂和窑厂肯定是进不去的。那些都是国营单位，只招城镇户口的待业青年。他有自知之明，专门去找镇办厂，二极管厂、卫生巾厂、农修厂、医疗器械厂……那些都是社办厂，没有国营厂那么多要求，只要舍得卖力气干活就行。可也是怪事，顾江一连几天跑下来，居然没有一家单位愿意接受他。人家也不说什么原因，就是不要他。

正当顾江心灰意冷的时候，何达登门了。

何达登门的意思很明确，他相中了顾江，想把爱珍嫁给他做媳妇。何达是光明庄的村支书，生了爱珍、爱强、爱兰一儿两女。大女儿爱珍比顾江小一岁，初中毕业后进了镇办卫生巾厂上班，现在也到了谈婚论嫁的年纪。

要说何达，那是真的喜欢顾江。二十岁爱人家妻，三十岁爱人家子。顾江还是个孩子的时候，长得虎头虎脑的，说话一副小大人口气，何达见了就喜欢。他经常在路上拦住背着书包的顾江："顾江，你给我做儿子吧？"顾江知道他是干部，不敢骂他，每次都撒开双腿逃跑，惹得何达站在路上双手叉腰哈哈大笑。

顾江上初中了，和庄上那些泥猴一样的后生站在一起，文质彬彬的像是街上的孩子，何达更喜欢了。何达想着早点把这个女婿预定下，可顾江考上了高中，何达又担心顾江将来考上大学成了公家人，看不上爱珍，到时闹得花花绿绿的不体面，也一直就没提这个茬。

光明庄向来有定娃娃亲的习俗。哪怕孩子才纽扣大，只要两家大人看对了眼，用竹篮子拎上两包点心，请两个村里德高望重的长辈喝杯水酒做个见证，就算是定下亲事了。何达大哥家的女儿爱玲自幼和庄上的新林定了娃娃亲，亲家长亲家短的亲热得像是一家人。后来新林考上了上海的大学，当年春节回家就登门退了亲，原本热络得恨不能合穿一条裤子的两家人从此形同陌路，老死不相往来。

何达做了多年村干部，看人自有一套，他认定顾江是一支潜力股，值得投资。以前担心他跳出农门瞧不上自己，现在他落榜了，成了个在家种地的农民，何达觉得自己的女儿配得上他了。他主动上门提亲来了，生怕迟了被别人抢了先。毕竟，光明庄上没有几个高中生，等别人都回过味来，那就失了先机。何况自己在家旁敲侧击地问过爱珍，爱珍红着脸说听爸爸的。何达知道，女儿和自己一样也相中了顾江。

顾江爸妈见支书亲自登门提亲，也顾不上问问顾江同不同意，乐颠颠地一口答应了下来。

顾江白天在镇上转悠了一天，刚回到家，他妈就喜滋滋地告诉他："江儿，今天一早喜鹊就在门口叫，果然有天大的喜事落到你头上了。"

顾江一头雾水地看着他妈。妈妈接着说："支书今天来了，说要把爱珍嫁给你。"

"爱珍？你们答应了？"顾江问，脑子里出现了一个胖乎乎的女孩。

"答应了！我和你爸都同意。这么好的亲事，打着灯笼也找不到啊。"

"你们怎么能这样？怎么不问问我的意见？"顾江扔下手里的自行车，不满地嘟囔。

"我是你爸，你的婚事我还不能做主？"一旁的顾江爸爸开口了，"人家是支书的女儿，还在镇上上班，哪一点儿配不上你？你以为你是谁？"

顾江蔫了，自己没考上大学，不也就是个农民？没权没势的，凭什么挑三拣四？爸爸说得对，你以为你是谁？

3

子君把头趴在顾江胸口喃喃地说："我们这算什么？"

顾江抚着子君汗津津的身子说："我也不想这样的，可我拗不过我爸妈。"

的确，顾江当初反抗过，可没两天就偃旗息鼓了。他从小就是个孝顺孩子，凡事都顺着爸妈，从来也没有忤逆过爸妈的意见。何况他还有个说一不二的妈。他妈发狠说："顾江你要是敢回了这门亲事，我就死给你看。"

顾江不敢试，他知道妈妈真的做得出。他妈性格刚烈，是个极爱面子的人。顾江上小学的时候，爸爸有天晚上出去和人家赌钱，妈妈拉着顾江去喊他爸回家。爸爸当年三十岁，正是死要面子的年纪，在众人面前掉了价，便梗着脖子冲着他妈嚷："要回你回，我不回去！"他妈说："你不回去我就死给你看！"他爸说："有本事你就去死。家里有农药，串场河也没盖盖子。"他妈没有纠缠，转身就拉着顾江回了家。那些打牌的人感觉不对，催着顾江爸爸跟在后面回了家，他爸刚一进门，就看见她妈已经拧开了药水瓶盖，正要往嘴里倒。吓得他爸一把上前夺下。从那以后，不说爸爸不敢顶撞妈妈，顾江也不敢惹妈妈生气，就怕她一言不合去寻短见。

顾江的亲事很快就定下了。何达出面在镇办农修厂给顾江找了个模具工的工作。

还得是何达面子大。顾江起初也去过农修厂，当时只想在那里找个翻砂的活，那可是最脏最累的活，自己有力气，不怕吃苦。可那矮墩墩的厂长看了看顾江，摇摇头说："白白净净的，不是翻砂的料。"就再也不理他了。现在何达一句话，顾江就成了模具工。要知道，模具工可是技术工，轻松干净不说，工资还高。顾江对何达拉郎配的怨气不知不觉就减少了，甚至心里还隐隐有些感激。如果不是何达，自己只有在光明庄跟着爸妈一起种地了。他倒不是怕种地，只是一时放不下架子，毕竟自己读了十几年书。种地这种事，祖祖辈辈都会做，不用识文断字，有力气、肯吃苦就行。自己读了十年书，到头来还是回家种地，即便别人不说什么，他自己也觉得丢人。

其实，真正让他下定决心和爱珍结婚的，还不全是因为何达。

顾江定亲以后，一次也不敢去找子君了，他觉得没脸见她。倒是爱珍，自从定了亲天天下了班就往顾江家里跑。起初顾江不理她，备不住爱珍天天来，本来就是一个庄上的人，从小熟悉。爱珍也长得不错，青春靓丽又能说会道，两人的话也就慢慢多了起来。

那天下了班，顾江骑着自行车刚准备回家，却在厂门口被爱珍给拦住了。爱珍手里捏着两张电影票在顾江眼前一晃："顾江，我买了两张电影票。我们看完电影再回家。"

不等顾江说话，一屁股坐上了顾江的自行车后座。

电影放的是《红高粱》。当余占鳌把九儿摁倒在高粱地里的时候，爱珍的手抓住了顾江的手，顾江也紧紧地抓着爱珍的手。两只汗津津的手在暗处十指相扣地绞着，仿佛能听到彼此的心"怦怦"乱跳。接下来电影里放了些什么，顾江一点儿也不知道了。

电影散场，顾江骑车，爱珍坐在后座，趁着月色回光明庄。爱珍环住顾江的腰，顾江一手扶着车把，一手抚摸着爱珍的手臂，两个人谁也不说话。爱珍的胳膊真滑呀，肉乎乎的，顾江感觉是摸着一块绸缎。

骑到村口是一座上坡桥，爱珍想要下车，顾江死死地拽着她的手，躬下腰往桥上蹬。顾江一只手扶着车把，用不上力气，自行车摇摇晃晃地停了下来。爱珍跳下车笑着说："我胖，你骑不动。"

顾江也下了车，看着爱珍说："不胖。蛮好看的。"

爱珍站住了，盯着顾江的眼睛说："真不胖？你不嫌？"

星空下，爱珍的脸庞像一轮满月，散发着皎洁的光润。顾江看得呆住了，忍不住双手捧起了爱珍的脸，身后的自行车"哗啦"一声倒下了。

4

客厅里的座钟"当当当当"地响了四声。

顾江把头埋在子君胸前深深地吻了一口，恋恋不舍地抬起头说："我要走了，天亮还要去帮爱强'带朝'。"

子君拉开电灯，帮顾江穿好衣服，送他出门。

走到堂屋，子君发现堂屋的门居然敞开着，吓了一跳，紧张地说："你连门也没关？"

顾江也吃了一惊，走到院子里，院门居然也敞开着。子君小声地埋怨："你这人，万一有人进来就不得了了。"

顾江转身抱了抱子君，在她耳边轻声说："下次不会了。"

子君乜了他一眼，没有说话。

顾江走出小院，慢慢往家里走，心里禁不住后怕起来："第一次怎么都这样？怎么像个傻子一样？人在兴奋的时候智商真的为零了吗？下次可真要当心了，这种事万一被人知道了，那就要出大事了。"

顾江和爱珍的第一次也是这样不管不顾。

那晚，两人在桥上拥吻了一会儿，虽说秋夜凉爽，可两人都觉得燥热难耐。顾江四下里看了看，匆匆推上自行车拉着爱珍下了桥。桥下是一大片玉米地，玉米秸秆有一人多高，和电影里的高粱地一模一样。肥硕的玉米叶摇曳着，像一只只风情万种的手臂，撩拨着顾江和爱珍。

两人藏好自行车，手拉手钻进了玉米地。他们来到一处田埂，两人同时紧紧地抱在了一起。两具年轻的身体不管不顾地燃烧起来，相互撕扯着对方的衣服。

两人把衣服胡乱地铺在地上，因为都是第一次，两人一时都不知道如何是好，急得浑身是汗。爱珍抱着顾江安慰他："别着急，别着急。"顾江像一位跃马扬鞭的将军，好不容易冲到了敌人的大营前，正准备一鼓作气冲锋陷阵时，爱珍却压抑着喊了一声："疼！"指甲狠狠地抠进了顾江的后背。

顾江浑身一颤，一切就都结束了。

男欢女爱这种事就和抽鸦片一样会上瘾。有了第一次，两人食髓知味，再也控制不住自己，他们沉浸在兴奋中不可自持，寻找着一切机会偷偷品尝禁果的滋味。

顾江和爱珍忘我地享受着性爱带来的欢愉，却忘了爱珍的身体本来就是一块肥沃的土地，哪怕只有一粒种子，也会长出满地的庄稼来。很快，爱珍就发觉自己怀孕了。

顾江没有想到爱珍会怀孕，他甚至还没有想好到底要不要和爱珍结婚，他和爱珍欢好只是一种纯粹的本能，根本就没有考虑过会出现什么样的后果。

现在爱珍怀孕了，那是他顾江犯下的错。人家好好的黄花闺女，因为自己成了妇女，如果自己不娶了人家，不仅爱珍今后没法再在人前抬起头，自己也就成了一个始乱终弃的混蛋。

至此，顾江彻底认命了。他想，自己和子君不过是一场美丽的梦，既没有三媒六证，也没有海誓山盟，最多算是有那么一点朦朦胧胧的意思。现在，不仅何达亲自登门提了亲，爱珍还把女人最宝贵的身子交给了自己。爱珍才是自己命中注定的那个女人，这就是他顾江的命，上天早就注定了的，没法改变。

结婚的事就这样仓促地提上了日程。

顾江爸妈没想到儿子这么快就想要结婚，家里还什么都没准备。这些年，光顾着供顾江上学了，家里日子过得比一般人家都要恓惶，这结婚可不是到市场上去抓条猪娃回家，随便搭个窝棚就能养活了。结婚要房子、要彩礼、要酒宴……样样都要花钱，可一时间到哪儿去弄这样一大笔钱呢？顾江爸妈都快愁死了。

关键时刻还得是人家何达。

顾江爸妈约了日子去爱珍家里"通话"，商谈两个孩子的婚事。所谓"通话"便是男方置办酒席，邀请女方亲友当面商谈婚期及婚礼细节，重点在于女方要多少彩礼。两人也想好了，反正才四十多岁，正是年轻力壮的时候，无论何达提多少彩礼都先答应下来。富贺寿，穷结婚。哪有娶儿媳妇不举债的？找亲戚朋友借借，先帮儿子把婚给结了，不管有多少债，以后再慢慢还呗。

可让他们万万没想到的是，何达听了他们的话，爽快地说："做了亲，换了心。我看着顾江从小长起来的，我喜欢这孩子。彩礼的事你们不要担心，我何达是嫁闺女，不是卖闺女。喝酒，喝酒。"

何达的话让顾江爸爸放了心，原本想着何达是村支书，即使为了面子也得狮子大开口，狠狠要上一大笔彩礼，现在听这意思，人家根本就没有这个意思。顾江爸爸感动了，一个劲儿地陪着何达喝酒。

何达喝多了，大着舌头说："什么彩礼不彩礼的。说得好，抬回去玩。"

满屋子的人听到这句话都笑得喷了出来。哪有做父亲的让人家把女儿抬回去玩的？爱珍妈妈使劲拍了一下何达，嗔怪道："喝点猫尿就满嘴喷粪。"

何达睨了一眼自己老婆："我高兴!"

何达的话成了光明庄的歇后语，没几天就传遍了全庄，背书包的孩子都会说："何达嫁姑娘——说得好抬回去玩。"

所有人都把这句话当成笑话来听，只有顾江没有。经过这件事，他发觉何达是真心待自己的，心里对何达的看法由感激变成了尊重，打心眼里的尊重。

顾江心里暗想，就冲着何达这个老丈人，自己也不能辜负了爱珍，结了婚一定要安安心心和她一起过日子。

5

顾江没想到，婚后没多久自己就开始后悔了。

事情的起因是因为户口。

两人婚后不久，政府出来个新政策，说是农村户口只要缴五千元钱，就可以把户口迁到城镇去。这下爱珍坐不住了，天天嚷着要把户口买到镇上去。

顾江觉得两人刚结婚，家里还欠着一屁股外债，没必要花那个冤枉钱。再说了，自己两口子都是农民，城镇又没有房子，光买个户口能有什么用？还不如安安心心在厂里上班。家里有地不愁吃粮，厂里有活不愁没钱，多好啊！要个虚头巴脑的破户口有什么用？

爱珍说顾江头发短，见识也短。有了城镇户口，就可以进国营单位，将来孩子一出生就是吃商品粮的居民，不管是上学还是以后工作，都比农村的孩子要强上百倍。

小两口为了户口的事闹僵了，年轻人脾气大，谁也说服不了谁，爱珍屁股一转回了娘家。顾江觉得自己这婚是结错了，爱珍心大，一心想着要变成城里人，不会安安分分地在光明庄和自己过日子。两句话说不到就赌气回娘家，不就仗着她有个当村支书的爹吗？都结婚了，还在自己面前摆干部家属的臭架子，这往后的日子，自己岂不是一辈子别想抬起头？可不能惯她这臭毛病！

爱珍回娘家了，一天两天顾江爸妈没觉出什么不对劲，一个庄台上住着，姑娘回娘家再正常不过了。到了第三天还不见爱珍回家，顾江妈起了疑心，吃饭时问顾江："你俩是不是吵架了，爱珍几天不回来了。"

顾江只顾低头吃饭，妈妈问得急了，才气鼓鼓地说："不回来就不回来。"

顾江妈妈明白了，逼着顾江去何达家里把爱珍接回家。顾江犟着不肯去，他想着可不能由着爱珍，这回由了她，下次还不知道会出什么幺蛾子。俗话说桑树从小拐，婆娘一开始就得给她上规矩。

顾江妈妈正在苦口婆心地劝说顾江，何达却领着爱珍来了。

何达一进门就说："顾江，多大点事啊，小两口还闹起别扭来了。"

顾江看见何达，赶紧起身让座。何达说："我不坐了，你们也不要吵了。我问过爱珍了，不就是买个户口嘛，这钱我替你俩出了，你们两口子都买到镇上去。"

顾江爸妈这才知道小两口为什么吵嘴。听了何达的话，顾江爸爸说："亲家，我们真不知道怎么回事，刚刚还在问顾江，正催着他去把爱珍接回家的。买户口这事，我赞同爱珍的。不为其他，就为了孙子的将来，户口也要买。这个钱我们来想办法。"

"亲家，都是一家人，不说两家话。这钱我出了，什么你的我的？你孙子不也是我何达的孙子？"何达大手一挥豪爽地说。

户口的事就这么定了，可顾江除了对老丈人愈加感激之外，心里总有个疙瘩，时不时地膈应一下。他总觉得爱珍是个不安分的主，别看她表面上长得国泰民安的，心里可要强着呢。

户口买下了。爱珍提出和顾江一起到镇上去租个房子，哪有居民户口还住在农村的？

顾江不同意，家里房子现成的，租什么房子呀？不是烧包烧的吗？又不是什么有钱的大款。

爱珍可不这么想："我们现在是居民户口，不能一辈子在镇办厂上班吧？这和农村户口有什么区别？"

"你租了房子就能进国营厂了？人家招工又不管你镇上有没有房子。"

"有房子和没房子肯定不一样。国营厂招工名额是按居委会分配的，我们镇上没房子，哪个单位到农村来招你啊？镇上有了房子，就能在居委会登记待业青年了。"爱珍在卫生巾厂上了几年班，和一帮女人成天八卦各种小道消息，说起这些来头头是道。顾江天天在农修厂上班，两耳不闻窗外事，还真不知道这里面的弯弯绕绕。

不用说，这回小两口之间的较量，爱珍又一次完胜。

爱珍很快就在镇上找到了两间出租房，和顾江一起搬了进去。两口子在居委会登记了待业青年，只等着国营厂把自己招工给招进去。

国营厂每年招工的名额有限，顾江和爱珍排了几年也没轮上。眼看着女儿思其都能开口喊爸妈了，顾江和爱珍还在社办厂里上班。

有了女儿，两口子在社办厂的那点工资就捉襟见肘了。好在顾江妈妈主动提出帮他们照顾思其，要不然，两口子就得一个人留在家里带孩子。每年都有大量的毕业生加入待业青年队伍，等招工的队伍越排越长，眼看着两人进国营厂的希望一天比一天渺茫。

隔壁搬来一对小夫妻，听说也是农村人，那男人自己买了一台手扶拖拉机在码头上跑运输，一天能有几十块钱收入。爱珍晚上对顾江说："我们也买一辆拖拉机吧，一个月挣的钱，抵你半年工资了。你那个社办厂半死不活的，没啥干头。"

顾江所在的农修厂确实一天不如一天了，活是轻松，可没钱呀。厂里已经三个月没有发工资了。手里没钱，说话就没有底气。顾江说："我看就别折腾了，老老实实回到光明庄去，种上十亩八亩地，闲时在社办厂上上班，比什么都强。庄上人祖祖辈辈种地，还不都活得好好的？"顾江在农修厂上了几年班，星期天回到光明庄帮着爸妈种种责任田，早把婚前那点读书人的矜持给丢了。他骨子里是个农民，觉得农民就该种地，那才是天经地义的事。

"要回你回！好不容易出来了，我死也不回去。我可不想一辈子面朝黄土背朝天。你不为自己着想，也要为思其想想。难道你想我们女儿将来也像我们这样？你还是个高中生，怎么见识还不如我个初中生？"

爱珍说得义正词严，顾江想要反驳，也找不到什么拿得出手的理由，乖乖地拿出几年的积蓄去买了一辆拖拉机，辞了农修厂的模具工，一门心思地天天蹲在轮船码头上趴活。

6

国营厂和社办厂越来越不景气，那些雨后春笋一般冒出来的个体户却越来越风光了。

顾江的拖拉机几乎每天都能接到几趟给个体户拉货的活。他虽然在小镇上生活了几年，可骨子里还是个农民，每次给人家拉活时都主动帮忙装货卸货，那些雇主都是个体户，每一分钱都是自己的，出一份运输的钱，还能省下一份装卸的钱，自然个个愿意找顾江装货。顾江的客户回头率就噌噌往上涨，一个月下来，居然挣了一千多块钱。这下，爱珍的头昂了起来，说话时语气里就带上了未卜先知的神气："你看看，我当初说得没错吧？我就说镇上比农村好赚钱吧，你留在农村半年也挣不到一千块钱。"

拉活挣到了钱，顾江心里也高兴，可他就是看不惯爱珍说话的那副口气，好像就她站得高看得远，永远都是对的。对比之下自己就显得鼠目寸光畏首畏尾，永远都是错的。以前，爱珍工资比他高，平时说两句他也就忍了。现在，明明我才是家里挣钱多的那个，怎么她还是那副高高在上的样子？当初如果娶了子君，子君绝不会这样对待我。从小到大，无论我做什么，子君总是用一副崇拜的眼神看着我。上学的时候，子君工资的一半给了我，从来也没有说过一句居高临下的话，反倒是每次都担心我不肯要她的钱。同样是女人，差别咋就这么大呢？

顾江天天和爱珍生活在一起，脑子里却时不时地冒出子君的影子来。

顾江知道，子君已经结婚了，嫁给了本庄的大力。顾江每次回到光明庄，远远地看见子君，刚想开口打招呼，子君却转身不知道从哪家院子里转走了。顾江明白，子君心里有气，不想见到自己。这事放在谁身上没有气？他不怪子君躲着自己，谁让自己才是那个负心的人呢。

顾江心想，既然都已经结婚了，就安安心心和爱珍过日子吧。爱珍虽说嘴碎了些，心大了些，人其实还是不错的。她也是一心为了这个家着想。何况还有个何达呢，自己对不起谁，也不能辜负了老丈人，那可真是个少有的老丈人。

顾江和爱珍一家三口，踏踏实实地在小镇过起了小日子。

小舅子爱强要结婚了，顾江回到光明庄帮忙。新婚的家具是在镇上个体家具厂定制的，结婚前两天，顾江开了三趟拖拉机，才把那些高低床、三门橱、五斗柜、办公桌、床头柜和沙发给一样一样运了回去。最后一趟卸车的时候，顾江一手拎着两张小杌子往回走，进院门的时候，巷子里有人喊他。顾江一回身，一张杌子腿撞在了院墙上，蹭掉一块漆。这一幕刚好被爱珍看见了。爱珍说："顾江你也太不小心了，爱强结婚的家具还没进门，就被你把油漆给蹭掉了，这多不吉利。"

顾江看着那一小块油漆说："还没有指甲盖大，小题大做嘘得凶呢。"

"这怎么是小题大做！这是我弟结婚的大事！"

两人一人一句在院子里吵了起来，直到何达出来训了爱珍一句才算完事。

晚上回到出租屋，爱珍还在生气，自己帮着弟弟说话，却挨爸爸训了，心里越想越觉得堵得慌，早早就上床睡觉了。顾江知道爱珍生气了，也知道今天是自己惹的事，岳父明显偏袒了自己。他准备哄哄爱珍，上床以后就嬉皮笑脸地向爱珍求欢。爱珍却在他手臂上狠狠掐了一把。顾江本来想着平时两口子也有吵嘴的时候，只要在床上欢爱一下，第二天就准能由阴转晴，不是说小夫妻打架不记仇，床头打架床尾和嘛。没想到这次爱珍不但不领情，还掐了自己。顾江的牛脾气上来了，坐在床上开始撕扯爱珍的内衣。爱珍也不甘示弱，对着他又抓又挠，很快在他身上挠出了好几道血口子。顾江火了，翻身骑在爱珍身上，把她两只手压到身下，一把撕开了她的内衣。爱珍毕竟是个女人，力气没有顾江大，眼看着挣脱不了，干脆就放弃了挣扎，四仰八叉地躺在床上，任凭顾江在身上折腾。顾江原本满腔怒火，急吼吼地想要在爱珍身上发泄一番，可一旦爱珍放弃了抵抗，像条死鱼一样一动不动，他觉得自己好像在奸尸一般猥琐，一下子就变得索然无味。

顾江悻悻地从爱珍身上下来，两口子背对着背睡了一夜，谁也没再说一句话。

7

顾江和爱珍的冷战第二天也没有缓和，一直延续到爱强结婚，一直延续到顾江遇见了子君。

爱强婚礼结束，顾江两口子回到了小镇，顾江心里有鬼，开始主动向爱珍示好。他早早地起床做好早饭，端到爱珍床头。趁着爱珍吃早饭的时候，又把两人的衣服全都拿到院子里去洗了。晚上爱珍下班回到家，饭菜已经做好了。这些事情平时都是爱珍做的，他今天干脆都揽到了自己身上。爱珍心里明白咋回事，就是不肯给他个好脸色。上床睡觉的时候，顾江又把手伸到了爱珍睡衣里。爱珍气呼呼地把顾江的手拿开，他又笑嘻嘻地伸了进去。如此三次，爱珍不再抵抗了，轻声骂了一句："不要脸。"

两口子总算是重归于好了，可顾江的心却飞了出去，时不时想起爱强结婚的那个夜晚。

爱珍喜欢整理。她经常把家里的家具变换位置，今天把花瓶放在餐桌上，明天又放到了冰箱上。今天把沙发摆在客厅东侧，明天又换到了西侧。顾江说："你天天这样换来换去的烦不烦？"爱珍说："买不起新的，换换位置也好啊。"顾江懒得去管，由着她在家里折腾。

自从搬到了出租屋，每年春天，顾江都要在院墙下种几棵扁豆。等豆苗长出来的时候，顾江找来几根芦柴，斜靠在院墙上，豆苗顺着芦柴爬上了院墙，不久，整个院墙上就爬满了绿色的扁豆藤。扁豆开花了，仿佛在心型的叶片下躲藏着一只只紫色的蝴蝶，好看极了。到了秋天，院墙上挂满了紫色的扁豆。顾江把扁豆摘下来，晚上吩咐爱珍和着芋头一起烧："这院墙上的扁豆够我们吃半个月的。"爱珍撇着嘴说："农民！就这样的红扁豆，五块钱菜市场能买一篮子。"

第二年春天，顾江扯掉上一年的枯藤蔓，松松墙角的土继续种扁豆。爱珍不知道从什么地方剪来了三枝紫藤，扦插在扁豆旁边。当年紫藤只长到半人高，纤纤细细的，直到次年四月，才稀稀拉拉地开出了几朵紫色的小花，在蓬蓬勃勃的扁豆藤旁边，三棵紫藤仿佛是三个害了癫痫的小姑娘，寒酸而又瘦弱。顾江学着爱珍的样子撇着嘴说："这东西是能看，还是能吃？"爱珍不理他，照样时常给紫藤松土、施肥、浇水。

又一个春天到了，院墙上的紫藤蓬蓬勃勃地盛开了，把顾江的扁豆挤得几乎看不见。紫藤花朵儿一串挨着一串，一朵接着一朵，彼此推着挤着，好不热闹！一片辉煌的淡紫色，像一条瀑布，仿佛在流动，在欢笑。爱珍下了班站在淡紫色的院墙前痴痴地看。顾江说："要不要给你拿个袋子，再拿个锄头？"

爱珍说："拿袋子、锄头干嘛？"

"学黛玉葬花呀。"

"农民！"

顾江觉得爱珍矫情，明明是个农民，却要学着城里人假斯文。

爱珍觉得顾江老土，明明是个居民，却丢不开农民的那一套。

夏天到了，顾江从菜场买回家满满一蛇皮袋稍瓜。爱珍说："你又发什么神经病？"

顾江说："腌稍瓜。"

爱珍"喊"了一声，自顾去摆弄她的花草了。现在，出租屋的院子里爱珍已经养了几十盆花花草草，没什么名贵品种，胜在量多，花花绿绿的一大片。顾江把稍瓜剖开，擦上盐，码到水桶里，第二天在院子里摊开一张竹箔，把变软的稍瓜一片一片摊到竹箔上暴晒。晚上把晒蔫的稍瓜收到水桶里，把第一天腌瓜渍下的卤水烧开了，浇到腌瓜上。

此后，顾江每天都是早上晒瓜，晚上烧卤腌瓜，一周以后，腌瓜变得晶莹剔透。顾江把腌好的稍瓜塞到一只坛子里，早晚拿出两条来，洗净后切成丁，拌上切碎的蒜头和香油佐粥吃。

顾江一边"哗呲、哗呲"地嚼着腌瓜，一边问："怎么样？"

爱珍说："好吃！脆！"

顾江又说："比不比你那个紫藤好吃？"

爱珍立刻像是炸了毛的刺猬，扔下筷子没好气地说："农民！就知道吃！"

两口子的争吵越来越频繁，慢慢演变成了水火不容。顾江要做的事，爱珍死活不同意。爱珍喜欢的东西，顾江一样也看不上。

顾江想到了离婚。

思其出生前顾江就想离婚了。他转念一想，自己把人家黄花闺女肚子睡大了，转身和人家离婚，这不是畜生吗？谁让自己那晚鬼迷心窍去抱人家的？抱就抱了，怎么还钻进玉米地了？如果当时不是自己主动，不就没有后来的事了？说到底都是自己的错。自己错了还有啥脸提离婚？

顾江和子君的事出来后，顾江也想过离婚。可明明是自己吃着碗里看着锅里，人家爱珍有什么错？自己犯了错，却要爱珍和思其去承担后果，这不公平呀。再说了，子君和大力生活得好好的，不能因为自己脑子一热，拆散了两个家庭呀。那样的话自己成了个啥？

思其上小学的时候，顾江也想过和爱珍离婚。可思其还是个孩子呀，她在学校里被人欺负了怎么办？她从小就失去父爱，长大了会不会怨恨自己？大人合不来，可孩子有什么错？无论如何也要等思其读到初中，那时候她就会懂得父母之间的恩怨，明白父母在一起生活实际上是互相折磨。那时候再离婚，思其就会理解并且支持的。

离婚的念头一次次被顾江压下了。

爱珍所在的卫生巾厂被私人收购，成了民营企业。爱珍作为老员工，升任了车间主任，工资收入水涨船高。而顾江的拖拉机运输却江河日下，好多人都把拖拉机换成了卡车，顾江的拖拉机明显落伍了，失时的凤凰不如鸡，只能在码头上拉些水泥、黄沙之类的建筑材料，生意一天不如一天。

爱珍劝顾江把拖拉机换成卡车。顾江不同意："光明庄开了几个鱼塘，正在对外发包，我想回到光明庄养鱼去。"爱珍说："人家打破了头要往镇上搬，你却要回到农村去，真是越过越回头了。"

顾江说："当年就是听了你的话，农村好好的房子不住，搬到这逼仄的破房子来，家里放个屁，外头都能听见。"

"宁要城里一张床，不要乡下三间房。"

"你在这儿做你的城里人，我要回到乡下去。"

"要回去你回去，我不回去。"

"回去就回去。"

216

　　两个人话不投机半句多。顾江果然把拖拉机卖了，回到光明庄承包了三十亩鱼塘。

8

　　顾江的鱼塘在光明庄西北角。

　　顾江这些年开拖拉机存了点钱，他在鱼塘边上建起了两间塘舍。塘圩上夏天种黄豆，冬天种油菜。他还在塘舍旁垒了一个狗窝、一个鸭棚、一个鸡窝、一个羊圈，养了两只鹅、十几只鸭、十几只土鸡，还有七八头山羊。

　　夏天，塘舍房顶上爬满了扁豆藤，远远地看过去，仿佛是一座绿色的草房子，鸡鸣犬吠，蜂飞蝶舞。

　　总算离开了爱珍，用不着每天听她在耳边唠叨了，顾江开开心心地养鱼种地，感到从未有过的轻松。

　　回到光明庄，顾江偶尔也会趁着夜色去敲子君的门。现在他学乖了，每次都会提前和子君约好再去，每次都记得把院门拴好。

　　顾江感觉在子君身上找回了在爱珍那里失去的尊严。

　　子君不像爱珍，顾江感觉爱珍每次和自己做爱都像是在施舍，而子君每次都是在享受。子君会在顾江耳边说："你真厉害。"顾江顿时觉得自己真的很厉害，每次都像个勇猛的将军一样，把子君杀得片甲不留。顾江在爱珍身上从来都没有这种感觉，每次爱珍都会问："你好了没有？"爱珍一开口，原本雄赳赳的顾江就会像被针扎的气球一样，迅速地瘪成一张皮。

　　自从顾江搬到乡下养鱼，他十天半个月回去给她们娘儿俩送点鸡蛋、鸭蛋和蔬菜，从来不在家里留宿。和爱珍见面的次数少了，两人的感情反而慢慢变好了。爱珍偶尔从镇上到塘舍来，每次都给顾江从菜场带上各种各样的肉菜，来了就帮顾江洗衣做饭，打扫卫生。

晚上爱珍住在塘舍里，两口子极尽缠绵。塘舍远离村庄，爱珍又像是回到了那个月下的玉米地，羞涩中带着决绝，让顾江重又鼓起了做男人的雄风。他本来就对爱珍心怀愧疚，见到爱珍如此温柔多情，又禁不住心里暗暗发誓，从此要真心对爱珍好。

顾江开始想起爱珍的那些好来。

其实大多时候爱珍是个很好的女人，长相珠圆玉润，国泰民安，做事雷厉风行，周到细致。她在厂里人缘很好，姐妹们都很喜欢她。在小区里是好居民，从来没有和邻居吵过嘴。在家里也算是个贤妻良母，一年四季总是提前给一家人准备好换季的衣服。每次顾江出门应酬，总是把他打扮得整整齐齐。爱珍最喜欢做的就是帮顾江买衣服了，这也是顾江最烦她的地方。妈妈一直对顾江说"衣服只要干净就行"，可爱珍坚持"人靠衣装马靠鞍""丈夫就是老婆的脸"，出门在外，男人穿得寒酸，女人会被人家笑话。顾江和爱珍为了买衣服的事没少吵架，每次爱珍都发誓下次不再作践自己，拿热脸去贴顾江的冷屁股，可每到换季和春节的时候，还是忍不住给顾江买上一身。爱珍对父母也是没说的，每次回光明庄，只要带什么给何达，肯定会带一份同样的给公婆。爱珍平时在家最喜欢做饭，婚后顾江天天都能到家吃上现成的饭菜。爱珍经常和顾江谈起她的小时候。说她不怎么喜欢妈妈，说小时候家里都是爸爸做饭，妈妈只顾着在地里干活，回到家里不是洗衣服就是打扫卫生，常常是到了饭点了，爱珍和弟弟、妹妹都放学回家了，家里还是冰锅冷灶。在她的印象里，妈妈几乎没有做过几顿饭，更不用说做菜了，妈妈最拿手的就是开水泡饭加咸菜。结婚以后，她每天按时做饭，她说看着丈夫和孩子津津有味地吃自己做好的饭菜，就觉得很幸福，很有成就感。不和顾江吵架的时候，家里的人情世故她也几乎事事顺着顾江。即使两人吵架，从来都是关上门在家里吵，一次也没有在外人面前"嘚嘚"过。在外人看来，顾江和爱珍郎才女貌，恩恩爱爱，实在是天造地设的一对。

　　只有顾江和爱珍自己知道，两人在一起的时间不能太长。时间一长，两人都会暴躁成一堆干枯的麦秸秆，稍微有点小火星，就能呼呼地烧起来。原本一点芝麻大的小事，一旦点着了火，两人谁也不肯低头认错，都挑那些最要命的话往外说，仿佛只有那样，才能瞅准要害，一招毙命。结果，芝麻大的事，眨眼就变成了西瓜大。说到底，是两人的个性都太强了，都希望对方能尊重自己的意见，都希望能把对方同化成另一个自己。

　　现在好了，两人分开了，终于看到对方的重要了，终于认识到自己的缺点了。

　　想明白这一切，顾江觉得亡羊补牢，犹未为晚，属于他们的好日子才刚刚开始，看来自己回乡下养鱼这步棋是走对了。距离产生美嘛，说不定两口子从此能像正常的夫妻那样相亲相爱、相敬如宾了。顾江渐渐地不去敲子君的门了，他想着该一心一意和爱珍过日子，毕竟自己和爱珍才是两口子。

　　顾江养了几年鱼，农村又有了新政策。

　　现在农民种地不仅不要上缴，每年还有各种补贴。顾江回家去和爱珍商量，想把户口迁回光明庄去。

爱珍不同意："你一个人在乡下就够了，我们一家有工有农，不愁吃，不愁花，为什么非要把户口转回去？"

"户口转回去一年有不少补贴呢？这钱不要白不要。"

"政策的事我们也不懂，自古就是三世修到城脚下，现在也不差那几个钱，就别转来转去的了。万一哪天又像以前那样进厂也要居民户口呢？"

"城镇居民有什么好？除了有个虚头巴脑的帽子，不能当饭吃，不能当钱用的。"顾江的话慢慢就带了情绪。

"从古到今，你看到谁从城里往乡下搬的？"爱珍也慢慢失去了耐心。

"现在，居民户口和农民户口有什么区别？当初花钱买的户口得到什么好处了？是进了国营厂了，还是分了福利房？农民现在一年有几千块钱补贴，居民有什么？农民有钱照样到城里买房子，城里人可别想到农村买房子。"顾江越说越来气。

"就你想住农村，哪个城里人像你一样脑子被驴踢了，要到农村买房子？"爱珍也不甘示弱。

迁户口的事没谈拢，两口子又吵了一架，平静了几年的婚姻又一次亮起了黄灯。

9

吵架归吵架，爱珍没过几天还是到塘舍找顾江来了。

镇上开发了一批商品房，价格一千元一个平方米，爱珍看中了其中一套一百二十平方米的三居室，跑到塘舍来和顾江商量。

顾江不想在镇上买房，他就喜欢乡下的宽敞和方便。家前屋后随便长点儿蔬菜就够一家人吃了，比菜场买的不知道要新鲜多少。甚至锅里烧着鱼，跑到门外去掐把葱一样来得及。还有，乡下一出门都是邻居，捧着饭碗串个门无拘无束，谁家烧个好菜，半条巷子的孩子都跟着沾光。哪里像镇上这样，房子逼仄得像鸡笼，吃颗蒜都得买，更不要说邻居家成天关着防盗门，住了几年也不知道对门姓什么。

爱珍三天跑了两趟，动之以情，晓之以理，说了多少买房的好处，难得的低声下气，少有的和风细雨。顾江不怕和爱珍吵架，就怕爱珍求他。爱珍说话软和了，顾江坚硬的防线就开始动摇。爱珍说不为自己，为了孩子也得买房，不能让思其跟着爸妈受苦。思其是顾江的软肋，凡事只要牵扯到思其，顾江只有乖乖举手投降的份。

顾江同意买房其实还有两个原因。

半个月前，顾江听说子君跟着大力到苏南去打工了。这几年在乡下养鱼，顾江没少半夜去敲子君的门。现在子君走了，居然没有事先和他打一句招呼，顾江心里隐隐感觉今后再想联系子君没那么容易了。那天他回到镇上出租屋，打开冰箱发现里面的菜都发霉了。思其在镇中学读书，中午在学校食堂吃一顿午饭，早晚在家里吃。爱珍忙着厂里的事，平时没有时间照顾思其，经常是买一次菜吃几天。顾江想着思其正在中考的节骨眼上，既然爱珍照顾不了思其，自己得回去照顾，毕竟孩子才是这个家的未来和希望。

年底卖了鱼，顾江把鱼塘转让了出去，跟着爱珍找到开发商缴了房款，自己又一次回到了阔别几年的镇上。

新房很快就到手了，爱珍忙着上班，装修的任务自然落在顾江一个人身上。顾江每天在新房和出租房之间来回忙活，等新房装修完，他已然成了半个装修师傅。到了买家具的时候，顾江想着出租房里这些年添置的家具和两人结婚的家具还都是八成新，拉到新房子就行了，毕竟刚买了房，手上没钱。可爱珍说啥也不同意，新房旧家具，还不让人笑掉大牙？房子都买了，再咬咬牙，把家具都换了。大家都用旧家具，那新家具卖给谁？不就是钱吗？花完再去挣就是了。挣钱为什么？不就是为了享受吗？新房子里摆旧家具，就像穿西装配草鞋一样让人看着别扭，不说享受了，看见了就心烦。房子装修了几个月，两口子就争了几个月，顾江实在是经不住爱珍天天在他面前磨嘴皮，最终同意把家具全都换成了新的。

新房的一切都弄好了，这些年的积蓄也全都花光了，还欠下了几万块钱外债，顾江想着要赶紧找份工作。他在镇上转了几天，刚好开发区一家铸造厂招叉车工，工资不错，工作轻松，缴保险，还准时上下班，没有夜班。顾江很满意，他本来就是回到镇上来照顾思其的，这个工作刚好能满足自己，赶紧跑去报名。谁知道对方要求报名者有叉车特种作业操作证，顾江拿出自己的拖拉机驾驶证，负责招工的人看了看，答应试用，但要求他尽快办理操作证。顾江连连点头，工作的事算是解决了。搬到镇上十多年，农民顾江终于又成了一名正式工。

选好了乔迁的日子，一家人搬进了新房。在光明庄养了几年鱼，顾江和爱珍住在一起的日子屈指可数，现在，两人又回到了同一个屋檐下，睡到了同一张床上，顾江心想今晚要和爱珍好好庆祝一番。

顾江在客厅看了一会儿电视，对爱珍说："早点睡吧，今天挺累的。"

爱珍一边拖地，一边说："嗯，你先去，我马上就好。"

顾江到卫生间冲了个澡，出来看到爱珍还在拖地，学着京剧里的念白："娘子，安息了吧。"

爱珍说："嗯，你先去，马上就好。"

顾江上了床，打开电视，倚在床头看电视。过了一会儿，他在被子里把内裤也脱了，一边看电视，一边等着爱珍。一集电视剧看完了，爱珍还没有进来，顾江冲着客厅喊："爱珍，早点睡觉。"

爱珍在外面答："嗯，马上就来。"

顾江左等右等，眼皮都开始打架了，还是不见爱珍进来，迷迷糊糊地睡着了。

一阵"嗡嗡"的声音把顾江吵醒了，他睁眼一看，只见爱珍穿着粉红的睡衣，正坐在床边拿着吹风机吹头发。顾江翻了个身，又睡着了。

顾江感到一只手在胸前抚摸，他睁开眼，爱珍侧着身子正笑吟吟地看着他，眼睛里好像有一层水雾，迷迷蒙蒙的。顾江说："早点睡吧。"爱珍依旧笑着看着他，抚摸他前胸的手却坚定地一路向下。顾江不耐烦地拿开爱珍的手，摸过内裤穿上，侧过身子又睡了。

爱珍气呼呼地拉过被子蒙住了头，留给顾江一个肉乎乎的后背。

顾江和爱珍分开了几年，爱珍偶尔去一趟乡下的塘舍，两口子都觉得新鲜。现在搬回了家，重新每天都生活在一起，两人好像感觉一切重新都变得陌生了。

　　陌生首先表现在床上。两人一个紧，一个慢。紧的那个急吼吼的，恨不得把太阳拖下山。慢的那个却八百个不着急，东拉西扯，不是做家务就是看电视。等慢的那个来了兴致，紧的那个早就过了那个劲，反过来赌着气拿腔作调。最终的结果自然是气呼呼地背对背睡觉。

　　性是夫妻生活的润滑剂，房事和谐，诸事顺遂，床上不和谐，生活就会鸡飞狗跳。顾江和爱珍都好面子，明明是因为房事不和谐，偏偏这点事谁也说不出口，只好指桑骂槐，拿着其他事情发泄不满。

　　顾江喜欢吃那些自己制作的咸菜，水咸菜、萝卜干、腌瓜、炝蚕豆。到了腌稍瓜的季节，顾江早早地备下稍瓜，又是腌，又是晒，最后用腌菜坛子一坛一坛地装好，每天早上都切上一盘。可爱珍不喜欢吃顾江的腌瓜，她自己跑到超市买回家一袋一袋的萝卜干和榨菜。每天早饭桌上就有了两种咸菜，他们各吃各的。顾江每次看见爱珍拿出袋装的咸菜，就会阴阳怪气地说："到底是街上人，吃个咸菜都要高级的。"爱珍不理他，顾江说多了，她就会回一句："你看见谁家商品房阳台上晒腌瓜的，脸都给你丢尽了。一袋榨菜五毛钱，一年才几个钱，值得你把酱园都开到家里来？"顾江腌了一坛咸鸭蛋，吃的时候顾江拿起一个对着灯光看一眼，"啪"的在桌上敲一下，撕掉蛋上的空壳，筷子伸进去一下子挖出半个来，两口就吃完了。爱珍不这样，她要拿只小碟子，用菜刀把鸭蛋切成八块，像菊花一样摆好，吃的时候一块一块撩着吃。顾江笑爱珍假斯文，猪鼻子插大葱——装相；爱珍骂顾江粗鲁，狗改不了吃屎——本性难移。

　　爱珍喜欢养花，出租屋的紫藤是搬不来了，她就在阳台上、窗台上、客厅里、卧室里、书房里，到处摆上了一盆一盆的花草。有些花草养不活，过一段时间就枯了，漂亮的花盆变得光秃秃的。顾江在那些空花盆里种上了蒜和小葱，绿油油的，用起来还方便。爱珍不干了："你要在家里种蔬菜，你自己买盆去，我的花盆是种花的。"顾江也不和她争，不久就找来几个白色泡沫箱，装上半箱子土，把大蒜和小葱移栽到了泡沫箱里。这样一来，阳台上漂亮的花盆旁边就有了几个扎眼的白色泡沫箱，气得爱珍端起来统统扔到了楼下的垃圾箱里。

10

顾江又一次想着是不是该和爱珍离婚。

离婚这个念头已经无数次在顾江心里闪过，每一次都被他自己给否决了。

现在思其长大了，读初中了，到了顾江曾经预想的那个离婚时间点。当初他想着思其读到初中就能理解父母离婚了。可现在看来，孩子才十几岁，自己的生活都没法自理，怎么能懂得父母之间的这些恩怨呢？如果因为自己离婚，孩子变得自暴自弃，和社会上的那些流氓混到一起怎么办？那样不是害了孩子吗？思其是个女孩子，万一真的碰上那些小混混，那可是要吃亏的呀。

顾江不敢往下想了，他决定继续等，等到思其长大，等她长到真正能理解父母，能独立生活的时候再和爱珍离婚。十几年都等下来了，不在乎再多等几年。

顾江想通了这些，就开始隐忍，碰到一些自己看不惯的事就假装没看见，偶尔爱珍抱怨一两句他也当成耳边风，左耳朵进，右耳朵出。这样一来，果然爱珍也不和他吵了，其实就是想吵也没法吵，因为顾江根本就不理她。

生活表面上似乎变得风平浪静了。顾江心里明白，自己的这种冷暴力其实有些阴险，爱珍心里岩浆一样的激流就在平静的表面下奔腾着，只是在等待着一个合适的喷发窗口。可他顾不得这些了，心里只想着隐忍，隐忍，隐忍，隐忍到思其长大，其他事情全都假装看不见。

可顾江没想到，他偏偏碰到了一件让他没法假装无视的事。

这天他在柜子里翻找衣服，无意中翻出来一个四四方方的小盒子来。盒子很漂亮，金光闪闪的，打开以后，里面居然是一只钻戒，还有一张叠起来的纸片。

顾江打开纸片，发现是一张"通灵翠钻"的发票。看了购买日期，顾江无法淡定了。这颗钻戒的购买日期居然就是顾江四处借钱给新房装修的时候。

顾江的头"嗡"的一下炸了。顾江冒出的第一个念头就是爱珍出轨了，这颗钻戒是情夫送给她的。他有种想要暴走的感觉。

爱珍出轨了，爱珍外面有了相好的，她怎么能出轨呢？她怎么能和别的男人相好呢？

就你能出轨，人家爱珍就不能出轨？只许州官放火，不许百姓点灯？你以为你是谁？

爱珍外面的男人是谁？我怎么被蒙在鼓里这么久？

你能做初一，人家为什么不能做十五？天道轮回，报应不爽。该！

我都想和她离婚了，管她有人没人干嘛？她外面有人不是更好吗？由她提出来离婚，我还不用内疚。

你就是个伪君子、真小人！不想和人家过日子，又不敢和人家离婚，整天对人家冷暴力，就想把人家拖死。

…………

各种声音在顾江脑子里来来回回地出现，像是两个人在脑子里对骂。最后，没等到和爱珍回家当面对质，顾江自己先把自己给说服了，再也提不起力气等着爱珍回来审问她。谁让自己也在外面有女人呢？人在做，天在看，举头三尺有神明，这不就是报应吗？还是现世报！

顾江仿佛挨了一闷棍，呆呆地坐在沙发上，开始想着今后到底该怎么面对出轨的爱珍。忽然，他觉得有可能是爱珍自己买的也不一定。爱珍毕竟是个女人，哪有女人不爱首饰的呢？两人结婚的时候，何达没有提出要彩礼，更没有买什么金银首饰。现在手头上有了点钱，给自己买个钻戒也正常啊。何况爱珍厂里又都是些女工，女人之间最爱互相攀比了，没看见那些女人买条金项链，大冬天的都要挂在羊毛衫外面吗？她们就生怕别人看不见。爱珍大小是个领导，总不能每次都被工人给比下去吧？肯定是爱珍觉得顾江不会想到给她买，她就自己偷偷地买了一只。肯定是这样，一定是这样！爱珍怎么可能出轨呢？她虽然有些小资产阶级的臭毛病，但绝对不是个轻浮的人啊。

这样一想，顾江心里就舒坦多了，反而觉得自己出轨在先，怀疑爱珍在后，实在有点以小人之心度君子之腹，对不住爱珍。他决定假装不知道有钻戒这回事，不就是两千多块钱吗？爱珍跟着自己这些年，天天上班挣钱，还不能给自己花几千块钱？看看周围那些女人，哪个没有金项链、金手镯？爱珍也是个女人，怎么就不能有个小小的戒指？顾江决定不在爱珍面前提，省

227

得到时候爱珍尴尬。

顾江把钻戒装好，塞到柜子里，转身去菜场买了一只鸡，回头经过花店的时候，破天荒地进去买了一束满天星。爱珍喜欢吃鸡翅，思其喜欢吃鸡大腿，顾江决定今晚好好犒劳一下她们。

爱珍下班回到家，看见桌上烧好了三菜一汤，花瓶里还插着一束花，惊奇地说："今天太阳从西边出来啦？"

顾江笑着说："买菜的时候看见有人在卖花，我觉得好看，就顺便买了一把，好看吧？"

当晚爱珍破天荒地没有磨蹭，洗完了澡裹着浴巾就进了卧室。

<h2 style="text-align:center">11</h2>

何达突然间病倒了。

爱强两口子去了苏州打工，爱兰在南京上大学，陪同何达去医院的事自然就落到了顾江头上。顾江这些年对老丈人一直心怀感激，听说何达生病了，二话不说就到厂里请了假，领着何达去了市人民医院。

一番检查做下来，何达确诊了胃癌。

接下来就是办理住院、安排手术，顾江回家搬来了两人的生活用品，一心一意在医院里伺候老丈人。每天喂饭喂药，端屎倒尿，帮何达擦洗，没事陪着何达说话，稍微好一些就推着何达在院子里散步。同病房的人都说何达养了个好儿子。何达骄傲地介绍说顾江不是自己的儿子，而是自己的女婿。这下，病友们更加羡慕了，都说何达有福气，女婿比儿子还要孝顺。

　　十天以后，何达出院回家休养，顾江却瘦了一圈，胡子拉碴的像个憔悴的小老头。

　　何达出院后一个月，身体恢复良好，在光明庄摆了几桌酒席答谢那些生病期间去探望自己的亲友。席间，何达端着一杯牛奶说："我这次生病多亏了顾江！俗话说'从小一看，到老一半'，这个女婿是我自己选的，事实证明我老头子当年没有看走眼，这是个仁义的孩子！"

　　何达专程走到顾江身边要敬他一杯酒，顾江吓得赶紧站起身，憨厚地扶着何达坐下："爸，您言重了。孝敬您是我应该做的。您当初不嫌弃我家里穷，把爱珍嫁给我，您就是我的亲生父母，今后不管有什么事，我都会像亲儿子一样照顾您。"

　　顾江的话赢得了亲友们的一片掌声，爱珍看向顾江的眼神里流露出深深的爱意，和当年在村口桥下的那个月夜一模一样。

　　思其要到市里去读高中了，爱珍每天晚上都和思其睡在一起，母女俩好像有说不完的话。顾江一个人睡在房间里看电视，每次看到电视剧里那些亲热的画面身体就会有反应，可老婆却在隔壁房间里，近水楼台得不了月，近水也不能解近渴，顾江越发觉得孤枕难眠，不禁又想起了子君，想起了和子君在一起的那些令人耳热心跳的画面，手就不知不觉地伸进了被窝里。

　　顾江婚后第一次自己解决了生理需求，想到妻子女儿就在一墙之隔，他极度紧张，出了一身的汗。完事之后赶紧像小偷一样起床钻进卫生间里去洗澡。恰好爱珍起床上厕所，发现顾江又在洗澡，狐疑地问他："你掉进屎缸里啦，一晚上洗两回澡?"

　　顾江本来就心虚，听爱珍这样一说，气鼓鼓地回道："关你屁事！"

"你吃了枪药啦，说句话能噎死人？我就随口问问，值得你这样？"

"夏天洗澡有什么好问的？"

"我们是夫妻，还不能说话啦？"

"有什么好说的？你白天上班，晚上钻到思其房间里，有什么和思其去说好了。还要老公干什么？"

"好好好，我不和你争，下次我不和你说话了。"

"不说就不说。"

本来什么事都没有，两口子居然真的就不说话了。思其去上学了，爱珍晚上继续留在思其房间里睡觉。白天两人上班，晚上吃过饭各回各房，一句话也没有。

这样的日子一过就是一个月，两口子就像是一起合租的房客，除了在一起吃饭，谁都不理谁。顾江一个人睡在床上，隔三岔五自己用手解决一回。

事情的转机发生在国庆节。

国庆节学校放假，思其回来了，一起回来的还有一个小姑娘，是思其的同学。当晚，顾江看了会儿电视正准备关灯睡觉，爱珍趿拉着拖鞋进来了。顾江看了一眼爱珍，爱珍还是没有说话，自顾自上了床，侧着身子在他身旁睡下，伸手拽过薄被盖上。

顾江揶揄道："有本事别回来，还睡在那边。"

爱珍转过身："我自己的房间想什么时候回来就什么时候回来。我又没和你离婚。"

"我们和离婚也没什么区别。"

"怎么没区别，哪有离婚了睡在一个家里的？"

"还有什么区别？一个房间里睡个女光棍，一个房间里睡个男光棍。"

两人斗了一会儿嘴背对背睡觉了。睡到半夜，爱珍翻了个身，一只手搭在了顾江胸前。顾江也翻了个身，把手也伸到了爱珍胸前。爱珍穿着睡衣，顾江轻易地把手伸进了睡衣里面。身体的接触就像是打开了电源开关，两个人的手臂都通上了电，同时箍住了对方的脖子，两张嘴自然地凑到了一起。

一个月没有在一起了，爱珍和顾江一样热情似火，两人很快就在夏凉被里脱光了衣服。一番亲热后爱珍问："这些天你一个人怎么办的？"

顾江伸出右手在爱珍眼前晃了晃："我有五姑娘！"

爱珍捶了顾江一拳："你真恶心！"

顾江说："我给你讲个故事吧。"

"什么故事？"

"有夫妻两个，他们给房事定了个暗号，谁要是想了，就说'今晚洗衣服'。只要一说洗衣服，对方就明白什么意思了。有一次两口子吵架了，冷战了几天，老婆搬到儿子房间里陪儿子一起睡。老公熬不住了，让儿子给老婆传话，叫妈妈晚上洗衣服。可老婆就是不理他，没办法，老公就自己找五姑娘解决了。过了几天，老婆也熬不住了，也让儿子传话，叫爸爸晚上洗衣服。老公生气地对儿子说，去告诉你妈，爸爸自己用洗衣机洗完了。"

爱珍"噗"的一声笑了。

12

年底的时候，子君和大力一起到小镇来拜访顾江。两口子想在小镇上买套商品房，请顾江帮忙介绍介绍。

四个人从小一起长大，多年不见的小伙伴来了，顾江和爱珍自然是热情招待，当晚在小镇的乐吾酒家请他们吃饭。席间，顾江觉得子君愈发漂亮了，在苏南打了几年工，不仅举手投足间尽显少妇风韵，还多了一些城市女性所独有的气质。可不知道为什么，顾江看着子君居然没有了多年前的那种冲动。

顾江连着两天陪着大力和子君跑了几家楼盘，最终确定在龙翔花园买下了一套三居室。

自从子君离开光明庄，这几年顾江和她几乎完全断了联系，这次两人重又加上了微信。虽然子君在家将近一个月，可两人谁也没有主动和对方联系。春节过后，子君又和大力一起回了苏南，用大力的话说就是生命不息打工不止。

一天中午吃过饭，顾江给子君发了一条微信："好久不见。"

子君很快就回了信："好久不见！上次回去多亏了你帮忙，还没和你说声谢谢。"

"和我就不要这么客气了，何况也没帮上什么。"

"你和爱珍在镇上熟，我们两眼一抹黑，不是你也没有这么快。"

"子君，你和我生疏了。"

子君的微信过了好久才回过来："顾江，过去的事就让它过去吧。我们都往五十上过了，孩子们也大了。"

顾江拿着手机沉默了许久，给子君发过去一条信息："你说得对。"

又过了很久，子君发过来一句话："哥，祝你一切安好。"

子君从来也没有叫过顾江哥，从小到大每次都是叫他顾江的。顾江盯着那个"哥"字心里明白，随着子君的这一声"哥"，自己和子君的一切都成为过去，再也回不去了。有人说爱情久了就会变成亲情，其实不过是激情过了，淡了，甚至是腻了，就像自己和爱珍之间一样，其实根本就没有爱情，最多只能算是亲情。自己和子君之间甚至也算不上爱情，或许只是两个年轻人对于现实不满的一种报复。现在，随着两人的分开和冷静，子君已经意识到了，可毕竟有那样一份曾经的感情在，既然知道成不了爱情，那就只有把它变成亲情了，这样，最起码不会反目成仇，这大概是两人之间最好的结局了。想起这些年和子君的一切，顾江内心涌起一阵悲凉。

晚上下班回到家，爱珍已经到家了，正蹲在阳台上给那些花花草草松土。顾江看了看厨房，电饭锅没有插电，灶台上也没有买菜，一切和自己早晨离开的时候一模一样。顾江叹了一口气，先淘米把饭给焖上，再打开冰箱，拿出几样食材做饭。

自从顾江卖了鱼塘回到镇上照顾思其，做饭的事就慢慢成了他的专利。现在思其大学都快毕业了，爱珍好像已经忘记了要做饭一样，每天早上起床不是洗衣服就是拖地，顾江把早饭做好了，她才急急忙忙刷牙、洗脸、吃早饭。晚上下了班，爱珍不是给花花草草松土施肥，就是给花花草草浇水剪枝，那些顾江一个也叫不出名的花花草草死了一茬又一茬，爱珍依然热情不减当年，每天当个命宝一样伺候着。顾江不知道那些野草一样的东西有什么好。串场河边的田野里什么样的花没有？月季、蔷薇、菊花、凤仙花、栀子花，哪个不是长得肥硕硕、绿油油的？还有那些紫色的扁豆花、黄色的南瓜花、白色的芝麻花，再不济还有芋头、茨菇、莲蓬、大蒜、山芋，哪个不是长得青枝绿叶的？哪像爱珍种的这些东西这么娇贵，刚买回来时花花绿绿的，没几天就萎头耷脑了。真搞不明白爱珍喜欢这些东西是为什么？但凡她把对花花草草的心思放一半在自己身上，两人也不会走到今天这种"相敬如冰"的地步。

顾江做好了饭喊爱珍吃饭。爱珍拍拍手上的泥土，伸头在餐桌上看了一眼，故意夸张地说："哇，小黄鱼！哇，蒸香肠！哇，韭菜炒蛋！谢谢老公！"闭着眼睛嘬着嘴往顾江跟前凑过来，那样子像极了一个讨好家长的孩子。

"去去去，油腔滑调的。"顾江满脸厌恶地一把推开爱珍，"去洗手吃饭。到家就当甩手掌柜，你真把这儿当成宾馆饭店啦。"

爱珍闹了个没趣，转身去洗手了。爱珍回来时，顾江已经把饭给她盛好了，爱珍自己跑到厨房里重新拿碗盛了半碗饭回到餐桌上："吃你两顿饭，还要看你眼色，下次你不要给我做饭，我自己做。"

"你自己做？你知道大米多少钱一斤？你知道盐多少钱一袋？菜籽油多少钱一斤？调和油多少钱一斤？"顾江心里有事便一股脑儿地发泄到了爱珍身上，连珠炮一般刻薄地数落她。

爱珍捧着饭碗在手上不停地转圈，顾江还在自顾自地说："你以前老是说你妈妈不做饭，到了饭点就去扯其他事。你自己想想，一年到头，你现在进几次厨房？知道的说我娶了个老婆。

不知道的，还当我找了个祖宗回来呢。一天两顿，顿顿像敬菩萨似的供饭。"

眼泪终于从爱珍的眼窝里涌了出来，她扔下手里的碗："你对我的好我心里有数，做顿饭也值得拿出来说，一家人分得这么清，我们还是不是两口子？今后我自己的饭我自己做。离开你顾江，你看我会不会饿死？"

好好的一顿饭，爱珍一口也没吃，气呼呼地跑到思其房间睡觉去了。

第二天顾江的早饭还没有做好，爱珍洗漱完了就"砰"的一声摔上门出去了。晚上顾江回到家，发现爱珍大包小包地买回家很多吃的，有面包、锅巴、麦片、豆奶粉……

顾江做好晚饭喊爱珍吃饭，爱珍根本就不搭理他，自顾自坐在沙发上一边啃面包，一边看电视。

13

中年人的婚姻就是一场接着一场的表演。外人看到的，永远都是华丽的舞台，幸福的微笑，还有成熟的风采。摘下面具后内心的斑驳与伤痛只有剧中人自己才知道。他们上有老，下有小，不敢在外人面前表现出丝毫的懈怠，他们始终在外人面前表现得成熟、稳重、有教养、识大体、知进退。只有回到那个属于自己的小窝，才会卸下那张虚伪的面具，做回真实的自己。

在外人看来，顾江和爱珍相亲相爱，每天一起出门上班，下了班做饭的做饭，做家务的做家务。从来听不到他们大声说话，更不用说争吵了。其实，顾江和爱珍陷入了又一场旷日持久的冷战，两人住在一个屋檐下，各吃各的饭，各睡各的觉。

顾江已经习惯了这些年时不时和爱珍来一场分居。不就是分居吗？像谁愿意和她睡似的？不就是床上那点儿事吗？又不是吃饭睡觉少了不行，再不济还有"五姑娘"，有啥了不起的？顾江躺在床上开始回忆那些和子君在一起的情形。以往遇到必须自己"洗衣服"的时候他就是这么干的，只要想一想那些曾经的画面，不用多久就什么问题都解决了。可这次不知道哪里出了问题，不管他怎样努力去回忆，子君的影子在脑子里却越来越模糊，那些子君曾经说过的话怎么也记不起来了，那些和子君在一起的细节怎么想也想不起来了。即使想起一些，也都是一个大致的轮廓，那些耳热心跳的情意绵绵，那些欲生欲死的感觉一点儿也找不到了。

顾江觉得自己真的老了，曾经的那些令人血脉偾张的过往竟然像一场春梦那样了无痕迹，无论自己怎样去意淫，也引不起身体的兴趣了。他觉得很沮丧，在床上翻来覆去的睡不着。人生也太快了，自己好像还没怎么享受过，怎么就不行了呢？

一阵电话铃突兀地响了起来，爸爸在电话里带着哭腔："顾江，你快回来，你妈不行了。"

顾江吓了一跳，赶紧大声问："我妈咋啦？"

"你妈上厕所，出了好多血。"爸爸在电话里语无伦次。爱珍听到电话已经从思其的房间走过来了。

顾江在电话里安慰说："爸，你先不要慌，我现在就赶回去。"

顾江放下电话穿上衣服刚准备出门，回头却发现爱珍已经穿戴整齐了，围巾手套包裹得严严实实。顾江也不说话，下楼推出摩托车带上爱珍一起往光明庄开去。

当晚，顾江和爱珍把妈妈接到了镇上的卫生院。一番急诊检查下来，值班医生判断是子宫肌瘤。

"子宫肌瘤？"爱珍插话说，"我妈早就绝经了，这么大岁数怎么会有子宫肌瘤呢？"

医生看了一眼爱珍，接着说："一般来说，子宫肌瘤大多发生在生育期的女性，30 岁到 45 岁是高发阶段。而老年女性，也就是绝经之后的女性，由于体内的雌激素水平一般比较低，不会再长子宫肌瘤。也有一些人有子宫肌瘤的，在绝经之后，肌瘤会慢慢萎缩变小。你家老人这种情况有可能就是之前就有子宫肌瘤，但患者本人和家属都没有发现，而肌瘤一直在缓慢生长。当然，这种情况也有可能是卵巢分泌性的肿瘤。家属先不要着急，等天亮后再做个盆底磁共振就清楚了。"

"难怪我妈这些年一直脸色都不好。我劝过她到医院检查检查，她一直说自己身体没问题。看来就是这个肌瘤闹的。"爱珍说。

医生点点头："农村妇女，尤其是老年妇女观念陈旧，对于妇科病一般都羞于启齿，最后往往会小毛病拖成大麻烦。"

病人当夜留在卫生院输液观察。爱珍吩咐顾江回去把她和婆婆的生活用品准备好，等白天检查结果出来后再决定是留在卫生院还是转到市医院去。

顾江开着摩托车回了光明庄，爱珍留在卫生院里陪着婆婆。

结果很快就出来了，肌瘤已经长到拳头大小，压迫到了骨盆中的其他器官，需手术摘除。而且，这么大的子宫肌瘤发生恶化的几率比较大，需要尽快手术，再做切片化验后，才能决定后期治疗方案。

顾江和他爸商量到底在哪做手术？顾江妈妈嚷着说："丢死人了，这么大年纪还得这种病。不看了，回家等死。"

爱珍走过来一锤定音："妈，你不要闹了。人吃五谷，哪有不得病的？又不是什么丢人的事，也不是什么不治之症。不管是肌瘤还是肿瘤，做个手术切除就好了。不要再商量了，直接转到市人民医院去。爸，你回光明庄去，你去了医院也帮不上什么忙，我们还要分心照顾你。顾江你去门口叫辆车，我陪着妈现在就走，你回家取上钱随后就来。"

时间是一把钝刀子，一点一点地把顾江妈妈年轻时的火暴脾气给刮没了，她像个犯了错的孩子可怜巴巴地盯着儿媳妇，乖乖地听从爱珍吩咐。

爱珍像一位指挥作战的将军一样，临危不乱，井井有条地安排着。顾江按照爱珍的指示叫了一辆车，让爱珍先陪着妈妈去了市医院，自己赶紧回家拿上银行卡，随后开着摩托车也赶到了医院。

妈妈的手术很快就安排上了，几天后病理化验结果也是良性，全家人悬着的心总算是放下了。爱珍对顾江说："现在没事了，你回去吧。一个大男人成天在妇科病房里转来转去的，像什么话？"

顾江这几天的确感觉很别扭，可没有办法，那个躺在病床上的人是自己的亲妈，他不敢离开呀。现在好了，只是虚惊一场，自己一个男人留在这儿实在是不方便，那就只有辛苦爱珍了。虽说前些天爱珍还在和自己冷战，可吵归吵，闹归闹，真到了有事的时候，就能看出一个人的秉性了。爱珍骨子里是个善良的人，说到底她还是我顾江的老婆，还是老顾家的儿媳妇。

顾江满怀感激与愧疚地看了一眼爱珍，默默地收拾起自己的东西回去了。

一周以后，顾江赶到人民医院接回了妈妈和爱珍。

14

安顿好妈妈，顾江用摩托车驮上爱珍回了家。

爱珍一进门就火急火燎地钻进了卫生间里。顾江笑着说："憋成这样，你在路上说一声呀，随便找棵大树底下不就解决了？"

"你是猪啊，不分上下摊。还找棵树底下，咋不蹲在马路中间呢？去帮我拿衣服，裤头在南边柜子第一个抽屉，袜子在南边柜子第三个抽屉，内衣在北边柜子第二格，羊毛衫在北边柜子第五格。"爱珍在卫生间里噼噼啪啪说了一大串。

"我以为你上厕所呢，你要洗澡啊？这么着急，你掉茅坑里啦？"

"你连着十天不洗澡试试？我身上都臭了，头发根里都是馊味。"

"你在医院怎么不洗澡？"

"医院怎么洗？那些陪床的男家属转来转去的，又没个取暖器，再冻出病来。"

"不是有插销吗？把门插上不就行了？"

"反正我没洗，天天凑合着用毛巾擦擦。"

"衣服拿来了，给你放在洗衣机上。"

"你别忙走，帮我擦擦背。"

"想得美！自己擦！"

"背后擦不到，帮帮忙嘛，帮帮忙。下次我也帮你擦。"爱珍拉开玻璃隔断从淋浴房里探出头来，双手抱在胸前，两眼迷离地看着顾江，一副美人出浴的样子。

氤氲的水汽弥漫开来，像一根羽毛撩拨着顾江，一股久违的欲望从他内心深处升腾起来，把身体撑得鼓鼓的。顾江三下两下脱光身上的衣服，一头钻进了水汽蒸腾的淋浴房里。

两人洗完了澡，爱珍顺理成章地搬了回来，两口子又像什么都没发生过一样过起了日子。

爱珍好像是焕发了第二春，隔三岔五就和顾江一起"晚上洗衣服"。顾江渐渐有些力不从心了，那晚，爱珍又一次把手伸到他胸前的时候，他把爱珍的手拿开了："好好看电视。"

爱珍不理他，那只手又坚定地伸了过来。顾江再次把爱珍的手扔了出去。

爱珍不干了："不理你的时候，说得可怜兮兮的，像条骚公狗似的。送上门了，你又拿三做四的。"

顾江被爱珍这么一嚷彻底没了兴致："老了，没用了。"

"我看你是在我面前没用，不知道在谁面前有用。"

"有用的时候你不用，现在知道后悔了吧？"

"哪个有用的时候不用的？你哪次不是睡得像死猪似的？我还要逗着你呀？"

"和你睡个觉还得顺着你这，顺着你那，你当自己是什么九天仙女？又不是不睡觉就不能过。"

"你能过我也能过。"

"你能过我也能过。"

"好，你从此不要碰我。"

"不碰就不碰。"

顾江和爱珍就像一对刺猬，只能远远地看着，相互欣赏，一旦两人靠近了想要拥抱一下，准会把自己和对方都扎得鲜血淋漓。每次只要两口子一吵架，准是几天不说话，然后不知道是谁在什么时候开了口，另一个也就趁机顺坡下了驴，一次局部战争就此烟消云散。

这样的局部战争多了，真的算得上大吵三六九，小吵天天有。每次都没有什么原则性的事，有时甚至是语气重了点儿也会引发一次地震。顾江已经麻木了，他已经记不清自己多少次生出离婚的念头，又多少次自己把那个念头掐灭。他无数次问过自己，爱珍是个坏女人吗？答案自然不是。爱珍不仅不是个坏女人，还是个好儿媳妇、好母亲。所有认识爱珍的人，都说爱珍是个好女人，对父母孝顺，对女儿照顾，对老公体贴。结婚多年，一直没有靠老公养着，坚持自己上班挣钱，这样的好女人现在上哪儿找去？那么，自己是个坏人吗？顾江问自己。顾江也不愿意承认自己是个坏人。对于何达，他顾江比亲生儿子还孝顺，平时回去帮忙干农活，逢年过节送鱼送肉。活了四十多年，他觉得自己只有和子君这一件事做得不地道，其他方面他顾江没啥对不起天地良心的。现在自己和子君早就已经没有联系了，再也没啥昧着良心的事了，可以算得上是个好人了。

可为啥两个好人偏偏做不成一对好夫妻呢？顾江百思不得其解。

顾江想来想去只能是自己和爱珍两人八字不合，命里犯冲，天生就是一对冤家。命该如此啊。

算了，现在思其已经大了，等她结了婚，到时候和爱珍离了婚自己就一个人过，也蛮好的。现在不是时候，现在和爱珍离婚会影响思其找对象，谁家愿意娶个单亲家庭的儿媳妇？

绝对不能害了思其，顾江这样想。

15

女儿要结婚了，晚上一家人看电视时爱珍拿出一个精美的首饰盒交给思其。

思其好奇地打开，发现里面是个镶钻的戒指。思其把戒指套到自己手指上，刚刚好。她问爱珍："妈，你什么时候买的？"

"妈这辈子没买过什么金银首饰，主要是你爸不喜欢。"爱珍拿起思其的手看着，"这是十多年前瞒着你爸偷偷买的。那时楚水新开的一家金店搞开业促销，厂里几个姐妹撺掇我也去买了一个。怕你爸知道了不高兴，这些年我一次也没拿出来戴过。送给你吧，我这手指头也戴不上了。"

思其把钻戒伸给正在看电视的顾江："爸，好不好看？"

"好看，好看。"顾江仔仔细细看了看钻戒认真地说。

"我妈还有钻戒你知不知道？"

"不知道，不知道。"顾江把头摇得像拨浪鼓。

为了思其的婚礼，爱珍给顾江置办了全身的行头，晚上拿出来让顾江穿上试试。顾江一看包装，居然是经常在中央电视台做广告的名牌，心里第一个升起的念头就是"这得多少钱？"心里舍不得，嘴上立刻就开始表达不满了："家里几套衣裳都是新的，怎么又买了。"爱珍知道他舍不得，笑嘻嘻地说："思其结婚你不能穿旧衣裳出场啊，总得跟思其要点儿脸面。"

"脸面是靠衣裳穿出来的?"

"哎呀，你看买都买了，你就穿上试试，试试。"

"这一套多少钱?"

"没多少钱，连皮鞋一起才不到两千。"

"才不到两千! 你现在口气大了，两千块钱都是'才'了。我又不是什么大人物，穿什么成千的衣裳。"

"这不是思其结婚吗？平时我也没给你买什么贵重的衣裳。"

如果放在几年前，顾江早就对着爱珍火冒三丈了，非要逼着她第二天就去把衣裳退了不可。可现在面对着爱珍始终低声下气的微笑，那团火硬生生地被他憋在嗓子眼里左冲右突，就是找不到出口。

果然是"人靠衣装马靠鞍"。穿上了名牌服装，顾江立马精神了很多。爱珍仔细帮他抻平了皱褶，他站在穿衣镜前转了两圈，脸上露出了满意的神情。爱珍端详着镜子里的顾江，由衷地夸道："老帅哥!"

顾江故意板着脸："帅个屁! 都成小老头了。"

第二天顾江留了个心眼，上网查了一下服装和皮鞋的价格，一套西服两千九百八，一双皮鞋一千六百六。顾江有些生气，觉得爱珍太不会过日子了。转念一想，爱珍为了他能接受，少说了一半的钱又是为了什么？还不是为了他顾江! 还不是为了让他顾江能风风光光地站在亲戚朋友面前! 还不是为了这个家! 爱珍活得如此小心翼翼，看来自己平时对爱珍真的太苛刻了。

这次顾江没有让爱珍去把衣服退了，他假装自己真的相信了爱珍的话。这要放在之前，顾江自己都不相信会这样顺着爱珍。

可服装的事过去没两天，又发生了一件让顾江更加光火的事。

星期天下午，顾江正在家里看电视，爱珍在客厅里拖地板。一阵手机铃声响起，爱珍接了电话就下楼去了。不一会两个四十多岁的汉子抬着一张沙发跟着爱珍进了门。

顾江看着崭新的沙发，再看看屁股底下八成新的沙发，一时目瞪口呆。

"让一让。"爱珍指挥着工人把新沙发拆掉包装，把旧沙发挪开，把新沙发摆放到位。直到两个工人抬着旧沙发下了楼，顾江都没有回过神来。

工人走了，顾江说："你又发的哪门子神经？家里沙发好好的，怎么就换了？"

"思其要结婚了，家里总得有点喜庆气氛。沙发好几年了，靠背都磨得快破了，我重新换了一个。"

"你干脆把我也换了吧。"顾江气呼呼地说。

"我还没找到合适的，等哪天找到了，就把你也换了。"爱珍对着他嬉皮笑脸。

"你……"顾江真的无语了，"不就是结个婚吗？是什么样的九天仙女，要这样里外三新？"

"你有几个女儿？她一辈子就结这么一次婚，不要弄得风风光光的呀？"

"沙发碍着结婚什么啦？"

"都快破啦，家家都像你这样舍不得换，家具厂不是要关门了？你要学会断舍离。"

"狗屁的断舍离！"

沙发换了既成事实，顾江知道再多说什么也于事无补，只好退而求其次："其他东西可不能再换啦。"

"还要把思其的床也换一下。"

"床还要换？思其婚后就不在家里住啦，换什么床！"

"思其婚后就不回来啦？"

"回来呀，床不是好好的吗？"

"这床还是思其上大学买的，都几年了，你不能让女儿女婿回来睡旧床吧？"

顾江实在找不出什么话来应对了，再这样下去，思其该觉得自己这个做爸爸的太小气了。只好睁一只眼闭一只眼任由爱珍去折腾。

果然，没两天爱珍不仅把床给换了，连思其房间里的家具全都换成了新的。顾江心里那个火呀烧得"呼呼"的，发誓等思其结了婚，立刻就和爱珍离婚。他一天也不想和这个败家娘儿们一起过了。

16

思其结婚了，顾江想着现在和爱珍离婚什么顾虑也没有了。可他很快就自己把想法给否决了。离婚总得有个理由吧，虽然思其婚后这段时间爱珍也和他闹过别扭，可那都是些拿不上台面说不出口的鸡毛蒜皮，不能为了那些小事离婚吧，说出去还不把人家大牙给笑掉了？俗话说"江山易改本性难移"，等她爱珍哪天露出原形了，再和她离婚也不迟。

这么多年都等下来了，不在乎这一年半载的。

顾江暗暗地等待着机会。

外孙生下来了。

外孙能说会走了。

顾江还是没能和爱珍离得了婚，因为他实在找不出爱珍有什么原则性的大错。虽然还是大吵三六九，小吵天天有，急起来恨不能一把掐死她，可冷静下来想想，都是些不值当的鸡毛蒜皮，吵吵也就过去了。可怎么年轻的时候就觉得和爱珍一天也过不下去了呢？现在看来好像也没什么天大的事啊？是自己老了，忘了那时候爱珍是怎样飞扬跋扈的？还是原本就没什么大不了，只是自己小题大做了？

顾江有些搞不明白自己了。

顾江是铸造厂的老员工了，这些年徒弟带了七八个，因为做事踏实，没有歪心眼，和职工关系融洽，所以深受老板器重，在厂里享受最高规格的工资待遇。爱珍还在卫生巾厂上班，快到龄退休了，也不像年轻时那样拼命了。这天吃早饭的时候爱珍突然对顾江说："昨天周总找我谈话了，他还想我到龄后再在厂里干几年，说我熟悉业务，返聘工资肯定让我满意。可我不想再上这个班了。"

顾江停下了手里的筷子："不上就不上，早就叫你别上了。"

"我不上班你养我呀？"

"我怎么养你？把你供在菩萨面前？早请示晚汇报？"

"我不上班了，不能成天待在家里呀。我要出去逛逛街，偶尔还要打打麻将。没钱怎么办？"

"这些能花多少钱？一个月有千把块钱退休金不就够了？"

"千把块钱？你养小狗小猫呢吧？你早饭吃个'外婆菜'还要四块五一袋呢。"

顾江看看面前刚刚打开的"外婆菜"愣住了。自己从什么时候开始不再腌咸菜瓜子的？自己从什么时候开始从超市往家里买"外婆菜""橄榄菜""韩国泡菜""香辣贡菜"的？

早饭好像也变了，以前自己每天都要熬一锅粥的，就着瓜子咸菜吃得喷香。今天的早饭也是自己做的，怎么就成了燕麦片加面包和煮鸡蛋了？这些面包牛奶自己以前是碰都不碰的，现在每天换着花样做早饭，不是鸡蛋饼就是烤面包，冰箱里从不离鲜牛奶，柜子里都是以前自己看着就心烦的高级食品，现在去超市什么没吃过的就往家里买什么，街面上流行什么家里就吃什么，自己是从哪一天开始忘了本变得这样腐败的？

顾江觉得不可思议，一整天都在思考这个问题。到底是世道变了，还是自己变了？

下班后，顾江顺道去菜市场买菜。菜场门口停着一辆三轮车，花花绿绿的摆满了各式各样的花草。顾江停下脚步，卖花的汉子立马向他招呼："来盆吊兰，还是来盆文竹？"

顾江被一盆色彩艳丽的兰花吸引了，只见小小的花盆里挤挤挨挨地生长着一簇花草，纤细的枝头上开满了红色、白色、黄色和紫色的花朵。顾江把鼻子凑近闻了闻，居然有一阵清幽的香气，仿佛奶油一样的味道。顾江问："这盆多少钱？"卖花的汉子立马把花盆端到了顾江面前："大哥好眼力呀，这盆香雪兰刚好开花，你看，多喜庆。"

顾江到家后端着香雪兰来到了阳台。阳台上排着几十个大大小小各式各样的花盆，有银皇后、芦荟、金钱树，有红掌、绿萝、蟹爪兰，有多肉、金钻、仙人球……顾江把香雪兰藏到了一盆黄金葛后面，又搬过一盆君子兰挡住，然后回到厨房系上围裙做饭去了。

爱珍回家了，照例是换了鞋，放下包，直奔阳台。

顾江现在已经是厨房的主人了，偶尔思其一家回来爱珍才下厨做一顿饭，总是被他横挑鼻子竖挑眼地嫌弃上半天。这会儿他正在厨房里"哧哧拉拉"做饭呢，爱珍拉开玻璃隔断门惊叫着冲进来一把抱住顾江："阳台上的香雪兰是不是你买的？我正想买一盆呢，你怎么想起来买花了？"

顾江掰开爱珍的手，故意板着脸假装生气地说："有啥大惊小怪的，不就是一盆花吗？快退休的人了，还这样咋咋呼呼的？"

爱珍看着顾江的眼睛说："你这个人呀，大半辈子了，还是这个倔脾气。明明心里这样想，嘴上偏不这样说，坏就坏在这张嘴上了。"

吃饭的时候，爱珍又提出了退休还是返聘的话题。

顾江说："不上就不上吧，干了半辈子了，也该歇一歇了。我就怕你上班上习惯了，三天不上班在家就浑身难受。"

"哪个想上班？我又不是贱骨头，你还真当我是工作狂了呀？年轻的时候不拼命，思其怎么办？我们得为思其谋个好日子呀。你想自己的孩子和我们的父母一样一辈子生活在农村？年轻的时候不上班挣钱，老了靠谁去？现在的孩子两头都有父母要养，工作压力又大，我们可不得给自己准备好养老钱？不能什么都靠孩子呀。现在好了，车到码头货到站，我也该退休了。"

"那你不上班了准备做点啥？总不能成天待在家里吧？"

"我准备回到光明庄去。"

"回光明庄？"这回顾江的嘴巴张得合不拢了，"何爱珍你发哪门子神经病？当初是你一门心思想要住到镇上来，现在住得好好的怎么又要回去了？"

"当年要到镇上来不是想给孩子一个好一点的环境吗？现在思其成家了，父母也都送走了，我俩的任务也就完成了。为了父母，为了子女，我们辛辛苦苦干了大半辈子了，现在我们也老了，该想想怎样为自己活一回了。我知道，这些年你一直憋着想和我离婚，其实我也想过和你离婚。"

"你……"顾江两眼盯着爱珍，像是第一天才认识她，"那你不提？你要是提出来，我俩早就离了。"

"你不是也没提？"爱珍也看着顾江，"除了婚姻，我们还有思其，还有两头的老人，哪能胸口一拍说离就离呀。我俩痛快了，孩子咋办？老人咋办？"

"唉！"顾江长叹一口气，"是啊，做人可不能光想着自己。其实也没啥大不了的事，就是太年轻了。爱珍，我知道你是个好人，是个好妈妈、好儿媳，更是个好老婆，以前是我不懂事。"

"顾江，我知道你是个有责任心的男人。男人要是没点责任心，做事由着自己的性子来，那才是混蛋。"爱珍深情地看着顾江，"我知道这些年你的心思一直在乡下，是我逼着你出来的。我也不是不想继续去上班，我是想着上半辈子算我欠你的，往后这些剩下的日子啊，我都还给你。我先回去把老人的房子收拾收拾，等你也退休了，我们就把小镇上的房子卖了，一起回到光明庄去。到时候，你想要种菜，我就陪你种菜；你想要养鱼，我就陪你养鱼。"

"老家地儿大，院子里专门开一个花圃出来，把你这些花花草草都搬回去。"

"我回去主要是要把卫生间改一下，把抽水马桶和浴缸安装好，农村的蹲坑还真不习惯了。"

"嗯，把院墙用花墙砖围起来，种上满墙的紫藤花。"

"不种紫藤，种扁豆！又好看又能吃！还是绿色食品，吃了对身体好。"

爱珍和顾江憧憬着未来的退休生活，第一次两人说了一晚上的话一句也没有呛起来。

顾江看着爱珍动情地说："今晚我们洗衣服吧，这都多少天了？"

爱珍的脸红了，她也了顾江一眼说："你不是老了没用了吗？"

灯光下，顾江发现爱珍的脸庞依然国泰民安，只是鬓角有了几根亮晶晶的白发，眼角也有了几条细细的鱼尾纹，可两只眼睛还是水汪汪的，和当年在村口桥下的那个月夜一模一样。

2023/10/27